人间书

2023
中国年度精短散文

葛一敏 ▪ 选编

REN
JIAN
SHU

漓江出版社
·桂林·

目 录
contents

且看清花摘美酒

阳光照进大山里

物候记

且看清花摘美酒

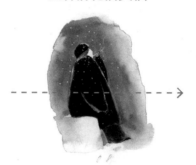

作文课

肖复兴

我曾经当过整整十年的老师，除了幼儿园，大中小学都教过。作文课，是我最爱教的课，也是学生们最爱上的课。我不想简单地布置一个作文题目，就让学生冥思苦想，然后闷头去写。这样匆忙又被动地下笔，一般效果不会太好；而且，学生们容易把它当成作业去完成，作文的兴趣会减弱，乐趣会漏失。

在写作文之前，我喜欢和他们交流。和学生交流，目的是让他们先开口去说。在我的想法里，学生学写作文的第一步，是说。可以这样认为，写作文，就是说作文；说好了，才能写好。这样，他们没有负担，都非常愿意举手发言，毕竟说比写要简单，比写要容易，而且，会觉得好玩。让学生先说，避难就易，避免了心理负担，不再把作文看得非要那么 本正经正襟危坐才行，写便会入手得快些。可以明显地看出，学生们的发言中，有幼稚的笑话，有游戏般的起哄，有本真的表达，有不服气的争论，有时候会争论得很激烈，这种年龄的孩子指点江山挥斥方遒的样子，非常可爱，兴趣和乐趣，便由此生发，止都止不住。

当年，叶圣陶先生做教育部副部长的时候，曾经提议将中小学的作文改为"说话"。这样的建议，他不是第一次提出，早在1946年，他就在《中学生》杂志上撰文，明确提出："写文章就是说话。"1955年，他撰文再次指出："用笔说话。""用笔说话即写作。""写作就是说话。""要照着话写。""写作绝不是丢开了平常说话，另外来一套。"

我以为叶圣陶先生所一再强调"说话"在写作中的作用，以至最后提出以"说话"代替"作文"，是很有见地的，是符合孩子学习作文的常识和规律的。

可惜，这一颇有见识的提议，并没有得到重视，如今已被人们遗忘。我们过多偏重于写，而忽视了说在学生最初学习写作时独有的作用。

让学生开口去说，把说话当作作文，首先要求我们做老师和家长的，要有意识地主动和他们交流。没有这样的交流，学生的说，便变成了独唱，不会是一种好的效果。说话成为作文，需要在我们和学生的交流中逐渐完成。

记得教高中的时候，我进行过这样小小的试验。

我指着教室窗外黄昏时分烧红西天的一片晚霞，对孩子们说：我上中学的时候，写这样景色的时候，特别爱说，晚霞似锦，晚霞如火。这都是现成的词，谁都可以用这样的词形容黄昏时的景色。你们应该比我上中学时候强，要写的话，你们怎么写？

有学生说：晚霞今天有点儿喝高了，醉红了脸膛。

有学生说：晚霞今天一定是干了什么坏事，羞红了自己的脸庞。

有学生说：晚霞今天得了什么喜帖子了？可能是老师表扬了它，看放学回家高兴的劲儿，憋不住涨红了半边天呢！

……

还有一次，校园里的树叶轻轻地摇曳，远处有一株月季，在树叶间闪亮，风吹来了，吹动着树叶，树后面的月季跟着一闪一闪。我介绍我看到的这一景象，对学生们说：你们看呀，树叶是绿色的，月季是红色的，树叶那么一大片，月季那么一小点儿，风吹得树叶摇摆，我们一会儿看得见月季，一会儿又看不见。如果让你们来写，你们怎么写？说说看！

有学生说：树叶摇动中的那株月季，像是一只红色的眼睛不停在眨动。

有学生说：树叶在风中抖动，月季也跟着一起开心地来回在动。

有学生说：红色的月季，像是荡漾在绿色湖水中的一只小红船。

有学生说：树叶遮挡远处的月季，一闪一闪的，像和我们捉迷藏。

……

同样是一个晚霞，同样是一株月季，他们说得多热闹，说得多好啊！其实，他们用的方法，很简单，不过是早在课堂上学过的比喻或拟人，但他们用得恰如其分，表达了他们各自的想法，而不是别人的或从作文参考书中照搬来的。可以看出，这是由于有晚霞和月季的实景，不是让他们凭空去想，看得见，摸得着，说出来就直接，就容易。同时，这也是大家你一言我一语彼此启发和激发的结果。如果只是我一个人满堂灌地说，就不会有这样的结果和效果了。同龄人之间的碰撞，激发出来的想象，感染着彼此，促进了彼此，像打乒乓球一样，你来我往，有了回合，才有了乐趣，有了兴奋点，进而有了收获。大家能够将眼前的景象，熟悉的生活，自己的心情，用漂亮的语言表达出来，让自己高兴，也让别人眼前一亮，是多么开心的事情。

这是只有作文才能给予我们的独特收获和享受，因为你说出的这些话，是你自己的创造性成果。这绝对是在别的学科里难以体会得到的快乐。比如说数学，二加二等于几？你说等于四，即使答对了，只是一个答案，一个既定的客观事实而已，并非属于你的创作，所有的同学的答案都是四，没有浓郁的感情色彩。只有在作文里，你可以独到地写出二加二等于五，等于任何一个数，甚至可以说等于一匹马一只风筝或其他，因为那个答案是独属于你自己的创作，任你挥洒。

所以，我一直觉得，在中小学，最重要的学科，是语文；语文中最重要的是作文。即使别的学科成绩弱些，只要学好了语文，写好了作文，一辈子受益无穷。可以毫不夸张地说，语文和作文，后劲儿最大，可以从校园蔓延至你整个人生。我曾经开玩笑地对学生们说：长大以后你们写情书，都会写得好一些，恋爱项上就容易加分！

想想如今我们的语文教学，语文被肢解为琐碎的习题大战，而且如数学一样也有标准化的答案；作文则成为应付考试的工具，为迎合老师、形势、时尚和考分或某种理念，而充斥着假大空，将抒发个人真实的情感、对世界真挚的认知和对现实真诚的质疑这样的作文本意，敲骨吸髓，删汰大多。

我离开校园已经很多年，由于我有过当老师的经历，疫情之前，不少学校邀请我去给学生讲作文。这是我很愿意做的事情，也是力所能及的事情。尽管过去了那么多年，面对今天的学生，我常常爱用的，依旧是这样和学生们交流的老方法。

有一次，我对学生们说：暴风雨中摇摇摆摆的大树，这样的景象，你们都看见过，如果要你们描写这样的场景，你们怎么写？

有学生想想后说：大树像喝醉了的醉汉，浑身乱颤，站都站不稳了。

有学生这样说：大树被风惹得发了怒，东摇西摆，张牙舞爪要和风拼命。

有学生这样说：风吹乱了大树一头的长发。

有学生这样说：大树的树枝像鞭子，在狠狠地抽打着风。

……

他们说得都非常的好，醉汉，发怒，吹乱的头发，鞭子抽打风。他们赋予了风中大树新的形象，这些形象，是生动的，有不同性格的，是他们各自的观察、发现和想象。作文不就是这样的吗？不就是要在日常生活中，锻炼观察的能力、发现的本事和想象这样修辞方法的运用吗？当你有了属于自己的独特的观察和新鲜的发现，然后再能用自己的语言方式告诉别人，和别人分享的时候，不正是作文应有的本意吗？

分析完大家的说话之后，学生们要求我也说一句，很想听听我说大风中的树是什么样子。我知道，这是要和我 PK 一下呢。孩子都有争强好胜的比试心理，特别是愿意和大人比试比试。

我说了这样一句：

暴风雨像一个暴怒的人正在憋着一腔怒火，闪电照亮一棵小柳树，张牙舞爪，像个妖怪。

他们连连点头，说"妖怪"这个比喻不错，刚才自己怎么没想到呢？

我告诉他们：这不是我说的，是汪曾祺老先生说的。

我对他们又说了一句：

暴风雨中大树的树枝，像大鸟的翅膀翻飞，痛苦地挣扎着，想飞又飞不起来。

他们说这个更好，让他们又多了一个"大鸟的翅膀"的比喻和想象。

我告诉他们：这句话也不是我说的，是诗人于坚说的，我只是改动了一下。

原话是这样的：

风稍微一吹，树枝就大鸟似的挣扎着做出展翅欲飞状。

接着，我又给同学们布置了这样一个题目：如果不写树，只是单纯写风，寒风、暖风、微风、狂风，什么风都可以，你们会怎么写？

有同学说寒风：风开始冷冷地吹，校园里的那口大铜钟似乎被它吹得冻僵，发出瑟瑟发抖的响声。

有同学说狂风：风刮得太猛了，天上的星星，似乎都被它吹得要掉下来了呢。

有同学说微风：清风徐来，水波不兴，水波倒是看见了，风却看不见。

……

我说大家说得都挺好，我也来说一个，大家听听怎么样？看看我说的是什么风：

风开始暖暖地吹，其实那不应该算作风，是气，肉眼儿眯着，是丝丝缕缕的捉不住拉不直的模样。石头似乎要发酥呢，菊花般的苔藓亮了许多。

同学们这回学机灵了，先纷纷地说：写的是春风吧？是微风吧？是暖风吧？然后，问我：您告诉我们，这一次是谁写的呀？

我说：先甭管谁写的了，你们先告诉我这风写得好在哪儿？

他们开始七嘴八舌说了起来，有说"肉眼眯着，丝丝缕缕的捉不住拉不直"写得好，有说"石头发酥"写得好，有说"苔藓亮了许多"写得好。

我问他们：为什么你们觉得这些地方写得好？

他们说：不说风很柔和，说风肉眼眯着，又捉不住，拉不直；不说风暖和，说石头都要发酥了，还加一句说苔藓也被风弄亮了。

我表扬了他们：看你们说得多好啊，比我说得都要好。写风，不见得直接写，可以借助别的事物写，有了参照物，有了对比，就容易写，而且，你要写的方法，无形中就多了起来。

他们猜得出来，这一次，我一定又是引的哪位作家写的话，不想再听我啰唆，一再追问：您告诉我们，这是谁写的吧！

我告诉他们：是贾平凹。

选自《文汇报》2023 年 5 月 8 日

早九帖

王祥夫

小米帖

原想是过了春分就不会再下这么大的雪，想不到我这里忽然连着又下了三天，上午去开阳台的门，却怎么也开不了，是被雪从外边封住了，这是从来没有过的事。桃杏花开着，雪却纷纷扬扬，这种景致真是少见，诗人们见了是要写诗的。而我却认为在这样的天气里喝酒最好，不要多约人，三五好友即可，最好是坐在可以看到飞雪的地方，但不可能像日本人那样坐在花下且饮且唱，因为我们这里虽然已经到了这样的季节但有时候还会很冷，所以最好是坐在屋子里一边喝酒一边赏雪，所谈的话题也最好不要是什么经天纬地的大事，这个我们谈不来，不妨就花事与风月。

过了春分下这么大的雪，对农民来说是件好事，但对于鸟们来说却不怎么好。一下雪，它们照例就找不到可吃的东西。所以今天早上我做的第一件事就是在阳台上放了一点小米给它们，我躲在屋里看小鸟们在外面头一点一点地啄食很是高兴。朋友们每年都要给我送不少小米，虽然我吃不了多少，除了煮粥，我很少吃那种小米捞饭，小米和大米放在一起做的饭叫"二米饭"，好听一点的还有人叫它"金银饭"，但现在这么叫的人很少了。

下雪的时候我会想到小米完全是因为看到外边成群的麻雀和其他不知名的什么鸟在树枝上静静地缩着，半闭着眼睛，我想它们可能是既冷又饿，我便会给它们一些小米吃，帮它们度过下雪的日子。我把一个很厚重的大碗放在外边的窗台上，小米就放在碗里，如果连天大雪，我会一连几天天天都给它们一些小米吃，直到天晴太阳出来——只要雪一消化，它们就能找到可吃的东西。春天我在露台上种的几盆花草，有几盆的叶子总是刚长出来就不见了，一开始我以为是生了虫子，后来我才从窗里看到是小鸟在飞上飞下地啄食它们。

很快端午就要到了，这个时候我想是不会再下雪了，我把那个笨碗从窗台外边取了进来。这是一只酱釉的大碗，下边没有圈足，它的碗足是平的，是一个平台，搞古董的有关于它的专用名词，叫"台足"，这个大碗的碗沿儿上还被利刃砍了那么几个小口子，古董爱好者们都会知道这只碗不是一般的碗，是北魏的东西。虽然它在别人的眼里是古董，而在我的眼里它只不过就是一只很笨重的大碗而已，它上边的那种酱色釉现在已经不多见了，釉水流动到碗的下边显得很厚重，能让人看到釉彩里金闪闪的东西。这只大碗既不能用来吃饭，摆在那里也不怎么好看，用它在下雪的日子里放小米喂鸟，我想这正合了"古为今用"这句老话，只是这句老话现在已经不怎么被人提及了。而雪还是在年年下，小鸟们在下雪的日子里难免挨饿，如果我的小米还有的话我会继续在下雪的时候多多少少接济一下小鸟们，这只碗也就有了它存在的意义，或者是放在碗里的小米就有了它焕然一新的意义。

深雪帖

我的故乡在东北，所以至今还对到了冬天才可以吃到的那种黑不溜秋的冻秋子梨怀有难以忘怀的好感。其实那是一种很普通的梨，个头也不大，也只能先把它冻透了吃的时候再把它化软了才好吃。这种水果南方没有，民间认为秋子梨可以下火，谁上了火，就会给他取几个冻得邦邦硬的秋子梨放在凉水盆里把冰壳子化出来。这时候秋子梨就是软的，一吸就成，又凉又酸又甜，连吃那么几个，好了，嗓子不疼了，两眼发红的也不发红不难受了，又出去玩儿了。所以在东北，几乎家家户户都会在院子里的雪里埋不少秋子梨让它们放心地冻着，整整一冬天，那雪是不会消的。过年包的饺子也使布口袋一口袋一口袋装了冻在雪里，什么时候想吃就把口袋从雪里扒出来，把饺子拿进屋去煮就行。

从东北往西边去就是内蒙古草原，草原上也这样，下过好大的雪，宰了羊，把羊一块一块卸了，直接把它们一块一块地埋到蒙古包周围的雪里，吃的时候把雪刨开就行。宰了多少羊，卸了有多少块肉，牧民们心里都有数，在这样天寒地冻的地方，只要冬天一下大雪，养肥的羊都要统统宰掉，因为没那么多的草料再给它吃。杀了那么多的羊，但你别愁没地方放它们，老天下了那么大的雪，就是为了让人们存放羊肉的。埋在雪里的羊肉什么时候吃都是新鲜的，而那些吊起来让风吹干的就是风干肉，风干肉很好吃，看上去很硬，其实很酥，不费牙口，太香了。在东北和内蒙古从没听过人们做腊肉，也不能做。腊肉要有个熟化的过程，室外温度不能太低，但在这样大雪动辄三尺厚的地方，东西挂在外边过不了几天就给冻干了，这地方根本就不能做腊肉。东北不做腊肉，但有做腌肉的习惯。杀完猪，一是炼大量的猪油，一坛子一坛子存起来，二是腌猪肉，大块儿的猪肉用盐揉了，放盆里搁几天然后再煮，把煮好的猪肉一大块一大块地放到坛子里，坛子口再用雪白的猪油封好，这样的腌猪肉可以从这个年尾吃到下一个年尾。我当年读迟子建的小说《一坛猪油》心里真是喜欢，因为这篇小说是写我们东北的事。炼猪油的时候女主人不知道怎么就把戴在手上的金戒指给弄得找不到了，这真是急死人，也让她好不伤心，小说的结尾却是让人开心的。当那一坛子猪油快要吃完的时候那枚金戒指被发现了，它居然静静地躺在猪油坛子里边，这让人们体验了一次失而复得的喜悦，这细节让人可以想见女主人当时炼猪油的时候是多么认真，把金戒指掉到猪油坛子里边她都没发现。

东北的咸猪肉和上海的咸猪肉不一样，上海的咸猪肉是用盐揉好先放二十多天，然后再用清水泡一整天，然后再用细绳儿绑了晾出去。上海的冬天冷也冷不到哪里去，那年冬天我在上海五角场没事一个人散步，正是数九天，我一抬头，树头上红红的还不知开着什么花。东北的白肉酸菜粉丝，正经的是要咸肉来做，而正经的咸肉只用盐腌，别的什么也不用，我在家做酸菜猪肉炖粉条，总觉得这真是有点像南方的"腌笃鲜"，是通过慢慢地炖把咸肉里边的咸味和肉的鲜美之味炖到粉条和酸菜里边去。而我的创新是，做酸菜咸肉炖粉条的时候我会放几根浙江那边的腌石笋，腌过的咸石笋用水冲一下就好，然后放在锅里慢慢慢慢让它把鲜味都放出来。石笋是长在石缝里的，味道比别的笋子都要鲜。

说到雪。真是个好东西，雪可以说是"东西"吗？我就喜欢这么说，就像这是我对它的爱称。我直到现在都幻想着我什么时候可以有那么一个院子，冬天下大雪的时候院子里的雪可以厚到一米才好，我会把秋子梨啊，羊肉猪肉啊，还有包好的饺子啊什么的，都放到院子里埋到雪里去。这种想法让我激动，我觉得我现在真是被城市伤害了，城市生活让我失去了很多能力，我越来越不喜欢城市，到了冬天，城市里的雪都是不干净的。

你不知道我是多么喜欢雪！

蛤蟆墨

端午节一到，无论大人小孩都会在身上戴一道五彩纸做的符或在手腕和脚腕处各扎一道五彩绳，南方北方此时此刻皆是如此。但我小时候是极讨厌五彩线绳和各种彩纸做的符，所以即使是大人要戴给我，我亦是不喜。端午节是个有气味的节日，家家户户煮粽子的那种气味只让人觉得日子膏腴丰饶，米和红枣的味道再加上粽叶煮过的味道还有艾草的那种香又让人觉得如新人着新衣，一切都喜滋滋地焕然新鲜。常记得小时候端午节随家里大人去庙里看和尚师傅，竟多见一个女施主接着一个女施主地从方丈室里出来进去，而且人人几乎手里都拿有粽子，照例是粽子要先在佛前供一供然后再拿到后边去。师傅和女施主们说说笑笑，所说又皆为家长里短，自有说不尽的平和喜气。

端午节贴新符是要远避五毒，五毒是指蜈蚣、毒蛇、蝎子、壁虎和蛤蟆，这五种动物是中国民间的五大毒物，但它们的好处是皆可入药。中国民俗认为每年夏历五月端午日午时五毒才开始孳生。所以几乎是家家户户都会于此日午前在屋角及各阴暗处撒石灰，喷雄黄酒，燃药烟。而这五毒之中，我却甚是喜欢小壁虎，至今在家里养着一只，有时候会看到它在墙上爬来爬去，或直接在天花板上飞跑。虽然按民间的说法是壁虎之尿有毒，入眼则瞎、入耳则聋，但我还是喜欢它。今年端午节到来的前几天，我养的那只小壁虎便已经出现了，我想喂它点什么，也只是想想而已，它实在也不会像别的宠物那样接受人们的饲喂。古人养不养壁虎我不知道，但现在的人养宠物成风，宠物店的绿色壁虎已要到一千元一只。

过端午节，我至今还记着和我住在同院的一位老先生，我每天背着书包上学往院子外走的时候就总是见他坐在院门口的石墩上，他总是问同一句话：去书坊吗？他叫学校叫书坊，可见他是一位从另一个时代过来的人。据院子里的人们说他那里有宝物，而这宝物也不过是一锭很大的蛤蟆墨。在端午节这天，据说一般人是很难看到五毒的身影的，人们说它们都已经纷纷躲避了，五毒都怕雄黄。端午节有一种特殊的炮仗，点着了不会响只会不停地冒黄烟，那就是用来驱赶五毒的雄黄炮仗。为什么一定要在端午节才能制作蛤蟆？据说这一天蛤蟆身体中的含毒量最大，从蛤蟆身体里面提取出来的东西叫"蟾酥"，是一味名贵中药。制作蛤蟆墨并不复杂，但却有一点讲究。这就是必须在端午节这一天制作。每年的这天早晨，药铺里的小伙计们就要去地里去找蛤蟆，找到以后，他们便会把提前准备好的墨锭—— 一定要质量好的墨锭，整条地从蛤蟆的嘴里塞进去，一直到墨锭完全进入到蛤蟆的肚子里。然后用绳子把它们挂起来在房檐下晾晒。等到蛤蟆和墨干结在一起，蛤蟆全身的汁液都已经全部渗进墨锭了，蛤蟆墨就算制成了。过去中药铺子差不多都会有这种墨锭售卖，比如北京的同仁堂和别的地方的什么堂，估计现在也会有，没事在家里放这么一锭墨也不错，但是要让自己亲手去做这么一锭墨，估计还下不了手。肉鼓鼓背上长满了疙瘩的蛤蟆并不好看，而且我们也不是年画之上疯疯癫癫的刘海。

描红记

我十岁那年，学校要学生们都写仿，那时候不叫练习书法就叫写仿，写仿先要描红，描红纸是专门为了练书法而用的一种纸，纸上印着红色的字，你把红色的字一笔一画描黑就是，这是一种很好的练习写字的方法，描红从什么时候开始，不得而知，苏东坡描过没描过？不知道。但现在的孩子们还都在描，文具店现在还有的卖这种纸。

最初的书法课，且就叫它是书法课吧，都是静静地在那里描红，也就是用毛笔蘸上墨把字填黑。因为学校里上书法课，家里就要准备毛笔和砚，小学生用砚当然最好的是那种铜墨盒，里边放上丝绵，再把研好的墨汁倒进去，丝绵把墨汁都吸附在丝绵里，这样很方便人们把它带在身边，上课的时候把铜墨盒打开使用就行。铜墨盒我后来见过不少，白铜的墨盒当数最好，上边要是再刻上梅花或竹子什么的就显得更雅致一些。但当时我们同学中有铜墨盒的人没几个，一般的都是用手托着个石头砚台去学校，上课写字之前统统先研墨，砚是那种最常见的方形砚或圆砚，砚的一头都会有一个锐角，锐角上有一个小洞，可以把里边用剩下的墨汁倾倒出来，后来我知道它有个专用名词叫作"流"。当年我用的砚没有流，而是个长圆形的老端砚，上边的木盖早就不在了，砚的一头刻着两个瓜和一些藤蔓，我就一直用着这个砚，托着老气横秋的它去学校，把它放在课桌上研墨，一边研着墨一边很羡慕别的同学，他们的砚上都有个锐角的流还有盖子。

真正用到铜墨盒还是后来的事，第一次去黄山写生，先就去店里买了个铜墨盒，并在里边放上了丝绵，再把买好的墨汁倒在里边，真是很方便。但我的铜墨盒并不好看，黄亮无比，这让我想念光泽润雅的白铜老墨盒。我知道民国年间姚茫父刻的白铜墨盒是十分好的，见过几个，索价太高，想想也没有什么必要就没买，因为我家里的砚实在是不少。而我现在经常用的还是父亲用过的那方极普通的紫端锅底砚，上边有一个老木盖子，木盖子上刻了一枝梅花，我母亲告诉我那梅花是父亲自己刻的。父亲去世不觉已有五十三年，但这方砚还在我的案头，有时候我会去洗洗它。洗砚是个麻烦事，忽然觉得还是生活在江南的好，比如像我前不久去过的黎里，出门就是条河，想必洗砚是件方便事，蹲在河边随你怎么洗，忽然就想起古人的一句诗来——"洗砚鱼吞墨"，像是还有下一句，记不得了。

因为经常去北京的琉璃厂，有一阵子，是见了砚就买，从端砚到歙砚，从红丝砚到老澄泥砚，但其实都不怎么用，顶多有时候会拿一方砚放在手里看看摸摸，仅此而已。我想现在写字作画的人亲自磨墨的并不多，"一得阁"做了一件坏事就是让书画家们不再磨墨。那些名品的砚一时都纷纷变了用场，现在去喝茶，动不动就看到老大的好端石放在那里做茶台，这真是一件让人伤心的事。有一次我在湖州朋友处品茶，朋友让我看他那个老大的茶台，上边居然有那么多的"眼"，几乎让人数不过来，像这样的端石起码在清代不是一般人用得起的，一时好不让人伤心。

我家的好砚不少，但都在那里寂寞着，虽然很多，但一般都不用。

再说到描红，有时候我还会找来一张描红纸坐在那里慢慢慢慢认真地描，时光忽然就像是又急速地退了回去，我好像还是当年的少年。

选自《滇池》2023 年第 9 期

乡村小品

冯 杰

鹅冠灼手

鹅冠的用处是用于烤火。由于烘烤过诗句。

白毛绿水，红掌清波。简直是骆宾王八岁那年淘气，把彩料盘子打翻在地的意象。

历史上，与鹅话题密切的应该是爱鹅的王羲之，这是文人画的常用题材。任颐任伯年画的最好。后来是徐悲鸿，再后来是琉璃厂造假者。都不容易。

我们乡下人不知道王羲之，只知道在乡村养鹅，鹅除下蛋外，还有一种功能，就是防盗看家。在乡下我家养过一只白鹅，遇生人就会叫个不停，扇翅往前扑。养鹅比起养狗更是一举两得，起码鹅不会屙狗屎。

我们邻村，村名就叫"赶鹅"，叫得有点奇怪。

村里人告诉我，传说当年有个仙人，赶着一只鹅在北中原行走，据说这是聚赶风水的一种行走方式，需要耐心。走到这个村时，因受到欺负，仙人坐在鹅背上飞走了，像骑着一只白鹤。这地方后来就叫赶鹅。过去我家还有亲戚在那里，小时候走过亲戚。再说这些都是往事。

要写村志，我会这样以一方朱砂红的鹅冠开头的。若一朵红莲。

这个乡村传说有点像魔幻现实主义小说的片段，是地道的北中原乡村版。我童年时代就是经常在这种乡村传说里穿行的，有一年做梦，长了一身雪片般的鹅毛，戴着一方鹅冠，我飞了起来，到一个遥远未名的地方。

醒来时，我哭了。

以瓢盛文

葫芦分家之后，叫"瓢"。

瓢是北中原乡下人生活中必不可少的器物：用来舀米、舀面、盛水、喂牲口、喂猪、喂孩子，我们夏天收工回来，舀起半瓢水，咕咚咕咚喝下，一身畅快。

半瓢水让我从小知道，这些都应是人间大事。

关于文学创作，我无家教传承。我知道自己在使用另一种瓢，干的是无用的小事。大志者不屑。更多时候我是舀一瓢泥沙俱下的黄河水，慢慢澄清，就成此类文字。上层为水，下层为泥，中层的，穿过我的感觉。那也是黄河的一部分。

这一把瓢不规则，或深或浅，瓢里文字经常显得深浅不一。

在文字的泥缝里，萌动绿意，还能不时伸出来几枝葫芦蔓，开着白色的葫芦花，探出触角，细细的，细烟一样，这是一直向上的触角，面对它，你权当去看瓢的前生来世——我们乡下叫葫芦引。

有一年一个评论家让我谈创作体会，我就胡乱说过以上这一段。

"你说的不是葫芦，是糊涂。"他说。

毛豆荚的三种

姥姥的院子里，晒着一簸箩毛豆荚。阳光四溢，皆属乡村静物。

毛豆在簸箩里噼噼啪啪不时爆响着。声音过后，阳光受惊就躲闪后退。

我总结毛豆荚简历，大概有三种：

单籽豆角，外形硕大，饱满，丰盈，一荚里包含一个主人公，有点像独院子里的独生子女，不晒到最后，它迟迟不愿开裂。因为成长过程有点麻烦，一个形状的豆荚在乡村不大受欢迎，像封闭症少年。毛豆荚里长双籽的最多。三籽甚至四籽的都有，它们住在同一个单元里，像亲兄弟三四个，小时候大家睡在同一个大炕上，一身豆气，满是温馨。长大，便听"咔嘣"一声，急急跳将出来，还没顾上打个照面，为生计，大家就要忙于各奔东西，相忘于江湖。有的入人胃，入牛胃，入马胃。命运好的，返回大地，依然睡小小的绿炕，一年四季在做豆的轮回。

姥姥说："还有五个籽的毛豆荚呢。"

我至今没有见过五个籽的毛豆荚。像五子登科，一如乡村宠儿，最好，那可是上天的恩赐啊。几季不遇。

在豆秧的最高处还有一种豆荚，它长得均匀、整齐、长度适中，却不结籽，荚内是空的。里面铺的一面小炕都晾凉了。它爬得最高，到冬天都舍不得下来，在风中哗哗作响。像魏晋年代的晒衣节，众人都在晾晒一只只空靴子。它骨子里其实是期待人的关注。

姥姥称作"秕豆"。

秕豆就是瞎豆。还说这种秕豆荚像村里的某些人。突然一怔，大家都笑了。

荷叶的格言

水珠从来就不会滞留在荷叶表面。荷叶凉性，去火、解毒，泡水当茶喝还治血压高、血脂稠、便秘。

年轻的时候，我为了给女友送一食疗单方，曾提着黄河边采来的一束鲜荷叶，从乡村搭汽车，飘然而至闹市，再穿越一座灰尘大于荷叶的城市，朝贡表忠心。像琉球国一位使者，来自东方。那时，心里一路荷香。

我那时带的可都是一丈见方的荷叶啊。

荷的家族名目繁多，最下面根叫藕，果实叫莲蓬，花朵叫莲花，和谐相处得像一种国家联邦形式的组合。

我二大爷当年在村里满口掉牙，就剩下一颗牙齿，还塞牙，我二大娘一看，原来是吃藕时候，竟套藕眼里了。

世上以齐白石、八大、张大千的荷叶为最贵，我在京城一家拍卖行看到齐璜一张荷叶拍了500万，够卖一火车皮洗净的莲菜。在坐拥豪宅的牛逼的人家，即使五个指头戴六个戒指的当代暴发户，也没有人敢用这几位画家的荷叶来泡水利尿。

墨分五色之说，最好由荷叶来说。我还尝试过一个荷叶作画的方法，那雕虫技法如下：

画前，先在宣纸上洒几笔洗发液或白矾水，这样泼墨画荷叶，宣纸上就会显出来一种烟雨淋漓的效果。雨打荷叶江山固，最后再落款。有时我为了别出心裁，卖小聪明，还要在一张新鲜荷叶上涂墨汁，放在宣纸上拓印，叫拓荷（我起的名字）。这样出来的荷叶效果更加逼真，我能看到荷叶的纹理、结构。世间闲人才去把玩闲法。

荷叶还有一种功能，就是能制造格言。我姥姥说过一句家常话："有多大的荷叶就去裹多大的粽。"

想想，意思真好，这才是格言实用的好样子。自我少年时代开始，我就记着姥姥这句话，让我受益终生。我开始延伸：这是一种对待世界的心态、心境。它教人从容，不慌忙，不夸张，不逼仄。有了回旋的空间，就不会有人生的捉襟见肘之窘。世界那么大，一个人肯定追求不完，迈步启程之前，你必须有一张能裹得住事物的"荷叶"，手执，心执。

辉煌庞大的东西我常常让给那些"大的荷叶"。我不去裹。只喜欢小的，弱的，碎的，别人踢到边缘的，低声部的。我只干别人不做的事。

一家著名杂志搞作家资料调查，发我一张表格，上面有问答，像一张伪装的试卷，其中有一项让填"你一生最喜欢的一句格言"。我看到别人填的是李白、奥斯特洛夫斯基、丘吉尔、马克思的话。

那些格言铿锵悦耳，多是惊天动地。

我填上去姥姥这一句话。

"有多大的荷叶就去裹多大的粽。"

对我而言，这是一句够我裹住人生的实用格言。

选自《散文选刊》2023 年第 4 期

车 厢

刘西越

我搭上一辆公交车，像搭上一艘情绪波涌的船舱。每一滴溅上甲板的水珠，都在清晰地滚动着。有种情绪在车厢人群中互相传染：露在扶环下微皱的眉梢，靠在椅背上出神的目光。偶尔传来一两声干闷的咳嗽，会不打招呼弥散开来。也有不为所动的人，心里装着更深更沉的事情。

不得不承认，今日的车开得相当急躁。又或许这冬日的天气是躁闷的。但这急躁似乎又夹杂着什么。车在前方掉了一个头。从溢满雾气的车窗往外看，是这个城市大片清爽的绿影。冷得能哈出雾气的天里，不知怎么突然有了种夏日清凉的意味。

也许，急躁的是人。冬天的风是吹不进车里的，绿色的影子也随着车的前行，而渐渐偏离了我的视线。我偏爱这种充满植物芬芳的颜色，它覆盖了我此时的所有感觉。我想到了夏季绵延的梅雨，绿色的大树被雨刷得又新又亮，空气中蔓延着一股泥土的味道。人群也不愿待在香樟树下，树上的叶子承载不了太重的雨滴，它们纷纷坠落于地。

车厢里挤满拿着伞的人。伞面上不时掉下的水，让整个车厢充满潮湿的气息。此时的车厢，像被反复整理过的行李包，塞得满满当当。不时会有你的水滴渗到他的身上，你的胳膊挤到她的肩膀，如此这般，仿佛在反复提醒你，一个人，必须有个特定地方才能得到最好的安置。我想此时的每个人都在竭力平衡着自己的情绪，在等待自己站点到来的那刻，大步下车，长舒口气，撑开自己的伞，回到之前平稳又快速的生活节奏中。

车外的绿影，渐渐被一片朦朦胧胧的灰色与白色代替。车厢里的扶手，摩擦中发出嘎嘎吱吱的声音,夹杂着公交车不知疲倦的马达声响,和一丝丝汽油奇怪的香味。车在一如既往行进,随着时间的推移,车里的人变得越来越少,每个人的情绪似乎也慢慢在好转。偶尔遇到路面上的积水,车子一鼓作气轧过去,不过只溅起几点水花,一切,已开始风平浪静。

这是一辆普普通通的公交车。在我们这个城市,每天都有这样的公交车,一辆接一辆。它属于所有人,也属于我们每个人。它的车厢里,有鸣笛声,有车轮的转动声,有发动机的轰鸣声,也有扶环摇晃的碰击声。这里所有的陈设、所有情节的发生,包括每个人的呼吸与喜怒哀乐,都裹含在一种说不清道不明的情绪中。这种情绪如同山里的大雾天,看不见雨水,却被水汽所氤氲。只是不同的人,也会给一节车厢带来完全不同的感觉。车厢里每个人的情绪会不停与其他情节碰撞,进入一个大的车厢后,一切不再那么清晰。但无论这个车厢的情节为谁左右,总有一点是共通的:像是马路上的人群,如潮般聚集,又停留在红绿灯的警示前,各自遵循着生活乃至生存的法则。即使是一株植物,也都有它的声音,它吸收雨露、沐浴阳光的时刻。

我搭乘的这辆公交车就要抵达它的终点。我看到一个个载满情绪的气泡,随着车厢的越来越空而缓缓飘散。在城市冬日的阳光下,它们和人群一样,会一个个消失得无影无踪。

选自《文学报》2023 年 2 月 9 日

若有若无的人声鼎沸

闫文盛

消失的光芒的福祉

收拾完这个我栖居了七八年的陈旧居所，我的心一下子变得空空荡荡，好像我的生活也随之消失了。我似乎从来不曾在这里活过，我从来不曾在这个世界上活过，因为一切都消失了，一切都未曾见！这真是消失的光芒的福祉。我的每一段生活也都是这样，我的每一分钟也都是这样。那些朦胧的旧日一下子就离开了我的内心，虽然明确地知道它已经不会复返，但也并无痛悔之感。我的一生都是这样的，太多的辗转迁徙既是我灵魂的造就，也似乎是我"命运的囚笼"，面对这些旧日、流逝，我无法说出另外的话题。因为时间的本质就是这样，与"我觉得、我想、我建议、我准备"等等均无关系，只要你尚且无法脱离"命运的囚笼"，你就应该接受这样的人世的瀚海！但如果说在这些毫无差异性的流逝之中，因为你的记录而多了一重记忆的枷锁那也是对的，因为生命流逝的感觉正是来自这里，如果没有你的记录（旧日的沉渣泛起），命运就会一往无前，没有遗憾和怀念，没有低海拔平原上的冲积物，没有爱也没有恨，当然没有生也没有死，因为一切都在勇往直前，你仅仅知道时间是一条笔直的线条就可以了；不要迂回，不要崎岖，没有曲折的浪涛的幅面，当然也没有关于时间的艺术，这一切既真实又伪造的事物肯定是多余的；当然也没有顿足长叹，因为一切叹息都是"既往矣"（顺顺利利），就像你自我描绘和酿造的天籁！

文学不拘细谨

文学，当是自然天成的，是自然物的流泻，因此，文学不拘细谨。文学没有盈盈一握的腰身，它宽阔的形体中，极为大度地容纳了时间、命运和生活。万物都富有文学的一面，这是人间常识，因此，万物皆可入诗。我们不是以文学性来面对文学的，但是，如果高声大论不解决问题，我们也可以试试以文学之法（应接不暇）。文学隔开了你我，是时间的彼岸之花漂泊，带来了我们心向往之而身不能至的生活。葱茏的湖，日影映照的山岳，雪峰上的尖刀都被我们嚼碎；我们吞吐旧日如云，因此我们隐蔽的心做作于各种情思。文学化解了惆怅，也使爱欲增大，不可收拾。我们浪荡着到了洞庭湖，包裹中自带我们最新出版的著作。在农居的屋后除草，我们伸展了臂膊。时间流淌，直切，深入了你的躯干；你并非为文学学会了躺卧，但也一个鲤鱼打挺站起，奔跑中掀起疾风；文学没有培养出神圣的人，它只是使石林高坡更显复杂。我们在那里看到柔软的花、娇媚的花，因此一日三秋，都嗅到了时间的芬芳。时光短暂、荏苒，不可再叛。你因为内在的坚信已经习惯了从这里开始，到未名之所结束，"文学自然地落下，它的通身上下，都是光明的泥泞、显影句子和萧然自处的天机"。文学是时间的雕刻，它无惧于一时雨露和夜色撩人、记忆昏暗，自然也无惧于任何一种突如其来的激情、蝇营狗苟的日子。它是质地坚硬、黑白分明的献祭的诗。

一段生活史，一段思考史

让工作自然融化，成为现实生活的一部分。这看起来十分平淡的目标有时难以实现。挣扎和困顿、饥寒交迫（精神上的，物质上的）在扰乱我们的心神。我使劲地睁大双眼，但我的视线仍然无法穷尽方寸之内的土地。有时我没有垂范之心，卑微的思绪会随着时间的飘荡浮现于目前。有时我看不清暮色——我似乎一直在平静地生活着，可以无穷尽地制造出一个容纳万物的星球。我其实没有太多的思考，但有时还是免不了为划过心头的虚无感所震惊。那些飞起来的肉体，如重锤般落地的肉体，都会给我以重击。死亡看似无比遥远，无以言告，但有时却也十分迫近。那些细微的丝线，正拽着我大脑中孕育成熟的一个句子，异常用力地朝着前方奔袭。我几乎没有认真地读过死亡，但它必定已有红色的涌液。我几乎没有与那种简单的生活分离，因此，短暂却复杂的旧日已使我目不暇接。一切变幻都太快了。我常常想把它写下来，但是流逝——这总是使我头疼的事物在须臾间带走了我。像梦幻一般古怪的家园种下的那些备忘，它们比钢铁和棉花稍重一点。我八十岁的时候可能比现在更为有力，我只以自己的一根指头便承载了它们的重量。但今天它还是太重了，每逢想起这一切，我的头便疼起来。脆弱而耽于臆想的我可能只是一个错谬的我。但他真实地压迫着我。

露　珠

这是一条熟悉的回归之路。那些湿润之物经过了神圣的洗礼变成了一阵歌哭。诗歌中的句子喷薄而生动，但在那些词的背后，你看到了一枚一枚举着盾牌的小鼠。你爱这条路吗？当然。在昨日之前，你从来没有离开它。你深情地审视过它。你在它光滑的背部跑过。你拥有第一次创造力的时候它用力涌起了那些燕子庆祝你的丰收。当你的生命打开，你觉得未来一定是无限的。南部的山峰在那里矗立了亿万年，它们没有见过一种暴风雪可以越过那些高耸入云的石头墙。它们自然地用力长上去，浮云万般漂泊，像一枚少女。只有在这个等人的间隙你才是落寞的。只有在阴阳、昏晓不辨的日子你才是落寞的。你没有任何相思可以称量吧？但你还有一个梦想，是围炉走完这条熟悉的回归之路。那些真实的村落、城镇都在你的念想中等着，你莫要负它。那些可能振作起来的珍珠像极了浓夏里的露珠，它们都在那里等着，你莫要负它。

苦难使人热泪长流

苦难使人热泪长流，这是人之"生而为人"的本能。是苦难和有限度的承受教会我们"活着"的一切应用之法，而不可能是别的什么。有时候我会想，我之所以爱这个世界上的一切，对可敬重之物的爱，对错谬和可憎恶者的爱，也不是出于别的什么，而是出于那些细碎凡尘中让我"热泪长流"的部分。我的悲悯心有时被现实的困境磨蚀殆尽，但它生生不息，总会自发地长出来。正是从这个角度讲，我似乎从未绝望过（即使在焦虑困惑、忧心忡忡的时候）。我希望活着看到我们身心的进步，这也不是出于任何出离卑微之心的思考，而只是来自对活着的万般流连。是我们无可抉择的生命的由来告诉了我们这一点，是这个世界的复杂性告诉了我们这一点——但是连上帝也不会告诉我们明天的细小的走向。我们所能知晓的只是一个宏观的可能性。从我们的言行举止中我所得出的结论滋养了我在困窘中的写作，尽管这也不是全部的事实，但我知道，它不需要过多的伪饰和凝练。它是我竭尽全力所能写下的汉字。它是"我身心中的部分白发"。我力求做到以客观之眼看待我的主观，因此，是无限的自我批判和反思使我离最初的我更近了一点。我不想大步快跑，我只想以我的"沉默的言说"离我热爱的著作更近一点。我想离我的恐惧、无知和完全无法伪造的梦境的诞生地更近一点。

一切如在旧日

一切如在旧日。我们推迟了访问的时间。清明之火蓬勃，它们都从一个微小的口子钻出。冰面上无水鸟和新芽，太寂静了！如果你觉得疲惫难耐，大可以绕着湖面跑几个来回，只要你有疾风的速度，便会将此人间变成你心中的赛场。因为长长的条木阻隔了关山，这里道路交通，开始发出悠远的古声。我站在临渊的石阶上，看不到那些相伴多年的友人。这真是突如其来的陌生之日，仿佛暴戾的人突然观望到四际空空。古人们也没有活得太久，但他们与我们的心如此接近。如果心神实痛，可以便宜行事？我们可能没有经历过那些真正的旷野，没有披肝沥胆的意志，因此，我们难以抵达我们的肺腑。百年之泉滴答回旋，它亲近了这一群白色、茫茫的溶液。夜色中的瀑布是晶莹的，它们垂悬在青天下面？星月也可能造出一棵柳树，它柔软的枝条成为你赎身的救助。春风一吹千万里，它带着那种微躯、缩小的图景抵达故乡的方寸之间。你听到祖先们自主翻动骨殖的慈悲之声了吗？

重 复

此生中我们必有大量的重复，不必担心犯太多的过错。重复第一次拥有过的感觉，重复一次次朝圣的旅程：像一次次地看到自我降生。写作当然就是一种根深蒂固的重复，一而再、再而三地使用那些你已经用得烂熟的词，只要你不是应景地使用，那些词语就会发生深刻的蕴意。重复加深了你对于这些词的熟悉程度，老树新花，你会为自己的重复找到一条能够划分地亩的垄沟。但不要去刻意地重复使用句子。如果将重复的基础建立在挖掘和使用你的心声上面，则重复就不会使你无谓地感叹。因为一切都是真实的，你只是通过这种行为使你成长，你终究会明白时间的流逝到底是怎么回事。将重复的种子建立在你的居住地上面，它终究会产出一种天地沧桑的根本。重复不会帮你建立枝繁叶茂的来生，它只是使你的根本扎得更深。它使你的思考伸缩在一条生命的延长线上！除了生死之日，我们生命中的每一个日子都不是彻头彻尾的日子，你无法从日常岁月中获得完整的激流，因此重复和纪念就是你的诞生。从生到死，你走了一条无人注目但却万物聚集的长路。

蜈 蚣

应该不遗余力地写下一点什么，而不能任由惰性泛滥。创造者的不安或许正由此而来？因为"写下的"辰光终归是短暂的，在一种惰性的、迟滞的情境中流连反倒是人生的常态。我日日观察布谷和花朵，但似乎向来无所见——它们总是在我渐生倦怠、已经忘却观察之事的须臾才完成了绽放。

但是，生命不会始终都是璀璨的，它以更多的力量铺排了那种漫漶和荒芜的积蓄过程。我们肉眼无所见，只知道如梭的日月轮转，渐渐静寂和不甚清晰的野外白骨。午间热风吹过，它记录了多少肉欲衰落和植物破败的沧桑。有一种叶子或许能助你长出翅羽，但你要知道，除了付出灵魂，你还要温和地剥除你的命脉。

时间在你的注视中飘飘荡荡。往事如烟，万般不舍终会过去。你要不遗余力地向着你的未来接近。但你的不遗余力也是有限的，那些浑浊的色泽和诱惑构成了你的生活。你总是不够彻底地向着你的未来接近——这才是真正的事实。在层层叠叠的院墙外面，你捕捉到了什么？我知道你趁着夜里无人的时刻翻越出去。

很多事都是紧急的？不，除了你面临的生死存亡，这世界上再无新事。但你要不遗余力地构造一个时空，这里才有你想象过无数次的空荡荡的市井。你将新鲜的液体注射进那缥缈的空中，除了闻鸡起舞的新生孩童，你还有一种黏稠的液浆，它们才是你无畏地走近神祇和浪子的根基。

应该抓住你的更新做一个茫然之中的访问。我知道，你心仪那些废弃的城堡。因为狂风大作，吹走了武器、爱意和颠鸾倒凤的早晨，也吹走了令你痴迷和恐惧的纸人。它们在昨夜跳舞，并以骨肉疼惜之事教谕你。应该不遗余力地告诉孩子们时间流动的真理，但一定要记得提示他们这只是真理的局部。还有一些静如磐石的岁月，它们是你情感的烈火中淬炼成就的蜈蚣！

我站在那里

我站在那里。真实导致了我的悲哀的滑坡。但我仍然站在那里。无数大风从那里经过。欢腾的岁月我已经不记得了，我只记住了我的真实名姓被反复地涂改，直到变成了今天我无法相识的样子。我的这一生如此（芬芳扑鼻，但也有思考的恶魔）。我的下一生也如此？我不知道。那些厚颜无耻的事物都没有经过真实的许可，它们在我的生命中径自落了下来。

沧桑之吻

由冷到热，你能感受到天气的清晰变化。由风格的模糊性到时间和理想的确定，你能感受到梦境与爱的清晰变化。也许雨水就是这样，它是多余的（因此倾泻），是不得而知的（因此具有隐蔽性），是湿润的（因此恣意，失去缝隙）。在这日复一日的流逝中，有些恒定的事物降得很低，因此你很难感觉到它在流动，有些沧桑之吻降得很低，因此你很难同它站在一起。但是，任何光景都可能微微笑，带着小心谨慎和一点晨曦初绽时的纯明颜色，也都可能嚎啕大哭（带着断绝往来之前的战战兢兢和破罐子破摔），所以你无法辨别那些云层中的木石（因为它们压根都没有形影），你不必形影相吊（因为你压根就没有形影）。在这样的日子里，你可以看到蓬勃的花蕊开始结出蓓蕾，也可以看到死人坟墓中往外吐出口水，你可以看到江湖（那是最小的），也可以看到犀牛（它正在冲撞那些玄铁的旷野），总之浮屠净觉，为你冲刷思考的污秽。就这样，你带着热血洗心革面，你准备重新做人，就像洪荒时代的少女谋取了爱情中的红白蓝绿花儿……

你所得的安慰

它就是这样，因为你出生的时辰对了，所以你所得的安慰也符合一切可见的逻辑。你不应该说出太多，因为它就是这样。除了我们在场可以做证，你终生都不会见到其他事物，这当然是你的局限。但是，在你动荡的一生中，也仅以此可知你是凄苦的。除此之外，实在没有什么值得你沉思、掉泪。我路过河边的时候同你谈起一事，你还记得吗？当然，因为你是凄苦的，所以你忘掉了。但这样一来，我就不必再沿路寻找你了，因为你忘掉了，所以理所当然，时间在我们所谈的这一边便不再存在。它被你部分地封闭起来，成了一个空壳子。裂纹长大，它才能够成为全新的，张开巨口，吞噬所有。但是幸好，你已经忘掉了。

我们的明细、灵肉的肌里和名字

书就那样敞开着，它没有名字，看不到尽头，永远不会合上。从星期一到星期五，灰尘一点一点地积累，一点一点地落在书的字里行间。蒙尘的书依旧那样敞开着，它没有名字，看不到尽头，永远不会合上。从年头到年尾，蘑菇状的云，灰尘般的云永远那样敞开着。书一动未动，尘垢落在了字迹之上，形成了阅读的尽头。没有人可以看到书中写了什么，不知道它的主题，因为书没有名字。从始到终，这部似乎一无所见的书写下了时间的名字。尘垢就这样累积，从时间的生到时间的死，从人的生到人的死，从物的神秘启动到它的未知落幕。你不会看到什么，也说不出什么，因为没有因由就是这本书的纸张、翻页和装帧。因为无趣无味无识就是书的名字。因为它的名字是无，所以它的蒙尘也是不存在的，所以它的落幕也是它的新生。我在周末的时候走过了这道走廊，来到书桌边，看到了这本书，我心头的云雾与书的气质是叠合的。因此，只有凝视，但我始终没有打开它。那些静物一般超越了书写、描画、形容的星期天，就是它与你我的间隔和密约。我大可不必为了你而写下这些东西、事物……空荡荡的楼房里，只有这座白塔的河流，它就是我们的明细、灵肉的肌里和名字。

抒情的立面

城市是繁华的，它为你构建起抒情的立面。尤其当夜色降下，无数行人聚集，他们似乎都是突然地想起来，要"生活在生活中间"（"吃吃喝喝""勾肩搭背""熙熙攘攘""摩肩接踵"），这时你从郊外回来，见证的便是他们"生活在生活中间"的历程。没有寂静，如果你穿行的街区尚未灭尽灯火（因为灯火便是繁华的象征），也没有可见的孤独（因为孤独只是面对终老的，而现在呢，"时间刚刚开始"），没有广阔的爱恨（因为每一个具体的所见都是细微的、沉着的，看不到边际，无法构成想象力的基石），当然也没有死亡（因为死亡是僻静的，它与繁华在本质上对立），如此，你便可说是"逝去了一切"（因为只有逝去了一切才更为接近漂木的河流、万物的约数）。如此，你便可以赞赏和描绘了，因为城市是繁华的，它为你构建起抒情的立面。如果你的目光能够穿越百年，则无疑便会逝去一切的河流、万物的约数，当然，你也可以趁机见证更多的死亡的爱恨。你的目光如果穿越了百年，便可以见证青鸟的飞翔、雷霆般的时间变奏，城市的繁华会在一些年里落尽，萧瑟的表面会无情渗漏，压榨和挖掘它的核心。因为只有由表及里地漂流，你的观察的历史才可以更为深厚一些。因为只有那些人"生活在生活中间"，但与你从本质上说，"都是一样的"。因为只有那些人生活在这一刻，但与下一刻从本质上说，"都是一样的"。当然，暮晚的蛇妖不会横空出世，当然它们早已目睹了繁华的人世。"你见过千年前的事物，那些少年与花儿也是缥缈和繁华的见证，这样一来，任何光线都会变得突出。"因为只有灯火也可视为蛇妖的象征。你不要只想着那些河了，因为除了波光粼粼的表面，它们还有一些句子就是时间的淤泥的堆积。城市是繁华的，它为你构建起抒情的立面，当然这立面也是繁华的堆积、抒情的鸡肋的堆积。

"写作者的一生"

一个作为写作者的"人"，自然是以他的整体面貌存在的。他的完整性不可能建立在诗歌、散文、小说或其余种种文类的切割之上。如果说，一个写作者只能在接受"人"的细分和文体切割后才获得价值，那他自然天生壁垒。站在一个局部的微观视角，这样的写作者可能是优秀的，但我仍然倾向于认为，他是不完整的。以文体家称一个以创作为志业的人，既是褒扬他们具有突破屏障的能力，但另一方面，也显示出了文学界陈规陋俗的根深蒂固。我一向以为，作为写作者的一生，当以完整形象横跨江河之上，因此，他不可能仅仅是度过了写诗的一生、写散文的一生、写小说的一生。任何真正称得上是"写作者的一生"，其内在自然广阔无垠，他命运的根本支点并非"写作"二字，自然更不可能是"诗歌"二字、"散文"二字、"小说"二字。他的生存与文学诸般作为的基础，其实更应该是对时间和自然的天花乱坠与风云翻卷的发明。

选自《黄河》2023 年第 5 期

旧时家风

侯 磊

去各地，最为感慨的，是中原、江南和岭南等地的宗族文化，很多地方多少代人保持全村一个姓，使用同一个族谱。族长便是村长，全族家谱、祠堂、祖宅、祖坟一应俱全。全村最为高大的老房子便是祠堂，用于族中议事、供奉祖先、团聚娱乐。平常可以打打麻将聊聊天，聚餐时可以摆上几十甚至上百桌的席面。而北京经过数百年的变革，宗族的观念已经很淡漠了，很多家族到了第三四代便不再走动，也搞不清楚相互之间怎么论。大凡传统的观念，走动便是亲戚，不走动便不是亲戚了。

元朝灭亡后，北京经过战乱，本地人口大约只有几万人，还主要是明代的驻军。而永乐皇帝朱棣的迁都，同时组织人规模的移民，即迁移山西和江南的富户。如今几乎没有旧式的家庭，按照四世同堂的方式居住在一座大四合院里共同生活了。因为现代私密感，个人化的生活已经被人们接受。这一表现方式，就是平房改楼房的过程。

我们能保存承传下去的，是传统的家风。

北京住在四合院中的人，遵循着长幼有序的生活方式。人们圈套圈的亲戚，就此达成了链接，成了胡同中的亲戚网，维系着旧京宅门的运作与社交。各大家族皆盘桓有亲。

而家风便是家中行为准则、待人接物等的风尚和风格，更是一种落实在生活细节上的思想，由这种思想指导着人的行动坐卧。

传统的家庭不主张分家，是以不分家为荣的。中国很多地方，都能见到"五世同居""七世同居"的牌坊，即几代人好几百口住在一起，那必然有个规矩。

四合院中是正房住父母，及客厅和书房，东西厢房住子女。因此，家风是整个家族的精神维系。

各家家风，有的崇文，有的尚武，有的重农，有的重商。有的家中严谨，有的豪迈；有的家风中，通婚不重财产重学问，不论贫富，只与读书人家通婚。有的家族是某某名臣贤相的后裔，那么更会遵从祖先的一些思想主张。有的家族有出洋留学背景，行为做派会带些"洋范儿"，如穿西装、吃西餐、听交响乐。

家风不同，但都保存了儒家思想的修身、齐家、治国、平天下，以及立功、立德、立言等，均以此为己任。市民阶层的人家都有此讲究，因为市民是有一定恒产的阶层，再往下的流民阶层，很多是顾不上这些的。

很多宅院的木质大街门上都刻有对联，叫门联，以表明所崇尚的家风。有的是自家题写的，有的是沿用前人的。最多的是"忠厚传家久，诗书继世长"，或者是"忠厚培元气，诗书发异香""诗书承世业，孝友念家风"。还有是"××家声远，××世泽长"，这个××是自己家族祖籍的称号。这一类大众化的门联，上联是忠厚——品德，下联是诗书——文化；或上联是家——横向的现实，下联是世——纵向的古今。中国人期待的美好家风，是横向的整个家族，纵向的千秋万世，都在有品德的基础上学习文化，诗书传家。

再看"时华新世第，古道旧家风"，甚至"维新世界，耆旧人家"这样的门联，表达了北京家风的尊古、崇古，以及慎终追远的儒家文化。古人没有现代旧的代替新的逻辑，每当遇到社会问题时，总会说"世风日下，人心不古"，以追慕上古时期人们的道德生活为荣。

因为近百年以来的历史变迁，和大规模的城市建设，以及人为的移风易俗，北京城中保持家谱、祠堂的不多了。在北京南城的胡同里有一户人家，大街门上有一对门联，写的是："武肃勋名久，彭城世泽长。"横批叫："铁券家声。"

这两联的典故很丰富。上联中的"武肃"，指的是被追封为武肃王的吴越王钱镠，谥号叫武肃王。"彭城"指代的是彭祖，他讳为篯铿，是彭姓、钱姓和韦姓的共同祖先。"铁券家声"，是指唐代皇帝曾经赐给钱镠"丹书铁券"，俗称叫免死金牌。这户人家街门的门楣上有个石刻的匾额，刻着四个字："钱氏宗祠。"

原来，这户人家是吴越王钱镠的后裔。钱镠是唐代人，唐朝灭亡以后，朱温篡了皇位，建立五代时期的梁朝，封钱镠为吴越王。后来钱镠独立称王，但没有建国，立了条祖训："子子孙孙善事中国，勿以易姓废事大之礼。"钱镠始终是王，没有称帝。当赵宋王朝建立时，钱镠的孙子钱弘俶归顺了宋朝，并把家族迁到洛阳，由此分散到全国各处。北京的这一支，是在清朝雍正年间建立的祠堂，在道光十八年重建。吴越王的历史离普通人很远，但没想到他的后裔数百年来生活在北京的胡同里，始终保持着对祖先的祭祀和追思。钱镠当年在杭州兴修西湖的水利，至今杭州甚至全国各处的钱氏后裔，都与北京的钱氏宗祠有来往。

钱氏宗族最有特点的一面是流传了一本《钱氏家训》。1924 年，钱镠的三十二代孙钱文选纂修《钱氏家乘》，他根据祖先的八训和遗训，总结归纳出了钱氏家训出版。这部家训有一句话，最能代表中国式家训的精髓：

道德传家，十代以上，耕读传家次之，诗书传家又次之，富贵传家，不过三代。

俗语"富不过三代"出自这一段，但目前的理解有一些断章取义。"富不过三代"并不是三代一定败家，而是在讨论靠什么传家。如果靠财富经营传家，那肯定不过三代。道德传家，十代以上，耕读传家次之，诗书传家又次之。因此家风必然以道德、耕读、诗书为上，靠财富则最差。

北京是古城文明，生在古城中的人，家庭一般有了一定的恒产，起码也有处房子，不必过于劳碌地奔命了。这造成了北京旧式人家的家风偏于保守，比山东有过之无不及：不愿意让孩子远离家门，上学都要在家门口上。不愿意和外省人通婚，因为胡同里的老门老户知根知底。有不少人家门联上写着："时华新世第，古道旧家风""维新世界，耆旧人家"。

老一辈醇亲王奕譞娶了慈禧的妹妹。在家中，他怕慈禧的妹妹；在朝堂上，害怕慈禧本人。他生的次子载湉，四岁就被抱进宫里成了光绪皇帝，吓得奕譞连觉都睡不着，怕慈禧嫌他碍事而收拾他。为此，他特意上书说自己肝病犯了，要求退休。他的家风，就是小心谨慎，不招灾也不惹祸，想做个太平王爷。奕譞的五儿子载沣继承了醇亲王的爵位，同样秉承了家风。作为能影响晚清政局的重臣，过于明哲保身，无所作为，可能是一种政治策略，但多少是一种遗憾。

一个地方的家风是不能速成的，而是千百年的历史养成的。但现代化的社会，人越活越开，新式楼房中的新式生活，想来必会有新的家风。

选自《文学报》2022 年 9 月 22 日

人间书

简　默

纸上的人在呼喊

小时候，在黔南山区，到了清明，旧坟都插着一竿青标，俗称挂青。挂青是纸做的，以白色为主，间或在白纸中间箍上一道红纸，有的还剪出不同的孔。与坚硬的墓碑相比，挂青是柔软的，仿佛也是有灵魂的。一竿青竹挑着，随风发出哗啦啦的声音，似挂青内心的声音，脱口喊着某人的名字。他们中有我熟悉的，比如那个将漆黑的棺木停放在房里，最终安静地躺在里面的蚕豆爷，他留着一把山羊胡子。有的是我陌生的。熟悉也好，陌生也罢，一张纸就像一盘老旧磁带，储满了记忆与遗忘。

几年前，在一位朋友家里，怀着极大的兴趣我欣赏了他收藏的一函书。朋友是个收藏家，有着喜旧厌新的癖好，这函书是明朝永乐年间的程朱理学书，是他专程到一个叫河间的地方高价收购来的。那地方历史上出了不少太监，这似乎使得这书漂浮着某些阴柔如罂粟的气息：宝蓝色的绸缎封面，衬着形态慵懒的云纹，像一张性别模糊的面孔。朋友介绍这书是从宫里流出来的。轻轻捻开泛黄的宣纸，薄如蝉翼的声音黏附在了指尖，没有行云流水蹑足飘过，没有过耳清风杂沓光顾，也没有喧响的阳光赶来凑闹，那声音孤寂惯了，怕疼似的竟自逡巡。正当我犹豫之际，柔若无骨的灰尘飞了起来，敛翅屏息的霉味扑入鼻来。并不漫漶的字迹，一队队从纸上跳出来，抖一抖身上的积尘，迈开四方步，抑扬顿挫地自吟自咏。我依稀嗅到了前朝的气息，听到了灯花静静开放的瞬间，那泛黄的纸页一下子拉近了我与时间的距离，但我很快发现这感觉是虚幻的，不牢靠的，像不系之舟随时都有可能被颠覆或刮得无影无踪。我必须借助放大镜继续寻找某些蛛丝马迹来证实自己的感觉，及至找到一尾蠹虫的尸体，安详地躺在纸页上，保持着最初与最后的姿势，它是那么地留恋这年月，那么地热爱这书，生前如此，死后也如此，以至它不得不以一种献身的方式永远地留恋下去，热爱下去，它成功地挽住了稍纵即逝的记忆与印象。我知道自己也成功了，是这尾蠹虫，让一页纸一部书活了起来，会说话了。纸页与蠹虫邂逅的刹那，是沉睡千年的寂寞开口说话了；蠹虫与纸页诀别的永恒，是绕梁千年的余音尘埃落定了。一页古色古香的宣纸，因了一尾古色古香的蠹虫，萦绕起一个古色古香的声音，许多风鸣、雨滴、月晕、花开、蝶舞、蹙眉、叹息全都复活如初。

　　还有名片，我常常选择在滂沱的雨夜整理着它们，坐地为牢地想象在一纸背后，有些人像我坐在家里（或许也在灯下整理名片），有些慌不择路地走在回家的路上，有些浪迹在陌生的城市。成堆的名片受潮了，字迹漫漶了，纸质的面孔、声音、衣着和笑容如墙皮剥落了。它们是我记忆的一部分，是我某刻生活的入口，循着它们，我想起某次巧妙的邂逅、某次愉快的合作、某次暧昧的约会，进入某座表情威严高高在上的大楼、某个心情如咖啡一样浓郁温暖的酒吧、某片拎着鞋赤脚各怀心事地漫步的海滩。它们都有着身份准确的主人，一目了然的时间、地点和联络方式，一张一张串起来，就像一挂丝丝紧扣的链子，传动着生活的齿轮娴熟地行走在路上。因此我得定期整理它们，我是怕自己丢失了某些记忆，进不了某扇生活之门。有时某个人彻底消失了，纸质的他（她）还好端端地住在我的夹子里，偶尔提醒我该打个电话问候一声，但那条通往天堂的道路人来人往，老是永不休息的忙音。有时我觉得身体的某个部位温柔地疼了一下，那是在某座城市的某个朋友，正对着一张名片想念着我。有时我也听到"哧啦"的声音，像裁缝用手痛快地扯开布匹，又像火柴决然地穿过黑暗的轨道，充满了快感的呐喊、恣肆的空洞，那是要彻底消灭某种记忆，关闭某扇门，与某刻生活挥手作别的声音，是纸质的我被撕裂被清洁被遗忘的声音。

我有些尴尬，甚至失望和气愤，后悔听到这声音，可不听又有什么办法呢？它是纸质的我的声音，有着我的体温、气息与节奏，是我身上掉下的某块锈。没等我平静下来，紧接着"哗啦"的声音乘水破浪来了，那是被撕碎的纸质的我被冲进马桶的声音。从"哧啦"到"哗啦"，仅仅是某些象声词的相互转换，有人不动声色地消灭了一个人，关闭了一扇门，生活偶然产生的皱褶被他轻而易举地在股掌之间摆平了。

也许某天在某个地方，我和某个人仍然会像陌生人一样猝然相遇，然后互相交换名片。这时名片会尖叫着站出来，咬牙切齿地说："看，就是他哧啦了你，又将你哗啦进马桶的。"

因为我说过，声音是有记忆的，在这样的情景下，它的记忆刹那间复活了，那个被它指认的人无地自容，就像一下子被脱得一丝不挂扔到了作为声音集散地的广场。

人间秘密之药

昨晚，与几个朋友喝酒，回家已是深夜。四下里黑魆魆的，抬眼望去，偶尔谁家失眠的灯光泄露了秘密，像茫茫海上高挑的一盏孤灯，更加逼出了夜的神秘与安静。

我飞快地蹬着车子，在岔路口拐弯的地方，差点撞上一个行走的黑影，黑影本能地后退几步，我也猛地刹住车子。黑暗中，我似乎辨出那黑影是个女人，手里似乎端着样东西，似乎还溢出了一丝苦苦的气息。没容我细看，黑影从我身边快速走过，"影子"不会说话，但从脚步声中，我听出了她内心的慌乱。我没多想什么，只是奇怪深更半夜还有走夜的人，也许是赶着讨生活，上今天最晚和明天最早的那个班吧。

第二天清晨，我经过与黑影差点撞上的地方，一眼看见马路中央躺着一堆药渣，我明白那黑影不是赶着上最晚和最早的班的，她手里端着的是个同样漆黑的药锅,锅里盛着路上这堆榨干了精神留下了清贫的药渣。药渣早已凉透了,均匀地散开,像是被人有意拨弄过了,静静地躺在路上,没有了苦苦的浓浓的气息,也许刚倒下时还有,一夜后都被风刮得无影无踪了。我认出了那泡得胀鼓鼓的、惨红里透出白来的是枸杞,另有一种什么参,其他的就不认得了。想想那黑影选择这样深的夜来倒药渣,她是想借助黑漆漆的夜色来隐身和保护自己,是想偷偷地藏起自己的隐私和秘密,却不料碰到了另一个飞跑的黑影,那就是我。她的脚步杂沓,内心充满慌乱,仿佛她的隐私和秘密被我撕开一个口子,看了个清清楚楚明明白白,也许她为此失眠了一夜,黑暗里又多了一盏泄露秘密的灯光。但她最终还是将药渣倒在了马路中央。

我好奇地停下车子,装作等人的样子,打量着从张开的路口吐出的人们。正是上班的高峰,走路的、骑车的、驾车的,大人、孩子,男人,还有许多女人,都被时间之鞭撵着追赶生活。我没发现昨晚那个行走的黑影,也许白天掩饰了她内心的慌乱,让她重新理顺了一度被我碰得前仰后合的生活秩序,也许她正躲在某个隐秘的角落,比如厚厚的窗帘或迷乱的玻璃幕墙背后,观察着来来往往的人踩中药渣,旋风似的带走晦气,而她或亲人的病就在这射向四面八方的纷纭脚步中渐渐好转,直至痊愈。

路上有药,是喝过的药,坦白着文火与武火交相夹击水深火热煎熬出的秘密。细心的人瞧见了,像遭遇了一颗地雷,忙绕开这药渣走,有的跳下车子,推着车子,沿着路两边走,生怕它弄脏鞋,沾上鞋底,引爆了自己;粗枝大叶惯了的人才不管这些呢,他们不相信什么,也不迷信什么,眼睁睁地踩了上去,有人还挑衅似的用脚尖捻了几下,然后用力跺了跺脚,昂首扬长走了。眼眶子和脸盘子平时都比其他人高的人边走路边训斥着孩子,不小心踩上了,觉得脚底又软又黏,等到看清是药渣,一下子明白了倒药渣者的用意,像炭星子落到脚面似的跳了起来,狠命地跺了跺脚,然后像吞吃了一只苍蝇似的响亮地一连啐了几口,仿佛要啐出那只该死的苍蝇,又咕哝了一路刻薄话,一天心里都疙疙瘩瘩的，像让马蜂蛰过了。

　　脚踩在药渣上面，某扇门里的某个病人，那个离深夜倒药渣的黑影生活得最近的人，轻轻一声呻吟，丝丝缕缕地渗出身体，像一茎细细的藤蔓爬出窗外，晃悠到了马路上，粘在谁的鞋底，走不了几步就迷路了。那些挑衅似的捻了又捻的脚步，踩中了病人的疼痛，像在没长好的伤口上胡乱撒了一把盐，病人忍不住喊出了声，在嘈杂的白天，这喊声很快被鸡鸣狗叫、婆娘骂街、两口子打架的声音覆盖了，有人觉得与病人身体对应的某个部位，比如说肾，隐隐地疼了一下，但到了寂静的深夜，这喊声被无边的静无限地放大，有人觉得自己的肾像被锥子狠狠地扎着，白天还十分强大的肾忽然就虚了，"哧"地撒气了。自行车轧过，三轮车碾过，摩托车驶过，这些受人奴役的会跑的金属，其实有着不同的节奏，踩在上面有的慢两拍，有的慢一拍，有的慢半拍，病人的疼痛也有了节奏，声音一会儿强，一会儿弱，一会儿急促，一会儿迟缓，折磨得他不得安生。偶尔开过一辆汽车，又粗又大的轮胎像屎壳郎滚动的粪球，车里坐着两个脑满肠肥的家伙，开车的在前，坐车的在后，第一只轮胎滚过，病人觉得贴在床上的脊椎像点心似的酥了，就要碎了，可没等他缓过劲来，第二只轮胎又冲了上来，一下子脊椎全碎了，最后一声悠长的呼喊被压缩变形了，撞碎玻璃游荡在城市上空，成为许多人噩梦的入口。

　　药渣内心充满着真实而透明的声音，躺在路上，那是生胃病的高二的声音，这是高血压的李四的声音，这又是肾虚的张总的声音，那又是肝火旺盛的马局的声音……这些声音大都顽固而坚定，一次又一次地反复在路上响起，提醒着我们某些生活的细节来自药渣内心。循着这些声音，我们大抵可以推开某扇门，找到某些未被曲解和粉饰的原生态的生活。

　　药在路上，被人或会跑的金属带走了一些，更多的不久被清洁工小心翼翼地打扫干净了，这些暴露无遗的隐私和秘密，这些干巴巴的伤痕累累的声音碎片终于从我们的生活里暂时消失了。

　　在乡村呢，在泥土裸露的乡间大道上，自由散漫的鸡啊，狗啊，毛驴啊，踩过药渣，不感兴趣地叫了几声，等一场雨过后，这些药渣，和它们内心的疼痛与声音很快被翻到了地底下，又成了隐藏得深深的秘密。

选自《散文百家》2023 年第 8 期

箸代笔

王 晖

　　海派画家唐云生于西子湖畔，享有"杭州唐伯虎"美誉。据说这位画风清新俊逸、雅致空灵的大师，满周岁时，家人举办"抓周"礼，其将案头托盘内摆放的各色备拈物件翻得底朝天，却唯独伸手抓住托盘外闲置的一只空酒杯，送到嘴边吸吮不已。及长，果善饮，逢聚必酒，且常于饮宴间，以箸代笔，以酒代墨，谈诗论画。我平素与烟酒无缘，却性喜美食；爱屋及乌，也嗜读美食文字。收入本集的芜词，就是翻览饮馔杂著之暇时，品味菜肴小吃之余闲，草草录记的与饮食有关之零言碎语，姑且算是我以箸代笔的成果吧。

英　雄

　　秋天，真是个美妙的季节。在江淮地区，这个季节极短，却天空澄净，气温宜人，金桂飘香，果蔬丰盛。尤其值得称道的是，"秋风响，蟹脚痒"，黄满膏肥的螃蟹也适时上市了，给老饕们送来一道时令美味。

　　再忙也不能不吃螃蟹，此种心态，从位于菜市水产区蟹铺前的人头攒动，不难窥探到几分。今年，中秋节和国庆节同日，政府规定放八天长假。趁着休闲在家，时间充裕，连吃了几次螃蟹。每天傍晚，先将买来的新姜刮皮，剁成细末，盛在碗中，倒入镇江香醋浸泡，并掺加少许绵白糖，拌匀。再把洗净的蟹，取白棉绳捆好，放到屉上，蒸熟。揭开锅盖，自热雾蒸腾的屉上抓出一匹壮硕的尖脐，趁热掰下两只毛茸茸的大螯，小心翼翼地咬开，掏出里面的充盈嫩玉，将两根连着脆薄硬骨的螃蟹活动钳的绒毛拼粘在一起，一只黑白分明的

"蟹蝴蝶"便诞生了。年少时，家里食蟹，我和妹妹总抢着将长辈们丢置在桌上的蟹钳做成"蟹蝴蝶"，粘贴在墙上或窗玻璃上。"蟹蝴蝶"会在那里栖伏很长时日，以至颜色变得黄旧了，仍不脱落下来。当日孩童，如今已年过半百，虽不失童趣地依旧完结了这道食蟹仪式，却再不会淘气地拿着"蟹蝴蝶"，向家里的墙面、窗上乱贴了。于是，把"蟹蝴蝶"放在桌上，作欣赏物。然后，细心剔剥整蟹，将挑出的肉、黄、膏，浸入醋泡姜末蘸食，细细咀嚼，真是滋味悠长啊。每餐，我惯食一尖一团两只螃蟹。蟹属寒性，多食不可。但尖、团同吃，除可尝食细嫩的蟹肉，还能品味到雌蟹的鲜香脂黄，同时享受雄蟹的粘腴膏白，堪称美美与共，断不能再作减省。食后，用蟹铺老板附赠的芫荽，加凉茶水洗手，腥气尽去。这时，煮上一锅手擀面条，取预先备好的新鲜黄牛肉丝和红椒丝爆炒，多撒上一些白胡椒粉，家里每人盛上一碗面条，以爆炒双丝作浇头，盖在面上，热气腾腾地吃下，额头沁出了晶晶汗珠，让人无法不沉浸乃至陶醉在小康生活的庸常满足中。

于是漫想，国人忠厚，知恩图报，素有为现实或传说中泽被民众、推动社会繁荣进步者立祠祭祀的习惯。即以饮馔业而言，在民间，油坊、醋坊、挂面匠等，都各祭有主。为纪念明朝福建长乐人陈振龙引进薯种和时任福建巡抚金学曾推广番薯种植，满足了世人果腹之功绩，闽人曾在境内兴建"报功祠""先薯祠""先薯亭"。中华人民共和国成立后，政府还对福州乌石山间的"先薯亭"重做修复。而这发现螃蟹美味者，文字记载竟可追溯到周天子时，具体姓名虽无法确定，但其对人类口腹享受范畴的拓展与食材质量的提升，实在是厥功至伟，端的应当享受后人的香火供奉。

记得在《梦溪笔谈》卷二十五《杂志二》中，载有《关中无螃蟹》条，曰：

> 关中无螃蟹。元丰中，予在陕西，闻秦州人家收得一干蟹。土人怖其形状，以为怪物。每人家有病疟者，则借去挂门户上，往往遽差。不但人不识，鬼亦不识也。

作者沈括是杭州钱塘（今浙江杭州）人，故里素有食蟹传统，他对螃蟹的功用自然不会陌生，所以，在客观记录关中地区风情之后，复以调侃口吻，表明了自己对这风情的评判。同为浙人的鲁迅，则直言称道："第一次吃螃蟹的人是很可佩服的，不是勇士谁敢去吃它呢？……像这种人我们当极端感谢的。"凭常识，虽亦理解此语之不诬，但终属抽象得之。若知悉宋朝时，在祖国西北的关中地区，人们尚遣派这形状可怖的"怪物"，去承担千余年后屠呦呦发现的青蒿素那独特的医疗作用，则无疑会倍加认识到这首位食蟹者行为的英勇，并赞同我对其立祠以祀的提议。

自然，这只是闲话，留待后言吧。好日子总嫌过得太快，一晃，便秋去冬来了。当务之急，是抓紧时间多剥食几只螃蟹，不要辜负这个季节，不要辜负我们的口腹。

葱 蒜

将这两种食材放一起来谈，是取"孟不离焦，焦不离孟"之意。菜中葱蒜，确如戏曲舞台上的孟良与焦赞，总是相跟相随，联系紧密。在居家过日子人的口头或文人的笔端，常喜把葱蒜并提。前者，于生活中，自可感受到；后者，读书时稍加留心，亦不难发现。位列"扬州八怪"之首的金冬心，就留有两句题墨兰诗："苦被春风勾引出，和葱和蒜卖街头。"盖冬心自视颇高，觉得自己不为世所用，镇日只能与庸碌辈为伍，故有此牢骚语。诗中，其以兰自诩，而将葱蒜并列，喻碌碌无为之人，如此设譬，与其生于余杭，长住扬州，虽数游北地，一生大多数时间却生活在将葱蒜视为调味品的南方，意识里固不以葱蒜为贵有关。当然，须说明一下的是，国人日常言葱，北方人说的多是大葱，而南方人说的则多指香葱，即北方人所谓"小葱"是也。

在北方人眼中，葱蒜地位明显颇为尊贵。蜚声中外食客之口的"北京烤鸭"，其佐食要料之一，便是大葱葱白。鲁菜有一款传统佳肴"葱烧海参"，取山东半岛北临之渤海湾所产刺参，配以有"葱王"美誉的章丘大葱制成，我在济南享用过，端的是糯烂滑爽，葱香四溢。如果说，葱在这两处使用，较调味品地位虽有所提升，却仍是辅料身份。那么，山东人食嗜生辣，在民间，大葱、蒜头生食几为常例，谚云"喝酒伴大葱，一盅顶两盅"，则是将葱，可想而知，也包括蒜，不折不扣地推到了主菜地位。另外，在"煎饼卷大葱"这款鲁地传统名吃中，大葱显然也是担当主菜角色。在西北，吃宁夏著名的清真食品老毛手抓羊肉，当地人爱说："吃肉不吃蒜，味道减一半。"两次去宁夏，接待方都在老毛手抓店赏宴，进入餐厅，环视各桌，除摆有一盘盘肥嫩鲜美的手抓羊肉，果然还例配一碗白皙壮实的老蒜头，满堂老饕边啃羊肉，边嚼大蒜，津津有味。

而大蒜在北地用途之广，南方人也实在无法想象。明崇祯时太学生杜濬所著《变雅堂集》，内存《竹枝词》十八首，描述明季北京社会生活状态，其写北妓之着皮袴并嗜大蒜云：

> 茅檐灰壁挂琵琶，皮袴高盘炕上趷。
>
> 却说客来休见怪，竟无新蒜点香茶。

北京人嗜饮"香片"，即薰香茶，这从老舍、张恨水写老北京的小说中，俱已见识。但当地人还曾以蒜点佐饮茶，并以新蒜为贵，此种风俗尚是首度闻知，实在不免少见多怪。

"李杜诗篇万古传，至今已觉不新鲜。江山代有才人出，各领风骚数百年。"出自清人赵瓯北笔下这诗句，气格高昂，襟怀阔大，何等神清俊秀！赵是江苏阳湖（今江苏省常州市）人，可能平素缺乏吃大葱大蒜的习惯，去北方途中，乍闻葱蒜味，不适应是自然的。可他却在《旅店题壁》诗中说："汗浆迸出葱蒜汁，其气臭如牛马粪。"对自己无法接受的食品与气味，竟如此丑语鞭挞，既失礼，亦显得胸次狭窄。当然，他这首类似"大字报"的小诗，尚有一点可取，即劝诚嗜食葱蒜者，去公共场合前，务必消除口腔异味，这是文明社会不可忽略的礼仪细节。

从口味上看，今日南人对葱蒜的包容，乃至认可，已雄阔得多。进粤菜馆用餐，蒜蓉蒸蛏子、蒜蓉蒸鲍鱼、蒜蓉蒸基围虾，是极寻常的佐酒海鲜；蒜香骨，啃起来香嫩多味；而那饶富盛名的避风塘炒蟹，炒制时，也少不了大量蒜粒做佐料。此外，取葱蒜为重要配料制作的菜肴，南方也在在可见。去温州参加晚报协会活动，在酒楼吃过一款地方名菜"蒜子鱼皮"，将鲨鱼皮干制品水发好，切成条块状，加大蒜瓣烹制，汁浓红亮的鱼皮吃在嘴里，软糯入味，蒜瓣酥烂，蒜香浓郁，味道鲜美。最令人惊诧的是，蒸、炸、炒食葱蒜犹不尽兴，直接生食者亦已有之。妻携小女去台湾旅游，回来说吃到一种路边名小吃："烧香肠。"吃时，须夹一粒生大蒜籽，而趋者若鹜。妻女游宝岛，是从南京参团出境的，同行团员多为苏人，嚼食"烧香肠"均津津有味，可见苏人对蒜的包容度，已远比前辈乡党赵瓯北宽广。至于台岛，更是典型的祖国南方，现有居民主要是福建、广东两省移民的后代，"烧香肠"竟能在岛上流行，遂成为名小吃，我们据此起码可说，以闽粤子弟为主的一部分南人，对这辛辣、有刺激性气味的"大蒜头"，已逐渐接受。

"大肉面一碗来哉……"

翻阅旧上海名医陈存仁回忆录《银元时代生活史》，听老人说古，得悉当年上海老城厢各种食品店铺星罗棋布，服务好生温暖、熨帖。

小南门外的乔家栅圆子店，以卖汤团为主，创店老妪做的汤团，皮薄且糯，肉精卤多，起初每天做四百个为限，卖完打烊。孰料物美价廉，食客盈门，只得动员三个媳妇、四个女儿帮着赶做，方能应付。客人食后，尚未过瘾，还要买些带回家吃。于是，老妪把煮熟的汤团捞出，滚上几层红豆沙，蜚声沪上的"搡沙圆"就此诞生。

大东门汤懋昌出售的糖果花色繁多。除供应最普通的粽子糖、乌龟糖、牛皮糖、芝麻糖、米花糖等，尚卖一种寸金糖，长约一寸，命名取"一寸光阴一寸金"寓意，内裹糖酥，外粘芝麻，吃起来既甜且香。

开在南市荷花池后的张祥丰蜜饯糖果栈规模很大，专售蜜枣、糖金柑、糖橘饼、糖佛手等蜜饯凉果。店内最出名食品是花生糖，上海人多买它馈赠亲友或旅行出外自奉，单这种糖每天要售出几百斤。

南市还有卖水果的摊档，卖牛肉包的铺子和专门供应热酒、凉菜的小酒店；每天自朝到晚，总有小贩按时沿街叫卖大饼、油条、脆麻花、白糖粥、臭豆腐干、火腿粽子、五香茶叶蛋、梨膏糖；有些苏州小贩则踩着时令节拍，用嗲声嗲气的语调，沿街喝唱，更换出卖檀香橄榄、烫手热白果等应时小吃……呵，简直就是一幅氤氲着浓郁人间烟火气息的沪版《清明上河图》。

其中服务最细腻，令人称道叫绝的店铺，当推面店。带钩桥（俗称打狗桥），有一家唐正和面店，早晨供应汤包。过了早晨，改供应面食，有鱼面、肉面两种，名目繁多，客人要在叫面时预先说明。"拣瘦"，即是要瘦肉；"拣肥"，就是要肥肉；"去皮"，就是要除去一层肉皮；还有"轻面重浇"，或是"重面轻浇"，就是要多面或是多浇；另有一种叫作"减底"，也就是浇头多些，面尽少无妨。还有一种叫作"阳春"，即是阳春白雪的阳春，来代表"光面"。光面只售铜元三枚，若要面多些，可以加一，即付铜元四枚。此外，不要葱蒜，名为"免青"；要汤多的，叫作"宽汤"；要吃不太软的面，叫作"硬面"；有些客人叫一碗面，要鱼肉兼有，名为"红两鲜"。客人吩咐定当之后，跑堂就大声叫喊起来，有时一碗面要连续叫出六七个名堂，如"大肉面一碗来哉，要轻面重浇、去皮拣瘦、宽汤、软面、免青"等，一连串名堂叫起来很是动听，所费不过铜元十二枚而已。而这类面店，在南市城厢内外，何止二三十家之多。

想象昔人将庸常饮食生活，竟过得如此诗意而饶富情调，于羡慕前辈幸福人生之同时，亦不禁慨叹我辈迟生数十年，失却了一段好口福。而今，街头遍布洋快餐连锁店或土快餐连锁店，为了果腹，有时免不得光顾。可进食中，念及碗间膳食，从材质选取、配料设定到烹饪程序，几乎都是全城统一、全国统一乃至全球统一，胃口自然大减。赞许者虽坚称："这正能适应眼前社会的快节奏生活。"可是，从自由选择到被动接受，中间失却了多少温馨生动的情趣，平添了多少无可奈何的服膺啊。

报载，有美国杂志慨叹："纽约饮食业前景堪虞，盖昔日用膳之情调荡然无存，人人但求果腹耳。"看来，山姆大叔中的有识之士，已在反思日渐追求快节奏，给民众饮食生活带来的机械、枯燥后果，开始怀念"昔日用膳之情调"，希冀构建有品位的饮食新形态了。

选自《雨花》2023 年第 8 期

一册课本

高玉宝

　　这本光绪三十四年（1908）元月初版发行、民国十五年（1926）七月第四十七版增订的《中华民国小学教科书历史启蒙》课本，为上海棋盘街交通路新学会社发行，是当年坊子铁路小学的历史课本——

　　我走进曾经是坊子铁路小学教员休息室的地下室，这些压在箱底的书籍显现出来，我似乎听到一声脆响，在时间轴线上，总会有人不经意地弹响这根被遗忘的琴弦。同学的祖父十八岁起便在此任教，教了一辈子书。我记得八十多岁的他留着白胡子，微风吹过，胡子在他下巴上飘动起来，让人想到"痒痒"这个词。祖父穿原白色的棉布褂子，洗得干干净净，眼睛明亮得像猫。他给我们讲《诗经》，讲"鸿雁于飞，哀鸣嗷嗷"。那时我们正青春年少，刚刚上初中。只记得祖父的三指苍劲，努力弯下腰去，屁股下面坐着的枣木马扎翘起来，发出吱呀的响声。祖父手里捏着一截粉笔，门前的槐花正在开放，雪白的花瓣落了一地。他轻轻将花瓣拂开，在水泥地上一笔一画地慢慢写下诗句。那些诗句在阳光下闪烁，宛若浮在水面上的掠影。

　　前几天同学清理小库房，在木箱里忽然发现了祖父的一摞课本，他怔怔地站在昏暗的空间里，一本一本书抖落出来，呛人的潮湿与霉味让同学打了一个喷嚏。同学打电话给我，让我把这些书拿去："送给你，也是这些书的好归宿。"

　　民国时期的课本五花八门，各地并未完全统一。这本新学会社出版的历史课本同样符合这种情况。新学会社始建于辛亥革命期间，乃宁波李镜第等人创建，后总部迁至上海，又在济南、奉天、汉口、广东等地开有分社。李镜第是宁波人，大海赋予人们渔盐之利，作为盐商，少年时他即富甲一方，成了甬地盐商的领袖人物。而立之年，他被晚清朝廷册封为鄞县"盐司"，授予从四品官衔，若以九品十八级序列计，相当于宁波府同知（副市长）之职。职位伴随既有的号召力，使他可以放手做一些自己认为对的事情：国民思想禁锢，需要进步人士的唤醒，开办新学会社是当务之急。1919 年，鲁迅的《药》在《新青年》上面世，一个血馒头咬着牙要撕碎民间的麻木。发现国民麻木的不止鲁迅一人，早年，李镜第与康有为私交甚笃，两人经常诗词唱和、互赠楹联条幅，但是，雅士间的志趣又能走出多远？友谊的转折切口很小，但是创面将不可愈合。新学会社的故事很多，其间聚集了许多进步人士，他们聚在一起，编书撰字，将一波一波思潮送向远方。上海"五卅"惨案爆发后，李镜第以校董会主席的身份，带领学校的二百多名师生走上街头，淋着雨赶到江北岸外滩英国领事馆去递交抗议书，在领事馆门前慷慨激昂地声讨英国巡捕的罪行。生死一瞬，射出枪口的子弹无知而无情，在二十世纪初，敢于跑到英国领事馆门前发声的中国人，的确寥寥无几。近一百年的时间过去了，枯枝败叶堆成时间的灰烬，汗水、泪水与热血同时进入时钟的刻盘，一本薄薄的历史课本，收纳了时间的呐喊。

这本课本的定价为大洋二角，民国十五年的大洋二角，放到今天有了收藏价值，品相好的，大概可以卖到一千到两千人民币。放在当年，这个面额不贱不贵。1911 到 1920 年间，在上海一大洋可以买三十斤大米，或者可以买八斤猪肉。那么，二角就可以买六斤大米，或者一斤六两猪肉。二十世纪初，工业革命成就了发达国家的原始积累，除却美国的牛仔与淘金，更加重要的钢铁、石油、汽车和化工业使美国迅速发展为超级大国。紧随其后的是英国、德国、法国和日本，于是，扩张造成的冲突也就在所难免，第一次世界大战，日本与德国开战，战场就在山东。日本胜利，日本人胜利的果实是将胶济铁路占为己有。尽管中国也是第一次世界大战的战胜国，由于国际力量上的巨大差距，却无权分到半杯羹，切好的蛋糕早就有主了。于是，举世瞩目的"五四运动"爆发，觉醒的中国人懂得了如何发出自己的声音。这些声音引起了美国人的重视，中国人在各种力量的压榨下，得到了一丝喘息的机会。胶济铁路的路权终于

1923 年 1 月 1 日自日本人手中收回中国——尽管赎金巨大，尽管条件苛刻，但是至少在权益上取得了一丝胜利。

早在 1900 年，美国已经是高楼林立，证券公司布满了华尔街，穿着高档西服、手里掐着报纸的中产阶级满大街都是。1909 年，福特公司给工人的工资是每天五美元。而此时的中国人，特别是中国农民，一天的工资是多少？仅仅几文钱，除了果腹，还能解决什么问题？当温饱问题都无法解决时，人们的理想也是原始的，买房子置地，扩大祖业，纯粹的老实巴交种地干活，似乎成就不了理想。于是，充满了"民间趣味"的百姓"手段"就会浮出水面——绑票、抢劫成为常态。辛亥革命前后，山东匪患已经相当严重，严重到海上有海匪，路上有土匪，山上有山匪，可以说到了无处无匪的境地。1914 年 9 月日本出兵山东，占据青岛和胶济铁路时，又从东北招募胡匪为其扩张，更使得山东的土匪越聚越多。土匪的"道理"就是手里的枪，而文人的道理一直斯文，除了笔，就是街头的呐喊了。

二十世纪初的近代中国是什么样子？我们或许可以从外围人的眼中看清。在《德国公使夫人日记》中，海靖夫人于 1898 年 5 月 13 日写道：

门前灰尘飞扬、臭气熏天的街道上站满了数不清的衣衫褴褛的中国人，塔林饭店里坐着北京城里所有的欧洲人，一直堆挤到了屋顶上。

……

亲眼目睹我们的亲王如何居高临下地对待中国人，让人感到非常惬意。

一年后，她在 1899 年 6 月 6 日的日记中又写道：

今天我们抵达了长崎。

驶入长崎港的沿途风光十分迷人，在看惯了中国令人绝望的灰褐色后再一次见到绿葱葱的青山，真是一种无比的快乐。我们住在非常舒适的长崎宾馆里，这是一间充满了文明气息的屋子，街道一概很干净，行人看上去也都经常沐浴过，这一切与三年的北京生活形成了鲜明对比。

作为首都的北京都不过如此，那最为底层的农村又是什么样子？德国人李希霍芬在他的中国旅行日记中也写到了中国人的形象，他认为十九世纪末的中国人"脏"，喜欢拥挤地居住在一起，胡同里无不污水横流，细长的辫子里长满了虱子。少年则同父辈一样，不喜欢学习，没有创造力，整天坐在门前发呆，像一个个垂暮老人。

二十世纪初期，越来越多的有识之士发现了国民的麻木不仁，越来越多的启蒙者涌现出来，他们办刊物，做课本，奔走于理想的尖端。这本课本，这本启蒙历史读本，正是在这种背景下诞生的。

此课本为线装石印版，由于酸性化学元素的介入，石版印刷的书籍不易保存。近一百年的时间过去了，历史事件一件跟着一件，当年的事件成为真正的历史，当年的课本却无人再去翻动。也正因此，课本的纸张与字迹依然放射着时间的光亮。打开书页，今天的我们看到了当年小学生学习的历史的部分内容。为了提高小学生的阅读兴趣，读本几乎每一页都刻有插图，以人物、地图为主，画面非常生动，也有以故事为内容的插图，例如《徽钦二帝被掳图》，内容人物就有九人，把徽钦二帝受辱的表情也刻画得凄惨逼真，很有后来我们看到的连环画的风格。课本内容是大字，颜书繁体。可惜的是，当年整理这个读本有着很大的局限，内容过于跳跃与单一，只挑拣了为数不多的几个历史事件作为概括，人物生平过于简单，对历史人物的评价也单薄，也许是考虑到小学生的接受能力有限，所以，也是情有可原。如今来读此书，有许多有意思的地方，现摘抄一段：

张勋任徐州督军，蓄辫不去，忠于清室，素为民国患。六年夏，黎（元洪）大总统因事召勋入京，勋带兵入，首先要求解散国会，重组宪法，议行，而康有为亦秘密来京，哭于七月一日，拥护清帝宣统复辟，迫黎退位，京师骚然，各省纷电反对。冯国璋、段祺瑞进兵征讨。张、康遁，而复辟遂归泡影。

此书出版于1926年，距复辟只有十几年，此事已不算是历史，而是时事了，所谓历史启蒙，其实夹带了"私货"，让人失趣。"哭于七月一日"短短几个字，就将康有为的面容刻画得入木三分，更让人感叹世事无常。互赠楹联条幅的友谊不复存在，只有对复辟情结的深深憎恶。康有为是哭自己，还是哭宣统呢？国人的命运由此又将何去何从？读本很薄，容不下太多思量。

课本记述得非常简单，将有太多故事隐在简单字句之后。如第五十五课中写道：

> 武宗、世宗、神宗。明至中叶，内忧外患，相继而起，武宗时宜官刘瑾用事，世宗时奸相严嵩专权，鞑靼势既复张，倭寇屡来侵扰（倭寇为日本海贼），神宗之世，张居正当国……

简短的记述中藏着多少故事啊，只这一课，可以让一个历史老师讲上一天了。当时铁路小学的孩子们，听到明朝的那些人与事会作何感想？课本用圆圈为断句或加重提醒，在关键人物与事件旁边加以圈点。那时，竖式排列的标点符号尚不完备，且以古法向右侧翻页，拉长了时间的仪式。

铁路将远方的距离拉近，是进步思潮的前沿。这本"时尚"的历史课本沿着铁轨一路高歌猛进，走进铁路小学的教室。胶济路权自日本人手中收回前，胶济铁路共有六所铁路小学，分别是高密、坊子、青州、张店、淄川、博山小学。在鲁案善后谈判时，日本人坚持"继续租用坊子、张店、博山三所学校"并如愿以偿，非但如此，实际上还无偿借用了淄川小学。胶济铁路管理局实则只接收了高密和青州两所小学。

接收后的胶济铁路迅速规划其教育事业，并很快卓有成就。1923年5月，高密铁路小学成立;1924年2月,四方铁路小学开工建设;1924年8月,青岛市两级小学设立;1928年,坊子铁路小学建成;1930年,淄川铁路小学创设。为培养中国下一代,对课本所授内容也做了许多调整,这一册历史启蒙课本也在调整之列。

坊子火车站仅职工就有几百人,职工孩子就读于铁路小学,同时,有些地方人士也将孩子送到铁路小学读书,国弱家贫,只有知识才能改变中国。当年的小学教员中也有许多进步人士,包括党的一大代表邓恩铭在内,都以小学教员身份为掩护,进行党的秘密工作,同时也在学校积极传播进步思想。一条胶济铁路就像一根纽带,不仅仅是传送实在的货物与旅客,更多的,是将远方的事物带来,将这里的求索送向远方。

选自《散文》2023年第9期

我行我法　鹰扬万里

——论梁璇筠《珍真集》

施友朋

　　要为一本精彩的散文集写评论，觉得甚有压力。我这样说并非谦虚。北宋名臣王安石对政事看得清楚，曾写下名句："看似寻常最奇崛，成如容易却艰辛。"写评论，若然只为美言几句，一味"擦鞋"或者溢美之言句，多如天上繁星，而抓不到作者好在哪里，那倒不如不"评"，一"评"反而露馅。

　　余光中认为评论家也是作家。在内容上应该言之有物，应非他人之物，不妨文以载道。但是应为自我之道，在形式上应该条理井然，深入浅出，不必过分旁征博引，穿凿附会。在语言上应该文采出众而不必矫情滥感，只求在流畅之余时见警策，说理之余不乏情趣。若能左右逢源，拈来妙喻奇想，就更动人了。

触目难忘　活泼心田

　　我之所以把余光中对一个评论者的要求摘录于此，皆因对于一个散文创作者，都可以有那样的要求。梁璇筠是中学老师，也是诗人，已出版过两本诗集。我在网上搜集关于她的资料，作者说这次出版的契机与疫情有关。在疫情初期有一段时间，学校让老师扩充电子教学，这段时间老师仿佛空间比较多，让她有机会整理作品，辑成这本散文集《珍真集》。书名的"珍"有珍重珍惜的意思，而"真"则代表真诚的心、真挚的情感、真实的生活。《珍真集》分三辑：《自转心田》《春风打秋千》《盈手泼茶香》。刘伟成的导读《春风泫泫泼心田》旨哉斯言！所谓眼界关乎心境，人欲活泼其心，先宜活泼其眼。收录在这本书的每一篇文章，真正是触目难忘，是活泼读者双眼，自然就泫泫泼人心田！我行我法，信乎涂泽谓符天趣！

当然所谓"信乎涂泽"在这里是作者的"珍"与"真"，不做作不矫情，写来墨泻淋漓！《湿疹之隐喻》最能表达作者性情乐观，积极向上的精神，充满正能量。湿疹给她的折磨都化为向上攀爬的动力，梁老师写来娓娓动人，"发炎的身体时时提醒我思考生存的状态"。她写道："需要强调的是，你是一个有湿疹病的人，但你同时也可以是一个美丽的人，甚至是一个性感的人。这是我后来才慢慢解开的心结，在我知道张爱玲后期也为湿疹困扰的时候。"这样有自信心的女子，确实令人佩服！这样的一个女子，永远不怕失恋，"子不我思，岂无他人"？我为梁老师热烈鼓掌！

钱钟书说好东西不用你去记，它自会留下很深的印象。其实好文章都一样，看过必定留下很深的印象。这亦如吃东西，一碟饭菜吃一口已知是否美味，你不必整碟吃完才知道美味。梁老师的文章你随便抽一篇来读都不会令你失望。这可比名牌总有品质的保证。集中首辑，我至爱《湿疹之隐喻》；第二辑《不学诗，无以言》和《蒸松糕，卖凉粉》；第三辑《茶、咖啡与死亡》。当然她写人物、书画、读书都令人耳目一新，要言之，其诚之外，更不落俗套，这涉及见识修养。

梁老师既是诗人，她特别注意语文的运用，且特别为粤语鼓励兴呼。这是我特别欣赏的。而梁老师在书里偶然也"露一手"，把粤语运用得恰到好处，更是她这本书的"无量功德"。粤语，是美丽的！

"礼失求诸野"，梁老师《不学诗，无以言》有感于二〇二〇年初暴发新冠肺炎日本人在捐赠的物资包上写上的字句。"好一句'山川异域，风月同天'。青山一道同云雨，明月何曾是两乡。"梁老师于是为喟叹曰："好端端说什么诗？第一就是被直觉的美感击倒了，这是语言，或者文学能给人的幸福。"

我展读梁璇筠的《珍真集》，惊觉她文字运用得心应手，意境尖新，想象独特，对比强烈。梁老师的散文很有个性，每一篇都予人幸福的感觉！

"时尚易逝，唯风格长存。"梁老师这本不够二百页的散文集，已为她塑造一个散文大家应有的风范。我诚心希望在不久的未来能读到她更多的散文，活泼双眼，润我心田。

选自《明月湾区》2023 年第 3 期

圆的证词（外一篇）

思不群

这个周末的下午，我坐在书房里，铺好了纸，倒好了墨，准备写字。笔肚在砚池边上轻轻揉着，眼睛在窗外几株顾秀的紫槿树上一一经过，心里默念着该写点什么——就在这一念间，忽然墙壁晃动，记忆闪回：我想起很多年前的一个下午，也是在窗前，我也曾这样提笔在手，揣摩如何落笔。其时还是十年前，我们住在何山桥堍，大运河边，南来北往的船只衔尾而过。十年两头的同一个动作，连成一个圆形的黑洞，将记忆击穿，一种时光被挤压、弯曲的恍惚状态，让我已在此地，又仿佛还在彼时。

我常常有这样的经验，在某个地点的某一时刻，忽然想起多年前在同一个地点同一个时间在做着同样的事情。由于站到了同一个特定的传导时点上，生命直觉的回声如此有力，时空粒子的隐性电波穿透身体，引发内在的震颤，带来眩晕和迷茫。而此后，又如梦惊醒。我曾想这是不是当代的庄生化蝶，然而我仔细审视后确认，两者不可同日而语。相比化蝶后的自由与逍遥，我所获得的却只是眩晕与迷茫。熟悉的场景，虽然其中也夹杂着时间调制而成的亲切，但随之而来的却是沮丧和无可奈何。时间以其否定之手，将人打翻在地。一杯苦涩的经验饮料，我们喝下，但感觉不是味儿。我的朋友们也向我讲述过类似的经历，证明我们确实是同类。

意大利物理学家卡洛·罗韦利在《时间的秩序》中告诉我们，时间是没有方向性的，无所谓过去与未来。他写道："一个人却可以回到时空中的同一点……以这种方式，朝向未来的连续轨迹返回最初的事件。"果真如此，那我一次又一次地回到同一个时空点似乎就是可以理解和接受的。而尤其是在一个具有封闭性的、围城般的空间里，时间的光锥如被困住的飞矢，它飞不出去，只能再一次回过头来，带着与空气摩擦的震动与滚烫，震颤不已。而骑于飞矢之上的人，则陷入与我一样的眩晕和迷茫。

有时，我感觉这种眩晕与迷茫似乎是我们中国人独有的。赫拉克利特说：人不能两次踏进同一条河流。但我们居住生息的东方河流又倒着流淌了一次。曾有明眼人说："人生最苦痛的是梦醒了无路可以走。"所以这时就用得上"圆"了，因为它可以一直循环往复下去，永远不用担心"无路可以走"。就像吕纬甫这只苍蝇一样，转了一圈又飞回了原地。就像阿Q在临终前匍匐在地，努力要把圆圈画得最圆。小时候我们几个小伙伴滚铁环，它颠簸、晃动、挣扎，我们不时改变着方向，让它驶出原先的轨道，然而最终它总会倒下来，在地上圈出一个圆。奥妙之处在于，这种回声不仅来自过去，也来自未来，不仅来自我们自身，还来自我们的父辈、祖辈、曾祖辈……这种回声的波段有长有短，有时它只是萦绕在我们自己的耳旁，有时却扩大到遥远的过去。在孔子的讲坛上，在老子的牛背上，在青竹简里，在说法图中，那些大大小小的圆，有着一样的弧度。

这样想了之后，当我写字时，面对如何处理圆转和方折也起了犹豫。圆转的手，是迷失的手，隐隐听见前方有歌声的召唤，车轮飞奔而去，清风与明月，滚过山脊梁，但村子还是以前的村子，村民们依旧插秧、车水、收割。方折的时候，仿佛遭遇一场狙击，仿佛面临一种巨大的不安，双手握紧扳道钳，突然发力将它扳至另一股轨道，列车车轮贴着铁轨轧出的火花和刺耳的摩擦声，是内心的啸叫。这啸叫声久已不传，自从嵇阮死后，仅仅在铁轨上复活。曾有一个帅气的年轻人，高喊着"一个圆，多少年的人工／……／毁坏它，朋友！让我们自己／就是它的残缺"！（穆旦《被围者》）自戕般的高密度诗句，在后人心中炸开了一道缺口。但是圆的自生长迅速将它填满，铁环继续向前滚动，并且越滚越大，越滚越快，我看见它像巨大的车轮向着我飞旋而来……

就这样定在额前胡思乱想了半天，还是不知道写什么。我提起笔，信手在纸上画了一幅八卦图，然后用剪刀将两条鱼剪下来，放进笔洗中。青色的北溟天池里，两条大鱼头并着头，快活地畅游，吐着泡沫。

镜像与副本

有一件事我一直很奇怪，那就是我为何没能成为小说家，而成了诗人。因为我从小到大听的故事可是够多的。

记得小时候，尤其是冬天的晚上，我们一家人围坐在一起，听母亲给我们讲故事。那是一些书生赶考的故事，包公断案的故事，才子佳人的故事。母亲年轻时是乡里戏班的台柱子，所以每每讲来都绘声绘色，极具吸引力，我们连厕所都舍不得去上，生怕漏掉精彩的片段。二十世纪八十年代皖西南农村的冬夜，滴水成冰，但母亲的故事让我们忘了冬夜的清寒。听完之后，当我躺在乍暖还寒的被窝里，那些故事却还热乎着，总会再陪伴我一会儿，直到把我送入沉沉的睡眠。后来的几十年间，我流寓四方，在天南地北的饭桌上也听到过很多故事，它们成为最好的下酒菜，听完之后众人往往一起山呼海喝，推杯换盏。但是近年来，当我再听故事时，却忽然有了恍惚感，我强烈地感觉到我们的生活并非实在，它只是某个真实生活的镜像，只是它的一个副本。此时此刻，世界上是否有另一个人在讲着我的故事？我们的生活中，故事如此不可或缺，到底是我们在生活，还是故事在生活？到底我们是故事的主角，还是故事是人生的主角？有一次，我竟然做了个梦：许多人在大街上走着，看不出目的，而且他们都没有脸，他们的脸都替换成了一本本故事书，无声地来回游荡着，像是在上演一曲舞台哑剧。那种幽魅的氛围，一下把我从梦中惊醒。

我们无疑是世界上有着最为悠久的讲故事的传统的民族。女娲伏羲是故事，三皇五帝是故事，王朝演义是故事，文人骚客是故事，不管是什么样的人物，最终都逃不出被编排进故事中的命运。一曲演义从古说到今。似乎古往今来的这些人最终都只有一种存在的形态，那就是故事。就好像他们跌宕起伏的一生只为了给故事增加点素材。那个才冠一时的金圣叹，埋首辞章，悲怆一生，最终落得身首异处，但在人们心中只剩下临刑前"莲子心中苦，梨儿腹内酸"和一声"好痛！"的噱头，直把悲剧变作了闹剧。金圣叹也许早就预见了这一点，他曾说道："吾最恨人家子弟，凡遇读书，都不理会文字，只记得若干事迹，便算读过一部书了。"话说得沉痛而无奈。"事迹"是漂在水面上的泡沫与油渍，有着五彩的光芒，夺人眼目，而"文字"则沉在水下，在黑暗中，实实在在地写有一段撼人心魄的悲剧和挣扎，从没有人向那里望一眼。

我们喜欢听故事，因为它是悲苦的调味剂。生活这味药太苦，只有在药片表面涂上一层薄薄的糖衣，我们才有勇气把它吞下去，才会忘记那苦。实际上，故事就是解苦剂。听故事的人是为了从中获知，原来还有别人过得比我更惨，这给了他无限的安慰，于是生活又可以继续下去。它是没有出路、又没有勇气绝望的人消磨时间的最佳工具。加拿大当代著名作家玛格丽特·阿特伍德曾经出版过一本题为《生存：加拿大文学主题指南》的著作，在书中她提出一个观点："加拿大文学反映了这个国家唯命是从和活命主义的倾向。"如果阿特伍德会中文，如果她来写一部汉语著作，她会觉得我们的文学里有着更为典型的"唯命是从和活命主义的倾向"。对故事的过分喜好本质上就是"活命主义"，其中没有真实，而只需要娱乐。故事不需要真实，只需要情节生动，浓郁的道德感，只需要感人。以我的偏见看来，《活着》是故事，而《呼喊与细雨》则是小说，是文学。在小说与文学中，万千读者与作者是同一人，他们处在同一个核心中，用同一张嘴呼吸。而故事是分裂的，无机的，每个读者躲在自家的高墙下黯然神伤或沾沾自喜。

"我只需要一个好故事！"平常与写小说的朋友聊天时，我不止一次听到类似的感叹。求故事若渴。仿佛只要有了一个好故事，就能拯救他的写作。至今，我只在鲁迅的《野草》里读到过一个《好的故事》，它"美丽，幽雅，有趣……有无数美的人和美的事"，荡漾着夏日的晚风，让人沉醉。但唯一不好的一点是，它只能漂浮于水面上，一个浪头就可以把它打碎。近几年来，小说写作中对故事性的追求达到极致，小说在极限"减肥"之下，已经瘦得皮包骨了。这种返祖现象，几乎将小说变成了故事。结果是粗糙，干瘪，消遣性日益增强，精神性日益降低。问题在于，在今日，一位从古代走来的说书人，当他走遍城乡，击鼓高唱起那些古老的故事，他是否还能抚慰那些空虚、不安的灵魂？打个不恰当的比方，故事情节是小说的骨架，而人物、心理、环境等则是它的血肉，但一个只剩下骨架的人那是木乃伊，而我们渴望拥抱的则是温热的身体及她在我们耳边的私语。木乃伊虽然无比珍贵，但当我们看过它后，从历史博物馆里出来，几乎马上就会忘记它，毕竟它不会呼吸，只有活生生的人才能像朋友一样继续陪伴我们走上一段路。也许大多数小说免不了要讲故事，但要警惕故事独自向前，驭者要将缰绳握紧在手，否则任由故事的野马乱奔，它会将人物抖落在地。

环顾四周，一切都是故事。不仅仅小说，我们的电影只是故事，形形色色的人只为了完成那个圆形的结局，为了最后庆祝的烟花燃上半空。戏曲中更是如此，热闹的锣鼓声中，老老少少的角色在台上走来走去，但一律装扮着不同的脸谱，也许就是要把人抹去，让你只记得故事。吊诡的是，就连无数的事实、真相也变成了故事。在某个讲述者的嘴里，它在舌尖被颠来倒去，一个一个面孔轮番泛出，人们先是愤怒，继而嬉闹，最终大笑、感叹，在这愤怒、嬉闹与大笑的循环中，事实与真相不见了，而故事诞生了，我们就是其中不可或缺的中间一环。我们喜欢看故事，我们制造故事，但故事却在塑造我们，最后我们把自己一生的痛苦、煎熬、屈辱都化作了故事。所以直到今天，我们所有的都只是故事，而没有自己，脱去了血肉和不安，脱去了战栗和羞赧，成为一张张薄薄的书页，厕身于书册间，卷帙浩繁的二十五史就是这样写成。

翻看着这些浓墨重彩的文字，我有时会有一种错觉，那里面写着的全是同一个故事，是同一场戏在不同时间、不同地点的二十五场巡回演出。那我们的一生是否早就被人写好，或许我们只是被某个剧组招募而来的临时演员？不，我们应该重新写它，把它从故事修改成一篇小说，甚至一首诗歌。我们要打破那镜像，撕碎那副本，让人的脸从中露出来——一句话，我们要让它变成真正的实在。

选自《中国校园文学》（青年号）2022 年第 9 期

水袖昆曲

殷 礽

一

“原来姹紫嫣红开遍，似这般都付与断井颓垣，良辰美景奈何天……”昆曲雅集是如此曼妙和情深，我沉醉于低吟浅唱感怀不已。一曲相思，两处闲愁，三生情愫，四目相望……百般情思静静流淌，水袖翻飞，碎步灵动，恍若千年一梦，甜在心间最深处。

因为对昆曲的迷恋，我常常出入于昆山，去往各处有昆曲表演的地方：社区、剧院甚至是展览，哪怕是工作室、讲座、分享会。常闻昆山有三宝，“昆石、琼花、并蒂莲”，但被誉为“百戏之祖”的昆曲，却并未列于其中，对此，我总有些不解。后来我才恍悟，昆山三宝是物质，昆曲非物质文化，“无他，唯有美字”。说得通透点，物质是可以触摸到的，是真实存在，是能一视深浅的；而昆曲不行，它得品。它虽也可以用文字去介绍概念，去推广戏中人物故事，但倘若不前去听戏看戏，身临其境，没有三分品七分赏，难以真正有所收获。所以，如果将非物质文化与物质文化归并一类，难免有凑数之嫌。

在昆山待久了，我才发现在室内公交站台、公交卡、大型雕塑上，都有昆曲人物的身影。比起“昆山三宝”，昆曲所得市民之器重，更是独一无二。

元代末年昆山顾坚始创昆曲。昆曲天性细腻温婉，幽远高洁，是戏剧百花园中的“兰花”，蕴含着些玄之又玄的东西，能听能看能感受但未必能触碰。它那看得见摸不着的大美，得用想象去灌溉，用心灵去感受，是被赋予神韵的艺术生命形式，是属于风雅纯尚的精神境界的。

五尺高台上，那交缠的水袖像是有灵性、有体温、会呼吸的，它们亲密地缠绕在一起。台上亦唱亦舞的身段，一唱三转的腔调，俱柔美婉转。每逢戏过高峰，台下掌声不绝。人们伊始触昆曲，未必会喜欢，甚至可能还会感觉表演太过正式，但多次欣赏之后，总有人终会被这戏种所吸引，并痴痴爱上它。

昆曲唱腔优美，特别是爱情戏表现得缠绵婉转、柔曼悠远，令人叫绝。这浪漫多情的氛围，无疑需要园林中的美景、假山、石桥烘托，水袖曼舞于亭台楼阁之中，台下看戏，恍如隔世。台下与台上的距离仿佛是今日与昨日的距离。《牡丹亭》《长生殿》《桃花扇》都是脍炙人口的爱情故事，序幕一开，配乐旋律响起，演员在台上明眸善睐，且吟且歌：丽娘花园赏春、丽娘入梦思人、动情隐情无处诉说、题写诗歌不幸离别、始得还魂结为永好……这跨越生死的爱情传奇演绎着如花美眷悲欢离合。看台上，表演如回到过去，往昔车马很慢、书信很远，爱一人相守一生尚且属于难事，又怎不勾起今天的我们对于爱情的思考？今日生活便利，五湖四海诱惑很多，快餐式的爱情与昆曲的情调大相径庭。今日细想我们所看所听到的昆曲，都是古典文化中孕育而出的精品。一部部经典剧本，经过时间的锤炼和打磨，将前人的智慧与情感，传递给后人。我们在昆曲唱词里享受旋律之美、文字之味、人性之情。今人从昆曲之中，感悟前人对于生活、人生的哲理思考，回到现实后，一定能够爱得更彻底，活得更有意义。昆曲之中，带着生活本真，散发着深邃的哲思。

二

说昆曲为大雅之雅一点不为过。它大体成型于 14 世纪，因年代久远，被誉为"百戏之祖"。昆曲最初的诞生，是在达官显贵家中。他们不必为钱财所忧，又有足够的文化鉴赏能力，而他们的家就是一个私家园林，在园中开辟戏台，专为昆曲所设。昆曲如此之出身，源于高雅之堂。"雅与俗"并非对立，"雅"应该高于生活却又不能脱离生活。脱离生活的文化便失去了原本的价值。《牡丹亭》《浣纱记》《十五贯》是昆曲最初的戏本，而后，又有更多耳熟能详的篇目出现。昆曲不只是古人的轻歌曼舞，它所唱的不只是才子佳人的爱恨情仇、悲欢离合，还有桃花血扇的亡国恨，窦娥誓言的天地叹，谭记儿的智慧与反抗，等等。

昆曲的唱词，用的是今人不太熟悉的古文词。今日，台下观众听昆曲，未必能听懂全部唱词，但从台上表演者的眉宇神色、手势动作之中也能了解戏中人的喜怒哀乐，了解故事年代、背景、大体内容。昆曲难懂不仅因为唱词为古文，还因为唱语用的是吴语。昆曲注重咬字吐音，对于演员的唱功要求严苛。吴侬软语听着优美，但学得不易。吴语唱昆曲，对于嗓音的要求很高，不仅需有天赋，还需要后天的用心呵护。从小入行的昆曲表演者，入行之前师父的告诫也都以保护嗓音为主，手型外貌皆可以改变，唯独那嗓音之损不可逆。

三

昆曲的雅致，不只在于戏内演员的精湛表演，还在于戏外化妆布景之美。演员脸上敷妆容用的是按古法制作而成的水粉，眉宇间的妆容既必须符合角色，又不能完全抹杀演员自身的容颜气质。服装搭配力求还原角色所处的年代，场地布景也得遵照古意，一切都似从往昔复刻一般。待帷幕展开，舞台灯光点缀，昆曲经典旋律响起，演员将中国文化中喜闻乐见的故事展示在台上。昆曲传了数百年，一代代的人为之努力，就为了表演在台上，喜欢于生活。

早年的昆曲表演形式简单，一张桌子，两把椅子，全看演员的功夫。所以昆曲演员个个都是宝，从培养到入行再到独当一面，花上的时间不是其他戏剧演员能够比拟的，这绝非信口雌黄，就说这群传习所的孩子，也须学满五年才能够出师赚钱。昆曲要求演员的表演、语言功底，这注定了掌握昆曲唱本实属不易。选题出自于传统，来源于古典故事之中，古典故事又是从古代前人往事经历而出，若要唱得有韵味，眼神要有力，走进戏中仍然不够，更要走进人物，才有神韵。

有人说，昆曲节奏比起其他戏种要慢上很多。而正是这种慢，道尽了江南往昔风华。江南历来多水少风，若要出一趟江南，只有靠着人力一点点划出去，看着慢橹在江水中滑动的涟漪又不忍离开，慢橹在水面划动，小舟与波纹共摇曳。昆曲之中的柔情，或许是因为诞生于江南，从江南水之中找到了灵魂。柔情似水的江南人，在江南创造出了昆曲，昆曲带着江南的柔情，水袖带着江河的柔波，让这濒临失传的宝藏重新焕发光芒。

在昆山千灯，聆听委婉细腻、流丽悠长的"水磨调"，犹如在水乡感受一次全新的沐浴，仿佛卸妆的人生，人性得到了升华。我望着谢幕的演员和观众渐行渐远，黯然于露天舞台，烟火散尽，夜幕笼罩，我长袖善舞，吟唱起《牡丹亭》，"梦回莺啭，乱煞年光遍，人立小庭深院……"，恰是人生最终处，万丈红尘皆蹉跎，戏中词曲中情，遥望那花扇粉蝶、烟波画船的秀色仙境，夜昆山令人如此挂怀，却是一往而深梦醒时。

选自《散文选刊》2023 年第 1 期

纸上湖山

储劲松

龙眠文气

山以龙眠为名，屈曲盘桓如青龙；山下的水也以龙眠为名，如白龙周折婉转。一山一水一青一白，一阳一阴一刚一柔，爻画斑斑错杂，蔚然成文章。

数回到桐城，每次总要择一高处，遥瞻龙眠山苍茫横阔，俯观龙眠河逶迤坦荡。每次都会想：龙眠居士李公麟的故家，在哪一个山隈，哪一湾水曲，他家门前当年有几树油桐几丛水竹？也一次次地啧啧赞叹：龙山葱葱，龙水漪漪，气佳哉，一如庄子笔下的野马。

野马非马，田野间蒸腾的浮气也。

得龙眠山水涵养护佑，神秀所钟，桐城文气也郁郁然，浮浮然，百代不绝。

十五六岁的年纪，我在安庆城读书，其时足迹尚未到过桐城，江南江北淮左淮右四十几位同窗里，很容易辨识桐城人。除了一口特别的平翘不分、边音鼻音不分、前鼻音后鼻音不分的桐城话，桐城人也自带闪耀的光环，个个神完气足神采飞扬，连生在文化古城的安庆人也望尘莫及，何况我这长于山野未见过世面的下里巴人。桐城派主宰清代文坛两百余年，有"天下文章在桐城"之说；桐城巨子姚鼐的《登泰山记》就赫然印在初中语文课本里，供师生字斟句酌，疑义相与析；戴名世、方苞、姚鼐、刘大櫆诸公的名字响如夏雷，其生平事迹和主要著作列为必考内容；六尺巷的礼让典故流传至今，让一代代人高山仰止……文章有种，桐城崇高，于桐城人，我辈岂能不敬之畏之？

心里是服气的。

后来结识了更多的桐城人，无论男女老幼，无论高矮胖瘦，无论操持何种营生，他们的骄傲自信都与生俱来，他们的发奋努力也与生俱来。先贤的道德文章照耀着他们，父子宰相张英、张廷玉的功绩激励着他们，"穷不丢书，富不丢猪"的古训鞭策着他们，今天的桐城仍然元气充盈英才辈出，桐城派的传人在各个领域建立功勋，仅两院院士就有十六位之多。"君子之泽，五世而斩。"孟夫子之言于桐城人竟然失效。

不服气是不行的。

据说，桐城宜植油桐。在上古之世，每逢春四五月，此地桐花飘飞，粲如瑶华，烂如朝霞。这方土地，西周为桐国，汉代为桐乡，清代为人物鼎盛之邦，为桐城古文派渊薮，为世所仰慕的文章之都。后世文人如我，尽管素日以文章自命，来到圣地桐城，岂敢率尔操觚？岂敢自称作家？含毫而邈然，而赧然，连说话也是轻言细语的。

私底下以为，桐城派古文祖述六经和秦汉文章，摒弃绮靡柔弱的时文，遥遥呼应唐宋古文运动，所谓清真雅正，所谓讲究义理、考据和辞章，其实正是自《尚书》以来中国文章之正法和正统。方苞《狱中杂记》有司马迁笔意，姚鼐《登泰山记》有东坡先生遗风，方东树论诗著作《昭昧詹言》有宋人风度。

又以为，桐城文气，首萃龙眠山水，其次在文庙，又次在桐城中学。

壬寅冬十月二十日，与四方友人以文学的名义再聚桐城，重访文庙、六尺巷、桐城老街、博物馆诸旧游之地，又初次拜访了桐城中学。

那一天上午，风从桐中校园里簌簌吹过，吴汝纶手植的那一架紫藤，姚鼐亲栽的那一株银杏，以及重阳、梧桐、苦楮的叶子沙沙复沙沙，仿佛桐中学子的诵书声。冬雨初落，时疏时密，润物细无声，落在半山阁、石刻柱、桐溪塥、钟楼、大门、吴汝纶雕像上，似前辈以身为范循循善诱。

站在草木青苍的校园里，静静品味广场石柱上镌刻的古人名句："高峰入云，清流见底。""杂花生树，群莺乱飞。""为梁为柱冈不宜，志重远者，不师女而师谁？"心中怔怔，若有所得，又似有所失。一扭头，忽然望见桐中创始者、晚清大文人和教育家吴汝纶手书的"勉成国器"四个大字，熠熠闪亮于门楣之上。那一刻，有一道闪电从我日渐混沌的身体中洞穿而过。

归来之后，常忆桐溪塥那一鞭清凌凌的水，以及水中那群色彩斑斓自在悠游的锦鲤。想必，桐中之鱼非凡鱼，它们也有一肚子《春秋》《国语》，有一肚子风雅颂。

谒海子墓

二〇二二年十一月二十日上午，时隔多年，再到查湾拜谒海子墓。时在初冬，怀宁县高河镇查湾村草枯木瘦，残荷满目，却无一丝肃杀之气，十八摄氏度的气温让人如在仲春，昏黄而温暖的阳光静静铺陈在埋葬着诗人的山冈上。我在齐腰深的荒草中，被草籽和藤蔓殷勤攀留，目有所触，心有所思，用手机记下了几行文字：

荒草淹没了荒草

淹没了麦地、时间、四姐妹

曾经蓬勃的血肉与骨骼

以及一切可说

与不可言说之物

住在山冈上的诗人

青铜一样永久又年轻

他张开双臂热烈拥抱风和太阳

头发化为树木

坟冢生长诗行

十二年前，也是一个冬天，雨冷风寒，我与七八个朋友带着香纸爆竹，专程从岳西驱车去查湾祭奠海子。并像许许多多的来访者那样，簇拥着海子的父母，在海子故居前郑重地留下一张合影。

　　照片上的人如今缺了一位，海子的父亲查正全先生五年前归了道山。他的母亲操采菊女士健在，八十八岁的老人面相清秀如麦苗，眼神清澈如溪流，头脑清晰，言语温和，只是背有些驼，脚步有些蹒跚，行走时需要扶着一辆婴儿车。她的孩子离世已经三十余年，寥廓的时间把她当初面容上的悲伤剥落下来，沉淀到她的骨头里。那一天，她持着一把扫帚，安静而缓慢地清扫着门前的落叶。我在海子纪念馆前遥遥望见，心里软得像一枚枝头上的红柿子。这个孕育并深刻影响了泥土之子查海生，进而让他幻化为麦地诗人海子的乡间女子，在某种意义上，似乎是在替她的孩子好好地活着。而她的孩子，只有一半属于她，另一半属于天梯上的诗歌女神。

　　那年来的时候，这里只有海子的故居和一座孤单的坟茔，周边是大片大片一眼望不到头的麦地，青葱的麦苗像低调的绿火在风雨里燃烧，麦地之间的土路湿而滑。而今，当地围绕海子故居，建起了一座占地不小的海子文化园，园子里有海子诗墙、海子雕像、海子纪念馆、海子书馆，以及饭店和旅游公厕。文化园中央那座诗人的石像雕得极生动，长发披肩的诗人，张开大嘴，像昔日的乡下少年那样朴素热切地微笑，眼镜后边的双眸如两颗流星，迸射着炽热的烫人的光芒。看上去，他更像一个追求真理的哲人，或者诗哲。

　　而他身后，麦地在大面积撤退，代之以连绵的荷塘、木栈道、水泥路、菜园子、草坪，以及错落的民居和香橼树。我去海子墓地的途中，一户人家新建的三层小楼正在装修，一户人家门前的两棵香橼树上缀满金黄的果实，灿烂如两座星空。村子里人来人往，鸡鸣狗吠，一派活泼泼的人间气息。其实，一个村庄的沧海桑田，并不需要几百年上千年，十年时间就已经足够。在曾经盛产小麦而今改种其他作物的查湾村，若想闻一闻麦子的醇香，需要打开海子的诗，或者走进海子书馆，那里有一些麦穗的标本。不过很显然，麦地以及老房子、石头墙、牛棚、猪圈和茅房纷纷退出之后的查湾，比之前要富足安乐，也更加欣欣向荣，至少目前是这样。

来文化园的人很多，他们以献花、沥酒、与雕像合影、默思、朗诵海子代表作、与海子家人交流、瞻仰海子遗物的方式，来表达各自的敬意和怀念。相较而言，村庄东面山冈上的海子墓地是冷清的。喜热闹而厌清冷，古今人并无二样。

我离开热闹的文化园，独自去墓地。经过一畦畦菜地，经过一个个担水浇菜的人，也遇到好几座坟茔。那些崭新的墓碑上，刻着查老大人某某某之墓或者查老孺人某某某之墓的字样，他们应当是海子的血脉近亲，长辈或者同辈。掐着指头算一算，诗人若还活在世上，也年近花甲了，肯定不比照片上的年轻。他那透明、袒露、奔放、简单、放射着麦粒香味、携带着蚀骨忧伤的青春，像他的诗歌，终于山河永固，成功逃脱了时间的迫害。

我走错了路，一脚脚走在草木丛中，或许潜意识里，我是故意不走水泥以及砖石铺筑的大道。

山冈上海子的墓地，已经修建得很宽敞，背后的砖墙上刻着世人对他崇高的评价，地下铺着齐整的花岗岩石板，墓前方的蒿莱连着山坡上的蒿莱，偌大的停车场上那一刻并无一辆车停放。等一会，与我同行的拜谒者就会一波波赶来。在这个空隙里，我想一个人待一会儿。

墓前的两棵柏树，多像海子茂盛的头发。坟头上的草和灌木参差不齐，想必是诗人的家人故意如此，我以为比修剪得干干净净的坟冢更有象征意味。他的一张照片，和他从西藏背回来的两块玛尼石，一左一右镶嵌在坟前的小龛里。这张照片上的海子，衣着和神态是一个青年教师，玛尼石上雕刻的佛像，人物衣饰和色彩仍清晰如从前所见。他的墓碑已经有了明显的旧气，不过三十二年，他就成了一个古人。

这一次我是空着手来的。返回的时候，沾了一身黑的灰的黄的各色草籽，像某种隐喻。说到底，世上所有的比喻，哪怕再神妙，也是经不起认真推敲的，所以我索性憋着，不说出喻体。

这是冬天，草木摇落，万物日益凋敝，向内蜷缩如刺猬。但总会有一个春天，那些附着在我身上的种子将破壳而出，忽然爆发，再也隐瞒不住。

选自《安徽文学》2023 年第 6 期

鲁迅的过年

李木生

金一兄约写过年的稿子，我想到了鲁迅。花了三天的时间，将《鲁迅日记》中每年的除夕与大年初一的文字一一抄写出来，再细细考量，发现鲁迅的过年有着鲁迅的味道。

《鲁迅日记》开始于1912年5月5日，是他与许寿裳同赴北京教育部上班的时候。这天的日记有"途中弥望黄土，间有草木，无可观览"，一个南方人初入北方，情绪明显地低抑。而春节的出现，则要等到1913年2月6日："旧历元旦也。午后即散部往琉璃厂，诸店悉闭，仅有玩具摊不少，买数事而归。"大年初一还要到部里上班，而前一天的除夕，则只是与许寿裳对饮，"季市（许寿裳字季黻、季市）招饮，有燕鸶、火腿"。

远离家乡，"五四"新风还没有吹起，一个人的年，当然是清寂而落寞的。"今是旧历十二月三十日也。夜耕男来谈"，这是1914年的除夕夜，只有绍兴老家的远房亲戚耕男来家聊了一会儿。初一更是在睡觉中度过，"旧历元旦也。署中不办公事。卧至午后二时乃起"。1916年更是简素，初一记"无事"。1917年是一个人在抄录古碑中度过的除夕，其冷清与凄单几可触摸："夜独坐录碑，殊无换岁之感。"而初一也有两个字，"休假"。唯独1915年的春节过得有些特别：整整一天都在看望被袁世凯软禁的老师章太炎。这天的日记说："午前往章师寓，君默、中季、遏先、幼舆、季市、彝初皆至，夜归。"鲁迅那时正是袁政府的一名部员，却偏偏要去拜访被袁囚禁的老师，还要待上一整天。在章太炎被袁世凯软禁的将近三年里，鲁迅曾七次前往老师处探班，劝绝食中的老师进食，其日记记述这些探望，总是"晚归""夜归""傍晚归"。鲁迅甚至在离逝世还有 10 天的时候，写下名篇《关于太炎先生二三事》，文中有这样的话："考其生平，以大勋章作扇坠，临总统府之门，大诟袁世凯的包藏祸心者，并世无第二人；七被追捕，三入牢狱，而革命之志，终不屈挠者，并世亦无第二人。"

虽然他的一生都身处国运坎坷、民族灾难接踵而至的乱世，可是鲁迅的过年也偶有欢乐的时候。比如 1920 年 2 月 19 日的日记："晴。休假。旧历除夕也，晚祭祖先。夜添菜饮酒，放花爆。"绍兴的老宅卖了，领着母亲、夫人朱安、二弟周作人一家、三弟周建人一家于 1919 年的 12 月，迁居于北京新街口公用库八道湾 11 号。这是鲁迅一大家人第一次在北京的团圆之年，有老人更有二弟三弟的孩子们，不仅拾起了中断好久的祭拜祖先，还要在祭拜完毕之后，围绕着母亲"添菜饮酒"；不仅要"添菜饮酒"，更要在微醺之后，领着孩子们"放花爆"。这种欢乐，也映照着童年过年的欢喜，"一年中最高兴的时节，自然要数除夕了。辞岁之后，从长辈得到压岁钱，红纸包着……想到明天买来的小鼓、刀枪、泥人、糖菩萨……"（《阿长与〈山海经〉》）；还有，"我于是日日盼望新年，新年到，闰土也就到了"（《故乡》）。

这样欢乐的过年情景，在他以后的日子里，还有过两回。一次是 1927 年在广州，一次是 1933 年在上海。1927 年 2 月 1 日是除夕，中山大学委员会委员朱家骅在家中宴请鲁迅，"夜往骝先寓夜饭，同坐八人"。第二天，"旧历元旦。午广平来并赠食品四种"。一直到年初三都有爱人许广平相陪，其心情是愉悦明亮的，尽管就职的中山大学与革命策源地广州都有着诸多不顺，也不能改变他过年的好心情。初三的日记中有"上午同廖立峨等游毓秀山，午后从高处跃下伤足，坐车归"。已经 46 岁的鲁迅，居然可以像一个青年人一样从高处一跃而下，生命力正被爱情激发得蓬勃而冲动。等到他再一次燃放"花爆"，已是六年之后的 1933 年 1 月 25 日，"旧历除夕也，治少许肴，邀雪峰夜饭，又买花爆十余，与海婴同登屋顶燃放之，盖如此度岁，不能得者已二年矣"。在二弟三弟之后，鲁迅的儿子海婴也已经四岁，正是欢乐的童年，"燃放之"且攀到屋顶之上，简直有些忘形的感觉。这天的日记，虽简短，包含的内容却多。"不能得者已二年矣"，1931 年 2 月 16 日是除夕，柔石等"左联"五作家被捕竟至被杀害已经九日。因为柔石口袋中有一份鲁迅的出版合同书，鲁迅不得不举家逃居花园庄旅店。只知青年们被捕还不知他们已经遇害的鲁迅，仍在尽力营救，除夕日记仍记有"付南江店友赎款五十"便是救赎的资金。而 1932 年 2 月 5 日除夕，则正是因为上海"一·二八战事"全家逃亡的时候，连坚持不辍的日记竟也中断，后来追记从年初一开始："下午全寓中人俱迁避英租界内山书店支店，十人一室，席地而卧。"而 1933 年除夕夜燃放花爆之前，日记里的这句话也特别当紧，"邀雪峰夜饭"。鲁迅赠与瞿秋白的话"人生得一知己足矣，斯世当以同怀视之"，放在冯雪峰身上也十分妥帖。仅 1933 年，冯雪峰就曾帮助天马书店向鲁迅约稿，收到鲁迅赠书《竖琴》，安排瞿秋白夫妇暂住鲁迅家，陪鲁迅会见远东反战会议国际代表伐扬 - 古久里，携夫人到鲁迅寓所庆贺鲁迅 53 岁生日，是年底转赴瑞金时将怀孕的妻子与三岁的女儿托付在鲁迅家中……就是那篇《中国无产阶级革命文学和前驱的血》，也是冯雪峰向鲁迅约的稿，并且这个题目也是雪峰加上的。

鲁迅的过年，最让我感动的，还是他的劳动。1924 年 2 月 7 日大年初三，鲁迅写成小说《祝福》；1925 年大年初一，"自午至夜译《出了象牙之塔》两篇"，写成《风筝》，初二又"夜译文一篇"，初三"下午至夜译文三篇"；1932 年 3 月 19 日，刚刚结束逃亡回寓，便"夜补写一月三十日至今日日记"；1933 年大年初一分别为好友许寿裳、画师望月玉成和台静农书写自撰诗三首；1934 年大年初二写杂文写《过年》，里面有这样的话——"我不过旧历年已经二十三年了，这回却连放了三夜的花爆，使隔壁的外国人也'嘘'了起来：这却和花爆都成了我一年中仅有的高兴。"我常常想，鲁迅就是现当代中国最大的劳动模范吧？

1935、1936 两年的春节，鲁迅再也没有了曾经有过的过年的欢乐。身体衰病，白色恐怖，文化围剿，瞿秋白、柔石们的被杀被捕，燃放花爆的心情一去不返。但是鲁迅毕竟是鲁迅，他将一个"被人们弃在尘芥堆中的"祥林嫂奉献给人间，告诉我们即使在春节的祝福与欢乐中，也不要忘了那些"被人们弃在尘芥堆中的"人们。

选自《济南日报》2023 年 1 月 17 日

校园两章

李　皓

饭盒子

以我个人的理解，"饭盒"和"饭盒子"是两个不同时代的物件。尽管都是盛装饭菜的器皿，"饭盒"显然更接近当下，而"饭盒子"则属于遥远的记忆，带着叮叮咣咣的声响，不绝如缕。

那时的饭盒子是铝制品，印象中大概有两种颜色：一种是银白色，一种稍微偏黄一点。这两种饭盒子我都先后拥有过。

1987 年，我考上位于古镇城子坦的新金三中。父亲为了我上学方便，竟也举家搬到城子坦镇卜辖的苗屯村。这样我就不需要住校，而是每天骑自行车上下学。从苗屯村骑自行车到镇上，需要半个多小时，早出晚归，中午休息时间太短，就只好自己带饭。走读的学生，学校是不卖给饭票的。不过自带饭也好，学校食堂的伙食属实不敢恭维。

早晨母亲将预先准备好的饭菜，装进饭盒子，用网兜装好，挂在车把子上，或者固定在后座上，这样打点好了，我就可以上学了。饭菜一般来讲都是比家里平常吃的要好一些，比如炒鸡蛋、蒜薹炒肉、芸豆炖排骨等等，或者装上一两个咸鸭蛋、茄盒、烙好的馅饼等等，那时，这些都算得上美味。不是家家都可以在饭盒子里装进这些食物的，但父母宁可自己不吃不喝，也得要这个面子，尤其不能让"念书的"亏了嘴。

走读的学生，到学校的第一件事，就是把饭盒子送到食堂，学校免费给大家熥饭。为了辨认，每个人都在自己的饭盒子上，刻上自己的名字，甚至几年级几班。因为全校有几百号人带饭，饭盒子全部放在一个大蒸锅里，中午下课排队取饭盒子，你需要迅速找到自己的饭盒子，才不影响别人。你对饭盒子的形状、颜色，甚至上面绑的布条，都要极其熟悉。但是那么多饭盒子，总有极其相似的，有时也难免拿错。有时被别人拿错了，你可能面临吃不上午饭的危险。有一次，我刚买的新饭盒子被人"拿错了"，那时的乡下孩子普遍比较腼腆，我也如此，宁可饿着肚子，也不好意思吃人家的饭。那天，我饥肠辘辘度日如年，傍晚回家还被妈妈责骂了一顿。要知道，那可是长身体的年纪啊！

学校食堂限于条件，只能允许住宿学生坐下来吃饭，而自带饭的学生就只好在教室里吃。中午的教室，于是就弥漫着各种饭菜的味道，直到下午的前两节课都不散去。

放学了，空饭盒子再次回到车把子上，回到后座上，勺子、筷子与空饭盒子的交响，从学校门口一直延续到家。乡下的路，基本都不平坦。一群又一群男生女生，骑着自行车风一样匆匆驶过，那简直就是饭盒子交响乐。这时候车铃就被代替了，人未到家，饭盒子的响声率先传到家里。正在跟邻居大婶大娘拉呱儿的妈妈说，俺家念大书的那个要账的下学了……

其实这样的场景，在那个年代的工厂里，也随处可见，浩浩荡荡的自行车大军，后座上都夹着一个铝制的饭盒子，他们快乐地上班下班，没有一句牢骚。那年，省作协组织一批中青年作家到沈阳市铁西区的工业博物馆采风。中午，接待方为我们安排在"工厂食堂"吃饭，所上的饭菜基本都是大锅菜，盛菜的器皿都是饭盒子。年轻人直呼有意思，而一些上了年纪的人则见怪不怪，吃得有滋有味。而我，则不由得含着泪……

哦，新金三中，你是不是还欠我一只饭盒子？

彩色跑裤

如果不是翻弄高中时代的照片，我或许已将跑裤这件"奇装异服"彻底忘记。

事实上，那张照片里面并没有我。只是几个高中男生与班主任石老师的合影，想来那时我已离开校园，到鞍山当兵去了。记不得哪一个同学，将照片寄了一张给我留念，算起来也是三十多个年头了。

让我感兴趣的是，石老师的裤腿处泄露了那个年代的时尚之物：粉红色的跑裤。

当时的跑裤，并不是为了跑步穿用，其实就是一种衬裤而已。至于为什么称为跑裤，似乎无从探究。那时的年轻人，也似乎每个人都有一条颜色各异的跑裤。当然，我也有一条，是天蓝色的。

跑裤的面料大多以丝绸为主，柔软，透气性好。颜色以粉红色和天蓝色居多，也有碎花的图案，不拘一格。

时尚这个东西，最是无理，不晓得突然间就有一种服装流行开来，人们就仿效为之。跑裤在远方的城市里，是否流行过，我不得而知。我居住的乡间，人们纷纷到集市上，扯来各种各样的面料，到裁缝铺做一条心仪的跑裤。许是刚刚解除禁锢的人们，对大红大绿有了极为大胆的需求。尤其是青年男女，肆无忌惮地穿着颜色鲜艳的跑裤，在乡间招摇过市，堪为西洋景。

跑裤一般做得比较宽松，为凉快计，人们还是舍得费一些面料。所以有人的跑裤就很夸张，好像肥硕的裤腿里面，躲进一个小孩子是没有问题的。盛夏季节，白天夜里，人们在屋外乘凉，都穿一条跑裤。不过以年轻人为主，老年人少有如此打扮。即使有的老人也有穿着，裤腿都做得较瘦，颜色则以深蓝和灰黑为主，不事张扬。

我的母亲为我做了一条天蓝色的跑裤，放学回家，我就把外面的裤子脱了，穿一条跑裤在院子里走动，很是凉快。上学的时候，外出的时候，外面一定要套上长裤子，但裤腿处能露出跑裤的裤脚，大约一两厘米的样子，则是恰到好处。这一切表明，我也有一条时尚的跑裤，家境尚好。也有一些当时称为"二流子"的年轻人，很夸张地穿着喇叭裤，裤脚露出大红大绿的跑裤，骑着自行车满街招摇，颇有些领风气之先的派头。现在想来，着实可笑。但那个年代，人们对于美的需求很是饥渴，一时间美丑不分。

我把这条跑裤从初中穿到高中，从高中穿到部队。看着石老师也穿着一条粉红色的跑裤，我们这些来自农村的学生，心中开始坦然起来。当时城乡差别很大，小镇在我们心目中就是大城市的感觉。看着城市人也穿一条跑裤，我们确信这种流行不是乡下的独创。到了部队，看到很多战友也在休息时穿一条跑裤，尤其是城市兵也跟我们一样，遂大大方方地穿起跑裤来。只是按照军容风纪的要求，跑裤露在裤腿外面是不允许的，我们只好在节假日才穿上一回。

至于什么时候，跑裤从我们的衣柜里消失了，我没做过细究。反正，那种裤子里鼓鼓囊囊的感觉，也一并消失了。

一条天蓝色跑裤，暗喻了我对天蓝色的热爱，命运的密码，指引我穿上了天蓝色的军装。而石老师们中意的粉红色，又透露着怎样的人生信息和审美情趣呢？过往的时尚，生命的细节，细细琢磨，很有一番趣味。

让裤子跑起来，往事温暖而多彩。俗世间的行走，或许正是缘于一条时尚的跑裤而一路云淡风轻呢！

石老师不久前退休了，哪天有机会见面叙旧，我一定问问他：那条粉红色的跑裤还压在箱底吗？

选自《品读》2023 年第 5 期

书房小调

陈　武

瓶　供

我给我潜居北京的小区书房起了个风雅的名字：荷边小筑。所谓荷边，是因为小区的绿化休闲区域，有一汪池塘，池塘里有荷，有睡莲。而我在书房的阳台上，又正好能看见荷塘的风采。春夏之际，我喜欢站在阳台上向荷塘里眺望，那一片绿，特别惹目，也非常养眼，更让人心情舒畅。但我并不满足，又在窗台上，大大小小安置了许多绿植，其中就有并排的六瓶绿萝，牵牵扯扯、拖拖拉拉，把荷边小筑装点得生机勃勃。

绿萝这种植物，好养活，对环境、容器、土质都不介意，有水就行。就算是新插，不消几日，就发须甩芽——似乎先发须再抽芽，其茎的水下部分，生出许多细细的小须，白色，每日都肉眼可见它的疯长，由短变长，由细变粗，也由白变黄褐，待到根须在瓶水里开始发势盘旋的时候，叶茎才开始生长，抽出新的芽叶，且势头强劲。

和大多数长期伏案的脑力工作者一样，我喜欢在书房里，写字台上，放一两瓶简单、易养的绿植，成天地看着它慢慢生长，或浇水、添水，或剪枝、修叶。有点事做做，可以打破居家的单调，免得乏味无聊，也可以休息休息脑子，调剂一下紧张的情绪。在公司的办公桌上，我也供养了一个瓶子，插着三枝草，一枝是小棵的吊兰，两枝是泡叶冷水草。以吊兰为核心，两枝泡叶冷水草为辅，一枝直立，一枝顺着瓶子弯曲，做成有高有低、有直有欹状，有点小小的造型，也透出了别样的小情趣。

我这里所说的瓶供，和通常的瓶供略有差异。习惯上的瓶供，实际上是一种插花，那也是讲究各种审美和技巧的。微信朋友圈里，有不少爱好者会晒出一两张图来，都各有各的情致。比如有人喜欢在盛夏供百合，有人喜欢在寒冬供梅花。我就见过有人在黄瓷大胆花瓶里插荷花，一枝含苞待放的荷花，配两三片小荷叶，富贵而清新。梅花也同样好看，花要修剪，瓶要讲究，搭配要有那种感觉才得当。宋代有一诗人叫张道洽的，大约对瓶供很痴迷，作一首《瓶梅》诗，曰："寒水一瓶春数枝，清香不减小溪时。横斜竹底无人见，莫与微云澹月知。"据说日本人最会玩这一手了，他们还称之为花道，形成一种艺术和产业。早在1808年，日本就曾出了一本关于花道的书，叫《瓶史国字解》，书中配了插花图谱二百多幅。书前序言说："前者黎云斋者，据石公《瓶史》建插花法，自称宏道流，大行于世。"这里所说的《瓶史》作者，就是明代公安派小品文章的领袖袁宏道，他创造的插花法，即"宏道流"，是传到日本才发扬光大的。不过这种所插之花，看不了几天就得换一次。我这里所说的瓶供的绿萝，可以一年四季不用换的，亦可称水养的绿植——窗台这六瓶绿萝就算此列。

再说这六个瓶子，也有点来历，是去年秋冬时，办公室的同事和我"以物换物"交易来的黄桃罐头。罐头里的蜜汁黄桃吃完了，瓶子舍不得扔，便洗净，装上水，剪来绿萝，每个瓶子里插四五枝，历经大半年，疯疯傻傻、自自然然地疯长，毫不谦逊和客气，却有一种特别的清新脱俗、风雅无边。

如前所述，这种瓶供好养活，就算出差几天也不用担心它缺水。一瓶水，足可供它吸收两三个月了。但，它的存在和不存在，还是大不一样的，如果工作累了，或在写作时遇到瓶颈了，我会经常坐在客厅的沙发上，以放松的心情，看窗台上一溜排开的六个瓶供，看它们的郁郁葱葱，欣赏它们的绿意和生机，一些问题，突然间就会想通了。连带的，也会想起以物易物的同事之谊。

花　草

周瘦鹃先生在《花前琐记》里有一篇《插花》，开头便说："好花生在树上，只可远赏，而供之案头，便可近玩。"一个"玩"字，道出了心境和情趣。

和许多人一样，我也喜欢在书房里弄些花儿草儿，一方面作为摆设，可以丰富书房气氛，增加书房色彩，净化书房空气，让书房像花草一样生长；另一方面，服侍这些花儿草儿，在工作疲倦的时候，给花草浇浇水、松松土、施施肥，可以打打杈，所谓放松情绪、缓冲神经是也。

吊兰最适合书房，浇水施肥都不用讲究，随便给它点水，就能洋洋洒洒地展示青葱和翠绿。旱伞草也喜水，株形美观，叶形别致，和兰草一样不在乎环境。它还有一个名字叫水竹。比较而言，棕竹、文竹就要娇气一些了，特别是文竹，你就是精心去服侍，也会不小心把它给得罪而耍点小脾气。在我的书房里，我喜欢的，要数柴色的落新妇花，其根茎粗壮，习性强健而耐寒，姿态直立而婆娑，小花繁密雅致，特别耐看。但是，这些花草都不及我对牵牛花的喜爱。

牵牛花在乡间是常见的野花，小树、芦苇、篱帐上常常开满了喇叭形的花朵，早上开得花喷喷的，过了中午，它就蔫了。它的花只开半天，我们都是知道的。女孩子们喜欢把喇叭花一朵一朵揪下来，红的蓝的白的紫的，串在一根细长的柳条上，做一个花环，套在脖子上，可以一直"臭美"地走到学校。

牵牛花是蔓生草本，茎缠绕，可达三四米长。叶互生，三裂，有长柄，两面有倒生短毛。花腋生，开一朵，或者两朵三朵。有趣的是，开白色和淡红色的花，种子多为淡黄色，叫白丑；开蓝色和紫色花的，种子多为黑色，叫黑丑。这就是牵牛花的别名又叫黑白丑的原因吧。

我书房阳台上的这盆牵牛花，是我从山上采来种子自己种的。极普通的品种，开淡蓝色花朵，秧子极其茂盛，岔了许多条细藤，我插的两根细竹竿上，都被密密地爬满了，开花也一点不偷懒，一连两三个月，基本上天天都有新花。

说起来，种牵牛花，还是受叶圣陶老先生的影响。

叶圣老写过一篇《牵牛花》，发表于1931年《北斗》杂志的创刊号上，开头就说："手种牵牛花，接连有三四年了。"叶老是在瓦盆里种牵牛花的，而且种十来盆。叶老很深情地说："种了这小东西，庭中就成为系人心情的所在，早上才起，工毕回来，不觉总要在那里小立一会儿。"四十多年后，在叶圣陶和俞平伯通信里（《暮年上娱》），有关于牵牛花的内容涉及数十通，1974年6月18日，叶圣陶致俞平伯信中说："今日往访伯祥，知近日又到彼处晤叙。谈及种花草，忽忆前程告知，某友处可得出自梅氏牵牛花种子。未识能为致两三颗否？如可致，希纳于信封中惠我。"从这封信开始，至11月7日，两位老人关于牵牛花种子及栽种等事宜共通信达十五次之多。

叶老信中所说的"梅氏"，就是京剧表演艺术家梅兰芳先生。

梅先生也喜欢牵牛花，还和朋友们组成一个小团体，见面时，三句话离不开牵牛花，互相间还交流种植经验，互换花种。据说，梅先生种养牵牛花，是因为牵牛花是在大清早开花，他常常拿起床和牵牛花比赛看谁更早。有一次他在俯身闻花时被朋友看见，说他像是在做"卧鱼"的身段。说者无意，听者有心，梅氏从中受到启发，便仔细揣摩实践，终于在《贵妃醉酒》中使贵妃赏花的卧鱼身段更加完美、生动、传神。

不仅是今人喜欢牵牛花，古人也多有诗咏，宋人秦少游就有一首《牵牛花》，可以说极为生动，把牛郎织女的故事演绎得朦胧缠绵，情韵无限。诗云："银汉初移漏欲残，步虚人倚玉阑干。仙衣染得天边碧，乞与人间向晓看。"

关于牵牛花的诗文，可以举出一大堆来，但是都不及我书房阳台上的牵牛花开得真实，在开花期间，我每天晨起，都要看看它开了几朵。有一次，已经是凌晨两点多了，我因为赶写一篇文章，在书灯明亮的光影里面对电脑沉思，心里突然想起牵牛花，跑过去看看夜里是不是也在开花——我看到，那几个花骨朵，紧紧地闭合着，它还没开。回到书桌前继续工作，心里便多了牵挂，到了凌晨四点半，天色已经微亮，我再到阳台上看时，惊喜地看到，那几个骨朵儿，居然全开了！

正如周瘦鹃先生所说，花草也可做瓶供。瓶供的瓶子不一定要多么地好，普通的杯子也可以。我就曾在书房的桌子上，用一个稍微有点造型的罐头瓶，瓶里灌一半清水，剪几枝盆栽里的枝叶，蓝花菜、绿萝、薄荷、吊兰等，稍作整理，插于一瓶，青青绿绿的，也还好看。有趣的是，这几种枝叶，都能在水里生根，自行生长，这瓶生机勃勃的绿，便可四季长供了。

鲁迅先生在《朝花夕拾·小引》里，有这样一段话："广州的天气热得真早，夕阳从西窗射入，逼得人只能勉强穿一件单衣。书桌上的一盆'水横枝'，是我先前没有见过的：就是一段树，只要浸在水中，枝叶便青葱得可爱。看看绿叶，编编旧稿，总算也在做一点事。"鲁迅书房里的"水横枝"（以栀子为好），就可看作是清供了。有一盆清供盆景陪伴，鲁迅先生"编编旧稿"才不至于寂寞，并可以"驱除炎热的"。当代作家王跃文先生常在微信朋友圈里晒他制作的清供盆景，有的清雅可人，有的调皮可爱，别有特色。受他的影响，我在我的掬云居里也做了一盆，造型是根据自己的想象，配以相宜的几枝竹叶和桃枝，竹枝青绿，桃花艳丽，虽然太过简陋，居然也不俗。后来又换成几枝茉莉和两三朵白牡丹，高低错落，清香沁人。瓶供的好处，就是可以随时更换，枯萎了可以换，看腻了也可以换。冬天，我的瓶供里供过蜡梅；早春，供过迎春花；初夏，供过海棠；盛夏，供过荷花，初秋、深秋、残秋，直至寒冬，都可以有做清供的花枝，虽然有些花花草草，都有象征意义的，但也不可太强求，以舒心好看为上。

最可记一笔的，是我在今年冬天制作的一束干花。在我供职的办公室楼外，有一个花圃，栽种好几个品种的月季，从四月开始，每月都开，花朵大，花色艳，特别养眼。但是，开到十一月中旬里，突然而至的寒流，一夜间冻死了。那些正开的花，或花骨朵儿，还有绿叶，便保持前一日的姿态静止在那儿了，再被太阳晒了几天，成了干花，如烘焙一般，依然不减原先的美丽。我便拿了剪刀，剪了几枝，长长短短插在一个白釉带蓝色碎花的广口小瓷杯里，放在书桌上，比切花更有味儿，生硬的桌子立即焕发出别样的生命力来，而且花儿在一个多月里，一直保持她的色彩，花色鲜艳，如在枝头一样美丽动人。

选自《椰城》2022 年第 11 期

且看清花摘美酒

徐芳凝

摘酒，单单这两个字，含在口里，就会让人津齿生香，忍不住连心头也会隐隐一颤。摘花，摘茶，摘菜——花可以摘，茶可以摘，菜可以摘，皆因它们是具有形态的东西，可以拿取，可以摘掐。而酒，这种水一样流动的液体，这种令多少男儿热血沸腾的精灵，居然也可以用来摘？

酒醅在窖池内深埋数月，发酵成熟出窖，运至甑锅旁，均匀掺拌新的五谷原粮，然后一锨一锨再手工装甑。装甑质量的好坏，关乎酒醅的出酒率。所以，装甑的活儿很有讲究，并不是简单地把酒醅盛进甑锅就行，而是需讲究许多的要领，要"轻、松、薄、匀、平"。这五字指令，让人很容易想起，母亲做棉被时，讲求的"松、软、匀、平"要领。母亲做棉被认真拿捏的过程，像极了在甑锅前装酒醅的酿酒师傅们。

酿酒师傅也是，手握长长的锨把儿，一弓腰，一起身，一用力，侧锨一抛撒，酒醅水一样轻扬，均匀地铺撒在甑锅内。一锨又一锨，一锨盖一锨，酒醅在甑锅内松松软软层层递进，半个小时，一米多高的甑锅就被装满了。在装甑的过程中，倘若发现酒醅有块状凝结物，这时酿酒师傅就会停下手中挥动的铁锨，用手细心地把块状物捏碎或是剔除。整个过程不急不躁，看似随意，其实酿酒师傅们一直都在从容不迫有条不紊把控拿捏着一个度。站在一旁观望的人，会感觉，这哪是酿酒哇，简直就是在进行人生的修炼——急躁不得，烦乱不得，寒来暑往，四季交替，是任凭你急也急不来的，犹如活人的境界。

酒醅入甑，密封甑盖。这时候，摘酒的师傅就要做些准备工作了，比如在冷却桶的出酒口接上酒桶，再准备看花摘酒的"镰头"。"镰头"即品酒的花盅。

虽说酒醅是刚刚上了甑锅，又是缓火蒸馏，但感觉不过是说话的间儿，清泠泠的原酒就从出酒口汩汩流淌而出了，速度之快，远比母亲在灶火里蒸一锅热气腾腾的馒头要迅速得多。

刚流出的酒液是酒头，爆辣，劲头烈，味杂，是要单另装桶单另存放，这叫掐头。酒头短暂，流程犹如昙花乍现，时长不过两三分钟，斤数也不过四五斤而已。酒头摘完，就要摘优级品了，这才是摘酒的重头戏。

摘酒师傅半蹲在出酒口，目不转睛，手拿花盅，开始看花摘酒。

花指酒花。酒花分大清花、二清花、小清花等。优级品的酒花是大清花，如黄豆般大小，成形快，破碎消失也快。成形与消失，皆在瞬间，要捕捉，不仅需专心，还需静心，于气定神闲中瞬间把控，半点浮躁不得。

大清花、二清花、小清花……听着这酒花名，就会让人不由自主地想笑。大清花，是否有着大丽花一样的硕大和浓艳？是否有着一层一层的花瓣，在层层叠加中，挤压出碗一样大的艳丽和喧嚣？二清花，是否只是从形状上比大清花缩小一些？小清花，是否从形态上就更微型？如果你要这样想，那就错了。大清花、二清花、小清花，它们均不是惯常见到恣意开放的任意花种。说白了，它们根本就不是植物花，而是酒液被截接在花盅里时，旋即生成的一层酒泡。酒泡在瞬间迅速聚集，像花一样绽放，随即又破碎幻灭。

那么，师傅们又是如何区别大清花、二清花、小清花呢？这呀，主要根据酒泡在花盅酒面上的"站花"时间。大清花酒花大，黄豆般大小，透亮，酒浓度高，酒度也匀，酒花消失破碎也快，这时段的酒品在口里，劲大味香。二清花较之大清花，酒花略小，此时段的酒液，含在口里，味道较之先前，有了缓冲，平稳且醇香舒适。小清花的酒花就更小了，如绿豆般，小而密集，层层叠叠，集结在酒面上，不肯散去，酒味品起来则明显寡淡了许多。小清花之后，过花摘酒，就成酒尾了，酒尾的口感甜兮兮，开始有了水兮兮的质感。酒尾也要单另存放，这叫取尾。流动的酒液不仅仅能摘，还既可掐头又可取尾，实在是玄妙至极。

摘酒掐头取尾的过程，实在像极了人的一生，少年掐头，老年取尾，少年与老年时都懵懂不清，简直可以忽略不计，唯有青年、中年这一阶段，犹如人生之精华，意气风发，成熟醇厚，爆发出人生的最炫精彩。

掐头取尾之后，就剩酒梢了。酒梢接桶，并不贮存，等再蒸一锅时，直接泼酒到甑锅下，酒梢仅存的些微酒劲，就被完全吸收到下一锅的酒醅中，酒含量彻底被提取尽。

酒花明明不是花，仅仅是酒液在表面形成的一层酒泡，却被堂而皇之喻名为大清花、二清花、小清花、云花……仅一个摘酒，就已足够令人惊艳，令人猜想，而这一系列的酒花命名，更让人闻听为之瞠目。这是谁为之起的名呵，怎么可以这样大胆，这样富有奇炫，这样触目惊心，只消听一遍，就过耳不忘。

这样丽字佳词的配合，这么绝妙诗意的命名，是什么时候是谁起的名？是夏朝陕西白水县的杜康？还是唐朝时，被凉州美酒醉倒的文人墨客？还是某个既会烧酒又好嗜酒的青年才俊？他酿出了一坛坛好酒，自得满满，一番豪饮，酒醉了，豪情万丈，诗意满怀，一个个清丽飘逸的名称，便脱口而出了？

莫说夸张，这样的概率真的不是没有。"魂牵梦萦寻美酒，扬鞭策马到凉州。"凉州自古就是酿造美酒的地方，唐时尤盛。有人说，诵唐诗就绕不开凉州词，提及凉州词就绕不开凉州酒。凉州美酒绵绵流长，醉倒过无数文人骚客、达官贵人，也使无数边塞战士醉卧沙场，更成就了一位又一位史册留名的边塞诗人。史书记载，唐时凉州美酒之所以兴盛，是与当时政府的榷酒政策密切相关的。唐朝的榷酒政策中，有一条特许酒户专卖，酒户可以酿造、销售酒类，只要按朝廷规定的数额缴纳酒税，便可以自由酿造卖酒。酒户不但可以免除负担杂徭，有时朝廷还向酒户提供部分生产资料，帮助其进行正常生产和销售。如此优惠的政策，谁能不动心呢，尤其是酿造醇香醉人的美酒。也许正因如此，才使得唐时的凉州大地酒户林立，才使得凉州美酒盛行千年，也才使得凉州美酒源远流长。

有着这样历史悠久、美酒飘香的土壤，有着家喻户晓、妇孺皆知的《凉州词》，还有"醉却东倾又西倒，双靴柔弱满灯前"的酒醉女子的娇美憨态，更有岑参"老人七十仍沽酒，千壶百瓮花门口。道傍榆荚仍似钱，摘来沽酒君肯否"的戏文，不禁就豁然开朗了。在此种背景下，想来，出现像"摘酒""大清花""小清花""云花""水花"等这样三五个清雅惊喜的丽字佳词，实在也不是什么大惊小怪之事了。

看花摘酒的过程其实很短暂，开始至结束，不过十来分钟。酒醅入窖发酵需数月，发酵好的酒醅要蒸馏出酒，却仅仅是一刻钟左右的事儿。所以，看花摘酒阶段至关重要，稍一分神，不同阶段不同等级的酒就会在瞬间流过。"产香看发酵，提香靠蒸馏，摘出好酒靠摘酒工"，说的就是这个理儿。每个酿酒班组，往往都会配有一两个经验丰富的摘酒师傅。摘酒师傅摘酒，不仅靠看花，还要靠手捻，以及闻香等。而班组车间经验丰富的酿酒师们，非十年八年亲历实践而不可得。

窖池与窖池不同，蒸馏出的酒质也大有迥异，甚至同一个窖，不同的时段，蒸馏出来的酒液也会有差别。这里面的些微差异，在看花摘酒的过程中，皆逃不过经验丰富酿酒师傅们的审阅。

新摘出的酒，是不能急着立刻装瓶投放到市场上去的。因为新出的酒劲道大，且往往带有邪杂味。"酒是陈的香。"师傅们要把每天产出的新酒拉至贮酒库房，或装进无数个罗汉样的大肚子陶坛容器内，或装进酒海子里，或装进一列列火车样的木柜内贮藏。贮藏的周期，不一而足，有的长达几十年，有的长达十多年，有的则三五年。

新酒贮藏的过程，同时也是剔除酒中邪杂味的过程，邪杂味在酒液陈放的过程中有效挥发，余下的酒分，在时光的温养中，逐渐变得越发醇香舒适，回味悠长。

新酒贮存成陈酒，陈酒出坛，再装入新酒，如此，循环反复。新酒经过相当时期的贮存，老熟，微黄，才可以勾兑。勾兑成和谐丰满、"色、香、味"皆佳的琼浆玉液。然后，装进或豪华或喜庆或朴拙或清雅的各类酒瓶内，扑鼻醇酣的酒香，就这样，流向了千家万户。

选自《飞天》2023 年第 5 期

阳光照进大山里

榆树脾气（外三篇）

庞余亮

　　我一直没有说——不是我不敢说，而是我说了怕你们耻笑，我是榆树村的孩子。

　　这是我虚伪的开始，当我醒悟，我心中好像落了遍地的榆叶。这是春天啊，落了叶的榆树像是患了一场大病，头发都掉了。

　　还记得榆钱儿吗？一枚一枚榆钱儿像榆树的一片片羽毛似的，一棵想飞的榆树就长在我家的天井里，我的小名就叫榆钱儿，我是榆树最小的孩子，总喜欢和榆树说悄悄话，或者爬上榆树的脖子，看远方那看不尽的平原、看不尽的苦难与幸福……

　　但是谁，谁砍走了那棵榆树？

　　那是一个饥饿的年代，我吮吸着母亲干瘪的乳房，仍然大哭不止。父亲已经将了榆钱儿、榆叶，还剥下榆皮煮熟了，白生生的榆身就露了出来，像是你身上的骨头——我渐渐地不哭了，抽泣着，吮吸着你身上渗出的榆树汁。清凉的芳香的榆树汁，我的生命之乳啊。直至多少年后，我流的汗都有榆树的清香，榆树型的生命是与大地有关、永不能背弃的。

　　但多么令人羞愧，不知从什么时候起，我的汗水就失去了榆树汁的香味，慢慢地有了烟味、酒味、金钱的臭味……常常想回首看一看村中长得最高的榆树，那榆树之顶的一只喜鹊窝，但我看不见，戴上八百度厚如瓶底的镜片也看不见。

　　是谁，伐走了我的榆树？

　　我一直在怀念着冬天，冬天的榆树笨拙而勇敢地在天空中抓着什么——我常想，赤裸的榆树影多像是一副灵魂不屈的骨骼。

正是在这个冬天里，父亲花了一天的工夫搭成了一座榆木桥，母亲花了一夜工夫用榆树皮做成了榆木香，哥哥用力劈着老榆根，我把榆树根掺在灶火中烧，火苗噼啪作响——锅中的水已经沸了……

怀念啊，多榆树的老家啊，老母亲总是听见喜鹊的叫声，想儿女们快要回来了吧。而从榆树村出发的孩子，走过了榆树桥，沿着母亲点燃的榆木香和祝福走着，再也不回来了。

是谁，砍掉了那棵榆树？

那些失去了家的喜鹊还在一阵又一阵地盘旋、鸣叫，直叫得我心痛。那系在榆树上的老牛呢，它如今已被卖给了那个胖胖的屠夫了。还有榆树村，这曾经丑陋的朴素的榆树村，如今也变了，变得让人不敢认了。榆树村，居然没有一棵榆树了？

这不是虚构，这是的的确确的，我们已经把榆树忘了，就像忘记了在乡下固执己见的老父亲，他教会了我们真诚、朴素、自足、勤劳，而我们却都鄙视他的沉默。

"……出门在外，榆树村的孩子，你的榆树脾气改了没有？"

这一问，我一下子明白了，我只是一枚被风和命运吹落在大地上的榆钱儿。

舌头上的火焰

很多时候，我对于回忆童年那个四面环水的老家是有抵触情绪的。

贫穷、饥饿、争吵，甚至打架，几乎贯穿了平凡的每一天。除了正月初一的白天（也是为了图整个一年的吉利和顺遂），很多人家的争吵和打架是等不到正月初二的，有的是鸡毛蒜皮，更多的则是因为过年了，辛苦了一年的男人们有了某种特许和纵容，就贪喝了几杯酒，翘了尾巴，露了马脚。于是，男人闹醉，女人怒骂，成了随时随地上演的"小戏"。

过年时穷人家的酒还是有点下酒菜的，但是平时的时候，下酒菜是没有多少的。夏天的下酒菜多是加了蒜瓣的炒蚕豆，如果有小鱼，当然更好。到了冬天，下酒菜仅仅剩下了萝卜干，也有人用黄豆换了豆腐百叶下酒，更窘迫的人家，下酒菜就是老咸菜了。

　　好在真正的酒徒不在意下酒菜，而在意酒。老家不产山芋酒，大多是大麦酒、稗子酒，口感最好的是大麦和碎米共同酿造的酒，40多度，可能是酿造技术的问题，这些酒都有点"上头"。

　　酒一"上头"，就有故事了。像我父亲喝醉了酒，他闷头睡觉。我二哥喝醉了酒，只是嘿嘿地笑，仿佛吃了笑笑果。但我的庞家伯伯叔叔哥哥们则是另外的表情了。

　　比如年龄比我大很多、辈分比我小一辈的连保，他喝醉了酒就会脱光衣服，在村庄奔跑（我的小说《追逐》里写过这个场景）。下雨的时候，他也是这样光着身子奔跑，还指着天上的雨骂道：

　　"血条子！又下血条子了哇！"

　　但一旦到了酒醒的时候，连保却是一个特别好的牛把式。还特别讲礼，见到幼小的我，依旧恭敬地叫我"三叔"。说到他醉酒的事，他会脸红。连保之所以如此脱衣奔跑，其实是因为他在大麦酒中泡了醉仙桃果，醉仙桃的学名叫曼陀罗，又名颠茄，是有毒性的。连保之所以喝，是因为他有关节病。而关节疼，还是因为我们村庄的水汽太重了，醉酒男人的"戏"里有穷人家的苦涩。

　　如果说连保的醉酒是独角戏，那么余富的醉酒就是"二人转"了。余富和我平辈，我叫他哥哥。他比连保多一个本领，那就是识字。他曾在我的作业本封面上看到了我的名字，立即指责我写错了祖宗给的姓氏。

　　"不是广龙，而是厂龙！"

　　其实余富是对的。但是因为他太多醉酒的失态，我已失去了对他的话的信任。他只要喝酒，必定喝醉。喝醉了之后，一定追打他的老婆，也就是我的堂嫂爱娣子。余富的拳头是货真价实的，所以，酒喝多了的余富捋起袖子，嘴巴里开始骂骂咧咧的时候，就有人去通知爱娣子，余富又喝多了，她必须立即藏起来。如果不藏的话，或者藏了被找到的话，那么爱娣子必然会被他揍得鼻青脸肿的。

醉酒的余富在一家一家寻找爱娣子的时候，就是一场大戏的开始。余富的身边跟着一群看热闹的小孩，每家门口守着一个不让余富进门寻找爱娣子的女人。余富骂骂咧咧，但寻找几家后，余富就失去了寻找的毅力，开始诬蔑爱娣子"偷男人"了。大声说，说得非常粗俗，非常难听，往往在这个时候，爱娣子就出现了，和醉酒的余富对骂。

于是，一场公开的家暴开始了。当然，也仅仅是开始，那些护着爱娣子的女人会用各种手段中止这样的家暴。有人说余富醉酒是假，想打老婆是真。因为他从未打过那些劝架的女人。

余富和爱娣子一共生了六个子女，其中两个腿部有残疾。我们村庄的赤脚医生张先生说："看看，这就是喝酒的坏处！喝酒伤害精子！"

张先生的科学并不能警醒喜欢醉酒的人，因为村里的人不知道什么是"精子"。

余富的故事就是这样了。但我一直记得他纠正我的话。写这篇文字的时候，我在输入法中寻找了一下姓氏的"庞"，果然是有的。印刷体中的"庞"字，是词组中的"庞"。而我们姓氏的"庞"，是酒徒余富说的"庞"。完全不同的字，但这么多年错下来了，也无法纠正了。

还有一件可以补充的酒事，就是我为了考证当年穷人家的酒是什么类型，特地打电话给还在老家的二哥。结婚很早的二哥今年 71 岁了，已有了 7 岁大的重孙，依旧整天笑呵呵的。他说余富早去世了。去年，他的弟弟余如的儿子，也就是余富的侄子，又出了一件令庞氏家族丢脸的事。

我没见过庞余如，当然也没见过余如的儿子。二哥告诉我，当年因为穷，他们一家后来去了安徽安庆农场谋生。再后来在 21 世纪初迁回了老家，没有发财，借了人家的空房住着。他很勤劳，也很老实，就是喝起酒来不是个人，去年秋天，这个余如的儿子，也就是我的侄儿辈的人，50多岁的男人，硬是把跟着他吃了一辈子苦的老婆打跑了。

"他天天跑到村委会要老婆。"二哥说，"谁知道他老婆跑到哪里去了呢？不是绝望到底，是不可能一年都没信息的。"

我可以想象得到余如的儿子在村委会要老婆的样子，因为扶贫的故事中是会见到这样的人的。到了几十年后，在那个四面环水的村庄里，酒还在喝着，依旧在醉，依旧上演着多年前的故事，也正是这样，我写下了这首《就像你不认识的王二……》：

就像你不认识的王二，三杯山芋酒就酩酊大醉，
呕吐，并且摔破了嘴唇。

就像你所认识的王二，三杯山芋酒就酩酊大醉，
躺在墙角呼呼大睡。

就像你的父亲王二，三杯山芋酒就酩酊大醉，
一边咒骂儿女，一边咒骂自己。

就像你的儿子王二，三杯山芋酒就酩酊大醉，
你给了他一个嘴巴，他仍嘿嘿地傻笑。

就像你自己，三杯山芋酒，一边喝着一边哭泣着，
生活啊，我并不想哭，是那个王二喝醉了酒。

这首诗写了快25年了，一直想把"山芋酒"改过来。现在再读，觉得"山芋酒"还是不要改，大麦酒冲，山芋酒酸，进入喉咙之后，全是舌头上的火焰。

泥水中移栽，泥水中复活

我的老家是座芦苇荡环绕的村庄。春天会被油菜花照亮，夏季有荷花的清香，而到了小雪季，必然有"小雪"飞舞。

——那是随着西北风飞舞的雪白芦絮。

这么多年过去了，芦苇荡一片一片地消失了，有的长满了水杉，有的变成了鱼塘。这几年鱼塘又慢慢变成了蟹塘，很多张牙舞爪的螃蟹在里面爬来爬去，生气地吐着泡泡，像是在对着我们人类吐口水。它们肯定是在生气：过去每只螃蟹都是有洞穴为家的，现在谁也没地方做蟹洞了。

作为越冬植物的油菜花又是和小雪季节有关的。

因为小雪到了，在寒风中栽菜的日子又到了。必须在收获过的稻田中挖出墒沟（油菜地的墒沟并不像麦地的墒沟那样深，能满足油菜地的灌溉之需就可以了）。接着就是"打"出移栽油菜的小泥塘。而油菜苗早在20天前就育好了，一棵一棵地用小铲锹移栽到小泥塘中。

西北风越刮越大，每个人的脸都是黑的。但必须坚持栽完——要抢在初霜之前让移栽的油菜们"醒棵"。这也是秋收之后最重的一项农活了，移栽完油菜，大家就可以直起腰杆喘口气了。

对于栽菜这项苦活计，我内心是有疑问的，为什么不直接把菜籽种到泥塘中呢？这样就不用移栽了。

父亲说，直接种的菜不发棵！

父亲又说，牛扣在桩上也是老！做农民还偷懒？

父亲对我的话很是不满意。为了不让他继续发火，我加快了栽菜的速度。但我的速度还是赶不上沉默不语的母亲。

栽下去的油菜苗到了下午就蔫了下去，整个菜地几乎没一棵直立的。但父亲一点也不担心，到了晚上，一块油菜地栽完了，抽水机开始作业，将河里的水引到油菜地里，那些移栽过来的油菜慢慢喝足了水。

到了第二天，每棵移栽过来的油菜都有一片或两片叶子竖了起来。到了第三天，所有的油菜都活了。

再后来，油菜们就拼命地长。一片两片叶，经历霜冻，经历真正的雪的覆盖，到了春天，越过冬天的它们都记得开花，就是大家都看到的金灿灿的油菜花。

……

> 可要移栽到多少田亩才能停下来
>
> 把眼中的泪水拭净
>
> 或者把天边的积雨云推得更远——
>
> 已深陷在水洼里的
>
> 那不可一世的红色拖拉机
>
> 正在绝望地轰鸣着
>
> 扬起的泥点多像是我们浪费过的时光

这是我为那些年的油菜写的《移栽》。

这么多年过去了，只要我身边的朋友赞叹我老家的油菜多么美，我总是想起那些移栽后又复活的油菜，它们多像经历了一场苦难又终于站起来的乡亲。

四十年前的盛宴

俗话说："小寒大寒，冻成一团。"

但最冷，还数把人彻底冻成狗的小寒节气。小寒几乎与"三九"重叠了。

我懂得"三九"这个概念，并不是因为语文老师。那时有线广播里反复播放一首高亢的歌："红岩上红梅开，千里冰霜脚下踩，三九严寒何所惧，一片丹心向阳开……"《红梅赞》是阎肃老先生写的。后来我和老先生见了一次面，也是唯一一次见面，竟就在一个三九严寒天！

"三九严寒何所惧"——可我们单薄的身体渴望暖和。暖和需要吃饱饭（肚子里是咣当咣当的稀饭）、晒太阳（在西北风乱窜的室外晒太阳也没用），装满粗糠和草木灰的铜脚炉还能给点力（但时间不会太长）。

最佳御寒的办法是给身体加油——多弄点吃的东西塞到胃里。

但哪里有吃的呢？树上没吃的。野外没吃的。河里没吃的（封冻了）。有二年，因为歉收，父亲规定，一天只吃两顿。

吃了两顿，就没力气出来和小伙伴们捉迷藏了，总是早早上了床。父亲还教育我们："没钱打肉吃，睡觉养精神。"

睡觉是能养精神的，但饿着肚子的我，越睡越精神，一点也没睡意，耳朵竖得老长，像是一根天线，接收着屋外各种各样的声音，并从接收的声音中分辨出声音源头。许多奇怪的故事被我想象出来了，后来又消失了。我躺在向日葵秆搭成的床上，稻草在我的身上发出幸灾乐祸的声音，我从肚皮这边摸到了后背。

但有一年，也是"多收了三五斗"的一年，稻子丰收，整个冬天我们家都是一天三顿。小时候的冬天雪天多。丰收那年的三九严寒天也在下雪。父亲喜欢下雪，冬雪可利第二年的丰收。因为高兴，喜爱黏食的父亲建议煮一顿糯米菜饭！

虽然母亲对父亲这种败家子的决定有点微词，但她还是采纳了父亲的建议，洗菜、淘米、刮生姜皮（父亲坚持要加生姜丁）。

这顿糯米菜饭是在父亲的指导下完成的，先炒青菜，再放糯米，慢火烧沸，焖一小会儿，再加一个稻草团，待这个稻草团烧完了，糯米饭的香味就把我紧紧地捆住了！真的是捆住了！

我忘记了很多挨冻的日子，也忘记了很多挨饿的日子，但永远记得那年小寒节气里的这顿盛宴——糯米菜饭。

在这顿盛宴的尾声，母亲把糯米菜饭的锅巴全部赏给了我。

后来上了大学，我去外语系的同学那里玩，看到他们的课表。他们有泛读课，还有精读课。我不知道他们怎么讲这些课，但对于我，那顿贫寒人家的盛宴上，糯米饭是泛读课；糯米饭的锅巴，则是精读课，我是一颗一颗地嚼完的。嚼完之后，我有很长时间没有说话。我生怕那些被我嚼下去的锅巴再次跑出来。

还有，我全身暖和和的。

现在想起这场四十年前的盛宴啊，我全身还是暖和和的。

选自《安徽散文》2023 年春之卷

梦里惊魂是故乡

陈瑞琳

飞机还在滑行，打开手机，2009 年 9 月 10 日，正是小时候秋天入学的日子。那时候母亲总说我出生的时候就是圆圆脸，又说我长大了像唐代壁画上手持团扇的仕女。忽然想起刚到美国时，一个台湾留学生愿意卖给我一部旧车，见面那天钱不够，他问我来自大陆哪个城市，我说西安，他拍了拍脑门："大唐美女哈，好，成交！"还有一次在餐馆遇到一群日本京都的客人，他们听说我来自长安，竟然起立，给了一大笔小费。故乡啊，每次你都让我心跳眼热。

从咸阳机场进城，心里还在想着"长安"那两个字。一个"长"字，既是长治久安，又是庄严悠远，完全是历史名城帝都的气派。沿途看见姑娘们穿着彩色的吊带裙装，就感叹一千多年前，我大唐的少女已是胸肩袒露，浑圆的臂上一抹云纱，那时候的欧洲人还披着中世纪的麻布呢！

下了机场大巴，绿荫里的西大街车水马龙，我迫不及待地跑去街边小摊，叫了两碗白里透红的陕西凉皮，那碗边没洗净，蘸着行人的尘土，我转过身，急切地送入口中，老板在后面直说："别急，慢慢吃，看把你饿的！"他没看见我噼里啪啦掉在碗里的泪珠。

这次回"家"，与往年不同。从前回来只是看父亲，这次回来却是带了八个国家的三十多位华文作家，一起来看梦里千回的"盛唐风采"。我们都带了纸笔，要感受那壮阔的汉唐民族之魂，探索那宏大深远的丝路文化为何能从这里扬帆启航。

有句话说得好："世界在还不知道中国的时候，就已经知道了长安。"这些年在海外，从早年的"唐人街"到今日的"中国城"，人们的话题里总少不了"长安"。每次碰到外国友人，都说他们最想看的古城就是"长安"。想想大唐时期的国际都市，多么恢宏壮美，敞开胸襟对外开放，兼容并蓄为我所用，中华文明的种子不仅传扬到西域更到全世界。

在我心里，"长安"就是母亲，就是家，就是青春，就是爱。怀念从前成长的日子，春时踏进终南，翠华峰下，踩着王维诗中的清泉石流。夏日东临骊山，华清温泉，凝脂芬芳。秋天则向西，那里有老子炼丹讲经的楼观台，看竹林摇曳，望仙雾缥缈，人与自然，气脉如此相合。冬季再往北，涉水过咸阳，踏上五陵原，登乾陵无字碑，长长的汉唐龙脉一直向远方蜿蜒伸展……

天色转暗，我的行李太大，小出租车装不下。站在路边继续招手，脑子里又开始想象：当年的杜甫每次回长安，也是在这暮色里吧？月儿要升起来了，他老人家终于望见了长安的西门城墙，趁着夜色的遮掩，赶紧用袖子抹去眼角的一行老泪。据说当年的李白就喜欢住在这附近的老回民酒家客栈，那一千多年前的才子佳人们，肯定是最爱长安的夜色。天黑了，他们才能放开情怀喝酒，才能看见可心的艺伎弹唱着红颜知己的丝竹之曲。当年的大唐夜晚，曾是怎样地钟鼓齐鸣，乐舞飘香。

终于上了一部车，脑子里还在神游，恍惚间回到了开元九年，辉煌的大唐拉开了华丽的序幕，二十岁的王维中了进士，"新丰美酒斗十千，咸阳游侠多少年。相逢意气为君饮，系马高楼垂柳边"！在他身后，一个九岁的男孩也在河南作诗，名字叫杜甫。再后来，青年李白在黄鹤楼为兄长孟浩然送行。进发长安的途中，孟浩然吟道："洛川方罢雪，嵩嶂有残云。"那是一个多么神奇的年代，大唐的诗情如滔滔江河，成就了一个伟大诗国的碧海。

车子在宾馆的高台上戛然停住，窗外是熟悉的欢声笑语，浓浓的大唐之夜一时让人恍惚，来自世界各地的文友们都到了，大家兴奋地握手相拥，眩晕的我还以为是在与王维、杜甫、李白、孟浩然们忽然聚首在长安。

梦里惊魂疑是客，一夜踏尽长安花。翌日晨起，先带着文友们去看最早的祖先半坡人，他们创造的尖头陶罐，神奇精美的鱼尾纹让人惊叹不已。再赶去灞水，看的不是折柳，却是专门为鸟儿们修的生态爱情岛。午后相约在清凉的古刹碑林，碑刻环绕，青石叹息，幽谧中骇然一惊，原来我们面对的竟是大文豪苏东坡豪迈奔放的手迹。

在浓浓的唐风汉韵里，一群漂泊多年的海外赤子穿梭在长安城的古街老巷，曲江芙蓉园的典雅庄严，浐灞会展中心的恢宏壮丽，陕西关中民俗村的庭院深深，唐苑皇家园林的美不胜收，尤其是那古朴高耸的城墙寺院，俨然就是我们心中的国色天香。

最难忘走在大雁塔前的喷泉广场，五彩的水色里返照着千百年来不灭的光，眼前似乎出现玄奘从西域取经归来的场景，也仿佛看见日本的遣唐使团从东海乘风破浪而来。不禁怀想着当年的马队、驼队，浩浩荡荡从长安城出发的情景，他们一路向西，大唐清脆的驼铃伴随着冰河上的铁马金戈，绵绵万里的丝绸之路，横贯欧亚大陆。经济的强大，带来了文化的优越，祖先的帝国，雄踞在世界的东方。

转眼就是三天，与文友告别的时候长安城忽然下起了雨，氤氲的水汽变成了头顶的水珠，相聚恨短，有些不舍，有些伤感。在市中心的德发长饺子馆吃完了最后的告别晚餐，大家频频挥手，殷殷相约。终于有时间去看城外的父亲，叫了一辆挡雨的三轮车向西穿行，细雨轻尘，清风无言。蓦然看见路口立着一座巨大的雕像，赶紧叫停三轮车夫，众里寻他千百度，这雕像正是我思念中的"丝绸之路的起点"。

从细雨中望去，眼前是一队跋涉于丝绸之路上的骆驼商旅，满载着丝绸、瓷器、茶叶正要西出阳关，浩大的队伍中有唐人，也有高鼻深目的波斯人，在十四匹骆驼中还夹杂着两匹马和三条狗，气势豪放如此生动，令人热血沸腾。这其中有多少斑驳的记忆，有多少迷离的故事，我不禁又想起了两千多年前的那位勇士张骞，就是从这里出使西域，被后世誉为"第一个睁眼看世界的中国人"。

雨悄悄地停了，心情却陡然沉重起来。思绪到了唐宋之后，人类迈进大航海的探险时代，叹我九州大地北有草原阻隔，西有山脉屏障，东南仅有的海岸线，还被昏聩的清政府实施迁界禁海，摧残了沿海地区的资本经济，从此闭关锁国，改变了中国的历史走向。面对漫漫长夜的昏暗和沉寂，才有了龚自珍的鸣诗："我劝天公重抖擞，不拘一格降人才。"

深夜与父亲长谈，告诉父亲这些年海外中国人的形象变化有多快。老祖母记忆里的中国人还是只会做"鸡炒饭"的大厨，可她大学里念书的孙子却已经娶回了博士毕业的中国媳妇；好莱坞的电影里到处都有东方人智慧的脸，华府西屋的小学人奖得主年年都是华夏的儿女。一位老同学描述他们在夏威夷开全球高层学术会，中国学子竟占了大半，大家的发言几乎都可以用中文演讲了。龚自珍当年的祈愿，也算成真了吧。

最欢喜一早父亲带我去小南门，那小小的门洞，混合着各种生命交响的市井声浪，几乎就是我在异国他乡最深的盼望。赶快在街边的小凳上坐下，来一碗我最爱的豆腐脑，再顺着街走，油饼、油条、肉夹馍、水煎包，挨个尝过去，走到最后，我的脚步还迈向老兰家的胡辣汤，老爸拦住我："小南门一口气吃不完，下次再来！"

沿着城墙根继续散步，母校"西大"的门前店铺林立，科技楼群拔地而起。听说从前的老孙家羊肉泡馍馆竟然盖起了七层高的大楼，解放路上数百种的饺子宴正在迎接着四海的宾客。好想走进豆花庄，再吃一顿蘑菇火锅，执一杯桂花稠酒，坐在大南门的塔楼上，看脚下的长安城车轮滚滚、气象万千。突然明白：中华文明的伟大就是能吐故纳新，有容乃大。所谓的"盛唐精神"，就是向世界开放。从欧亚大陆的高速铁轨，到海上的贸易商船，今天的中国已经走进了"全球化"时代，这是历史的呼应，也是未来的展望。

再喝一杯父亲泡的热茶，再看一眼汉唐的明月，黎明中的飞机再一次滑行。腾空的一刻，俯瞰脚下的城郭，心里默默说：我是你弓上的箭，但我更是你手中的风筝，多远的飞去，都是为了有一天归来。

选自《黄河》2023年第4期

差一点，就是外婆

蔡小容

彭婆婆的家在井冈山路中段，离我家很近，我爸妈上下班都会从那里经过。那一片居民区是平房，所处的地势比人行干道的路面要低，要从一个岔口走下一截坡拐进去。走在井冈山路上看这一带，是一大片红瓦灰瓦的人字形屋顶高低交错，其间阡陌纵横，有人在走路，有孩子在玩。我爸爸有个同事也住这里，他们屋里有个阁楼，那是一个最好玩的地方，搬梯子架着爬上去，掀开布帘，进入里面的隐秘小天地，有个小天窗可以窥探外面。好不容易上去一次，大人们就在下面叫，快下来，下来，外边玩儿去。

彭婆婆彭爷爷比我父亲大着一个辈分，之所以认识，是因为他们也是华侨，从越南回国的。我记忆中的彭爷爷常穿一件长呢子大衣，相貌堂堂，挺有风度。他们夫妇生了十一个儿女，堂屋里挂的一张全家福照片上，婆婆与最大的儿媳并排坐中间，两人怀中各抱着一个婴儿。儿女众多，他们在家都以排行称呼：老四、老五、老七、老九。我记得他们几个房间门上挂的绣花门帘，里屋的大床帐幔也有相似的绣花，还零星记得一点他们聊天的内容：老五谈了对象；老七不爱说话，回来就躲在屋里……他们，是指我妈妈，彭婆婆，还有他们家的几个姑娘。大家庭，姑娘们在家做饭，围着桌子包饺子。有一个星期天爸爸去钓鱼，妈妈上班，把我托在他们家，带去了一把米、一个鸡蛋，用个塑料袋子装着，不知排行老几的姑娘一边做饭一边笑着对我说："我们没有煮你的饭。看，你的米和鸡蛋还在墙上挂着呢。"中午，我和一家子人一起上桌吃饭，下午妈妈来接，她们让我把米和蛋又提回去了。

我爸爸不去彭婆婆家，只偶尔我们全家一起去过一次，说带我去看新娘子。

我想象"新娘子"是个丰容盛鬋的古装或外国美人，去见到了，原来不是。那是彭家新进门的一个儿媳，新婚宴尔中，我妹妹却把她的衣服尿湿了。

我爸爸之所以不去他们家，原因我后来才知道，是他和彭家的大女儿曾短暂地谈过对象。那当然是好些年以前的事了。

我爸爸这人的奇特处世方式，不是几句话能说清，也不是一般人能理解的。他单身时别人给他介绍对象，无一例外，谈一个吹一个。没人愿意跟他——说是大学生，结果是在修表！还说是他自己选的这行，工资和工人一样只二十五块，这么傻的人从来没有见过。脾气又古怪，又不会体贴人。有一个女人跟我爸爸处对象似乎是大家都有印象的，因为他们散伙之后她也没再找人，几十年一个人过，她就是彭家的大女儿。终身未嫁的女人在我们小城里有个奇怪的称呼，叫"大爹"。大爹跟我爸爸散伙的原因也十分奇怪：有一天我爸爸在街上碰到她，没有跟她打招呼。自此，他俩彼此就再也没打过招呼，估计也没再打过照面。大爹没嫁人，主要还是她自己主意大，不是为我爸爸，我觉得就脾性看，他俩倒有点势均力敌，我妈妈也说："如果你爸爸跟她结婚的话，肯定会被她管着了。"她不会像我妈妈一样一味好脾气，几十年下来把我爸爸的脾气纵容得更坏。

"……那样的话，她就是你的妈妈啦！"妈妈笑着说。我当时还半懂不懂，转述给朋友听，她说："那，只有一半是你——不对，根本就没有你！"大爹是个四十上下的和蔼妇女，对我很好，我妈妈跟她关系并不尴尬，有说有笑，有一回说到我爸爸，她也淡然大方地客气了一句"你叫他来玩哟"。

有我，也真是够巧。我爸爸十八岁时只身一人从印尼回国，若干年后到宜昌工作，认识了一个与他祖籍在同一地的广东同乡，同乡回广东帮他找了一个比他小十岁的姑娘，结婚后又过了三年把她的户口迁来宜昌，才有了我。这中间的每一步都不寻常，按常理推算概率，本来应该是没有我的。我们家在宜昌无亲无故，但也渐渐有了这么些同乡、朋友，和大致的亲戚。

我们与彭家的交情一直很好。我常去，妈妈也常去，彭婆婆会做米酒，有时用一个小盆似的大碗做一满碗，用小棉被包着，送到我们家来。有一个晚上她来家里坐着说话，八点半过了，我每天必定八点半上床睡觉，可我不好意思用床边的尿盂。时间超过了，我很不安。后来我壮着胆子把尿盂轻轻拖出来。

彭婆婆看见了，问妈妈："她不去厕所啊？"

妈妈说："我们这儿的厕所坑太大了，晚上又没有灯，小孩不敢去，就在家里。"是的，我还记得那每个楼层相通连、通向无底的大坑，至今后怕，如果掉下去……

有段时间，我妹妹找不到人带。那时候带小孩是把小孩送到别人家里托管，叫"搭"，我们曾在井冈山路另一边的一个大院里找到了一个外地奶奶，搭了一阵子。我有一天跟妈妈去接妹妹回家，妈妈临时有事让我在那儿待着，我等了一阵，问那个奶奶："我妈妈呢？"她笑着答："你妈妈不来了。"这句话让我十分伤心，我对着窗户，窗外在下雨，喉咙里一个硬块我努力想咽下，咽不下，我哭了，没人看见。那个奶奶说她每天要午休，要求中午把小孩接走，下午再送去，傍晚再接，这是十分麻烦的，妈妈上班中午只两个小时休息，要往返，要做饭，还要把小孩接回来自己带着，上班前又再送去，后来就没有搭她家了。

过了些天，妈妈说找到一个婆婆帮忙带妹妹了，"就是彭婆婆"，她笑着说，我也顿时觉得好了，彭婆婆当然好了。所以我们来往更密，像亲戚了。托管的费用我依稀还记得，跟前一个婆婆一样，但主要是人家肯帮忙，谁耐烦挣这个钱呢？看我们困难，把担子接过去，托管小孩的事情，难的不是钱，是人。

我记得彭婆婆是第一个夸我漂亮的人："容容越长越漂亮……"她看着我长了这么些年，到了能说漂亮的年龄。我也记得她的样子，那时候的人服老，六十岁打扮得像七十，她的笑纹镌刻在两颊，也刻画了她腮部的形状，眼神柔和，笑意隐含，一个慈祥的婆婆，一个养育了十一个儿女的母亲。写这篇文章时我想到，她有可能是"另一个我"的外婆，虽然不是，但她待我们就像自己的孙女一样。

彭家住的那一片房子大约在八十年代初拆掉了，他们搬到了别处，儿女也各自成家，不再住在一起。他们儿女的情况，我后来时有耳闻，大爹怎么样，老五怎么样，婆婆在操着谁的心，为什么事头痛伤心……彭家两老相继离世，我没有再见过他们。

井冈山路是旧时的名字，没多少人知道了。它是宜昌老城区的主干道之一，在那片房子拆迁之前就改了新名字：云集路。

选自《文汇报》2022 年 11 月 11 日

阳光照进大山里

黄　琦

一

培训结束，终于熬到了上山的日子。"谢主任"如愿以偿被分到了最艰苦的乃祖库小学，据说那里的教室都还是土坯房，连厕所都得自己动手开辟，让人不由得为他捏一把汗。曲老师回到了他之前支教的学校，这学期他终于要把六年级的孩子们送入初中了。而我被安排成为分校点的队长，带着三个年轻小伙子正式开始了支教的征程。

由于路途遥远，我们包了一辆小车，在助学部杨老师的带领下上了路。一路上阳光相伴，我们四个交流着对未来支教生活的憧憬。小车在崎岖的山间颠簸、穿行，随着海拔的升高，气温越来越低，天空越加湛蓝和澄澈，阳光也越来越刺眼。拐过了最后一道弯后，学校大门映入眼帘，门旁挂着的"双河小学"四个字已经被风霜侵蚀得若隐若现了。吉子校长在校门口迎接我们："老师们，辛苦了！"大家赶忙下车去和校长握手问好。

抵达学校后，校长给我们简单介绍和安排了一下近两天的工作，我们便收拾行李，住了下来。等整理好宿舍，我们才有空仔细观察学校的全貌，学校中心有一个大操场，教室看起来还算坚固。大家纷纷表示比预想的情况好多了，宿舍里的生活用品也是一应俱全，和大学宿舍的条件相差无几。据校长说，新的教学大楼也马上开始动工了。

看到几个七八岁的小孩在校园里玩耍，我们便上前问他们的名字，男孩们都踊跃地介绍自己，女孩们却都不出声，只望着我们羞涩地笑，再问，她们就边笑边跑出了校门。我心想："这里的女孩都是这么害羞的吗？"校长见此情形，便笑着向我们解释道："这里的女孩们都比较害羞，会比较喜欢女老师，跟男老师说话会很害羞的。"我们几个面面相觑，意识到今后的工作可能难度不小。

我担任的是五年级的班主任，同时负责五年级和二年级的语文教学。新学期第一课，我先是做了一个简短的自我介绍，随后让孩子们按抽签顺序轮流上台介绍自己。就此，我初步认识了五年级的十二个学生，其中七名男生，五名女生。男生大都跃跃欲试，女生则如校长所说，特别羞涩，走上台都要磨蹭好长时间，但其中有一个矮个子扎着辫子的小姑娘令人刮目相看。她边走边用凌厉的眼神瞄向几个意图喝倒彩的男生。走上讲台后，她利落地在黑板上写下了自己的名字，然后转过身，向同学说自己长大后想当一名演员。台下的女孩们看她侃侃而谈，从容大方，一边捂着嘴，一边向她投来了赞赏的目光。因为她年纪比较小，大家平时都亲切地称呼她阿依莫，彝语"妹妹"的意思。

开学不久，基金会给我们寄来了围巾和手套，需要找两个孩子给捐赠人拍一段感谢的视频，我便想到了她，镜头前的她虽然衣着并不光鲜，皮肤并不白皙，但是她那天真阳光的笑容特别有感染力。我把视频发给负责公益助学的杨老师之后，杨老师特意回复我："这个女孩的笑容很美！"看罢，我在心中暗自窃喜，有种自己女儿被夸奖的自豪感。

在与往届支教刘老师的谈话中，我了解到了更多关于阿依莫的故事。阿依莫的妈妈早已去世，爸爸几次再婚，又生了几个弟弟。现在她和爷爷奶奶一块生活，既要负责家里繁重的农活，又要照顾弟弟。父亲特别爱喝酒，生活中对她疏于关爱。种种家庭问题导致她特别容易走极端，平时动不动就生气，而且还特别倔，任凭你好说歹说，她都不肯让步，并且对男老师持有一些偏见。因为她的倔脾气，同为女性的刘老师没少"收拾"她，但是她却一直把刘老师当母亲看待，刘老师说她俩的感情特别好，当时甚至有把她带回家的冲动。对于她，刘老师再三嘱咐我："我是女老师，可以偶尔严厉教训她，但是你不行，你还是得慢慢走进她的内心。"

阿依莫就是张桂梅校长所说的"大山里的女孩"的典型——从小就被家人忽视，父母对她们的期望也许只是分担家庭的压力，长大能够嫁得出去，读多少书并不重要。她们中的很多人都想要改变自己的人生，但是却无能为力。也许是对未来没有了期待，阿依莫在学习上自律性很不好，不仅字写得歪歪扭扭，作业也经常乱写一通交差，答案常让人啼笑皆非。对于她的倔强，我经常束手无策，稍微严厉批评一下，她那倔驴似的脾气就上来了，偏偏我又找不着办法治一治她。对于她易怒的个性，她的朋友们也是拿她没辙。她经常莫名其妙就不搭理同学了，一个人躲起来生闷气，想跟她说几句心里话，她就会躲着你，所以同学们和她的关系也是忽远忽近。

二

第一学期的支教生活显得尤为短暂，在我们充分了解学生、熟悉工作时，已经到了一学期的尾声。期末考试结束后，我给班上每个同学都写了一封信，写下了我对他们的印象和期许。在给阿依莫的信里，我写了泰戈尔的一句名言："如果你因为错过太阳而哭泣，那么你也将错过漫天繁星了。"我希望她能够活得更加开朗和快乐。我去她家送信的时候，她什么也没说，我走到门口的时候，身后冷不丁冒出一句话："老师，祝你身体健康，一路顺风！"我看着她心想："哈哈，这座冰山终于也开始融化了。"

临走的那天，我们几个并没有通知班上的孩子们，一心只想着静静地告别。天气依然晴朗，我们坐在校长的车里，却说不出话来。开车路过校门口时，我看见阿依莫站在路边，我刚想打招呼，她却倔强地把头扭了过去，我往回看，发现她黑亮的辫子似乎在轻微地抖动，渐渐地车走远了，绕过一个弯，便什么都看不见了。

杨老师无奈地说："唉，我们说什么来挽留你们都不重要，关键还是得靠孩子们来留你们。"我脱口而出："关键是孩子们没有留啊……"引得其他几位老师发出了笑声。"你们把人家孩子怎么了，为什么不留你们？"杨老师打趣道。我说："咳，我们根本就没告诉他们我们哪天走，怕场面太伤感了。"杨老师戏谑道："你们男生也太直白了，孩子们还以为你们不想他们来送呢，他们得多伤心啊！"

是啊，细想来，对于孩子们，他们可能已经习惯了每学期老师的更替，舍不得说再见，却又说惯了再见。"下学期，我还会来"，这句话可能是每个学期末孩子们最渴望听到的告别了。想到这里，心中不由得漫起一阵感伤。支教总结会上，我收到校长发来的期末考试成绩，结果并不理想，让我更加犹豫下学期的选择。木木问我下学期是否要回来，我说："可能不回来了吧，因为我不确定能不能帮到他们。"

每学期结束后，相信每位支教老师的心中都有一架摇摆不定的天平。在理想和现实的权衡中，一方呼喊着现实，一方叫嚣着自由；在家庭和学校的抉择里，一边是满心忧虑的家人，一边是满怀渴望的学生；在城市与山村的两端，一头是无可逃避的责任，一头是虚无缥缈的梦想。有许多的老师都和我沟通过他们内心的矛盾，有的选择了继续坚持，有的则选择了回归生活。

驱使我回到孩子身边的理由很简单——"放心不下"。

因为下学期他们很可能会遇到一个像我一样满怀教育热情，却又不知道从何做起的老师。他们又要重新适应新的教学方式，也许会突飞猛进，也有可能是手足无措。我的内心不容许因为自己让孩子们去承受这样的风险，因而最好的办法是让他们有一个固定的老师，帮助他们持续地提高，所以我毅然决定再继续坚持一年，陪伴他们顺利毕业。

那个暑假，我回到家便和爸妈表明了自己的打算，可想而知，迎来的是强烈的反对。经过了漫长的沟通和艰苦卓绝的交谈，父母才终于同意了我的做法。作为父母，也许并不能完全从内心理解和支持我的决定，但是我很感谢父母最终能尊重我的想法，让我有机会了却陪伴这帮孩子毕业的心愿。

三

康德说，人有三种快乐：第一种快乐，是因为它给你直接的好处，这是物质上、生理上的快乐；第二种快乐，是你因做了正确的事情而感到快乐，这是道德上的快乐；第三种快乐，是它既没有给你好处，也不涉及道德，比如你半夜听到风吹着落叶掉下来，感到舒服，感到说不出来的一种心灵上的快乐。

参加支教之前，我也和大多数年轻人一样为了出人头地而奋斗，不惜成为"工具人"，曾经一度为了追求第一种快乐——物质生活的丰实——而迷失了自我。而进山以后，从刚开始的为自己重新找寻人生的目标，到后来已经完全忘了来支教的目的，全心全意思考能为孩子们带来什么改变，从而获得第二种快乐，我的内心感到前所未有的充实和满足。

2019年10月，随着国家均衡化教育政策的推行，学校的新教学楼终于落成，配上爱心企业捐赠的投影仪，学校的硬件设施已经很完备了。孩子们欢呼雀跃地搬进了崭新的教室，学习起来也格外有劲头。从这学期开始，我们班的语文和数学的教学工作完全由我来承担了。有了第一个学期的经验和教训，我在教育教学方面更加得心应手，知道如何适当地因材施教，而且更加重视德育工作。我希望孩子们成为有责任感，懂得珍惜和感恩的人，这比任何成绩上的进步都更令人欣喜。

那是一个周末，前一晚风雨侵袭山林，"空山新雨后，天气晚来秋"，11月正是蘑菇生长的时节，我预感雨水的滋养会催生出不少野生蘑菇。正好我曾教过的二年级的学生力作和科歪等几个小孩跑来找我，说要带我和这学期新来的田老师去采蘑菇。我们沿着蜿蜒的盘山公路结伴而行，跑得快的几个孩子在前面带路，年纪小的孩子跟在我们身边。

走着走着，我突然感觉有人往我的口袋里塞了什么东西，我低头一看，力作正咧着嘴朝我笑，笑得露出了后槽牙，她说："老师，这个给你。"我好奇地往口袋里掏了掏，发现是一张皱巴巴的一块钱。我疑惑地问："为什么要给老师钱呢？老师有钱，你快拿回去吧。"她推了推我的手，又从口袋里拿出来几块钱，得意地说："你看，我还有，这个给你用，你想买什么就买什么。"说罢又麻溜地把那一块钱塞进了我的口袋。我没办法，只好又掏出来硬塞回她的手里说："老师可比你有钱多了，谢谢你，赶紧收好，千万别丢了。"不过她像是逗我玩似的，又推搡了好多回，她才肯罢休。

事后回想起来，我都会倍感欣慰，可能对于山里的孩子来说，也许这几块零花钱价值非同一般，可以买不少他们需要的东西，对于他们来说也许是最好的礼物了。他们愿意把这最好的礼物献给老师，说明他们学会了分享，懂得了感恩，这种宝贵的品质将会是他们一生受用的财富。

这学期期末，我告诉孩子们下学期我很可能还会回来，并叮嘱他们一定要把寒假作业完成好，"恐吓"他们如果完不成可能会有意想不到的惩罚。孩子们不说话，只是憋着笑，班长日呷说："我们再不听话点，让你不放心点，你下学期就肯定会来了。"我一时竟无语凝噎，心中涌入一股暖流。

在离开学校的路上，我们坐着大巴车，一路下行，同行的田老师回头望了望学校，我无意间窥见她的眼角似乎有泪水在闪烁，她缓缓转过头去，看向窗外。在总结会上，田老师说："回来的路上，我偷偷抹眼泪了，因为我觉得这辈子以后可能再也见不着他们了，就算再回来见着了，恐怕我带的一年级的孩子也都不记得我了。"我打趣道："怕啥啊，你走了以后说不定他们马上就手拉起手，跳起欢快的达体舞了呢！""一边儿去！"田老师破涕为笑。我心想："不用担心，就算孩子们不记得，我们会记得你，这片大山也会记得你的。"

选自《走进大凉山》译林出版社 2023 年 6 月版

泉源在左，淇水在右

鱼 禾

返 回

某些时候，"说出"意味着陷自己于虚无。

如果不是手持话筒的人穷追不舍，那个坐在废墟上的男人，也许永远都不会"说出"。为什么回到处于地震断裂带上的故乡，为什么在这片吞没了亲人的地方经营起一方小店铺——其中的缘由，还需要解释么？十几年前，灾难突如其来，把他的村庄夷为平地。倒塌的房屋埋掉了他所有的亲人。那个午后，他因为外出打工，远在异乡。

在生活重压下存活的人没有夸张痛苦的习惯。他言语寡淡，不激烈也不颓唐，几乎看不出内心的波动。他并非故意要按捺。也许，这只是某种自我维护的本能——生命里不堪承受的部分，会以最快的速度下沉，进而从庸常时日里隐匿。谁曾有孩子埋在那些碎掉的楼下，谁就难以再说出心碎；谁曾丧失过至亲之人，谁就难以再说出悲痛。有些发生，受不了语词的触碰。

但那个守在废墟之上的男人，他在回答。提问者的话题是"重建"。话题堂皇正大，无从躲避。类似的情形必定有过许多次——在别人设定的主题之下，他的经验成为例证。那些人太喜欢推倒重来了，似乎翻新一遍，所有的不堪便可抹去。他们趾高气扬地规划，肆无忌惮地拆毁，理所当然地建造。这片土地上的"旧"正在迅速瓦解。触目所及，无非城市新区、新城镇、新农村、新天地、新生活……到处是崭新的新世界，过不了多久，这泡沫似的新会再被翻新。"重建"这个词明晃晃的，是提问者乐此不疲并且驾轻就熟的话题。提问者来了一拨又一拨，后来加上了参观的人群（参观，也许人们可以为这种做派提供一千个理由，但这个词的确令我心口抽搐）。在废墟上守护亡灵的男人，把那些问题回答了多少遍？

这里是家呀。他说，这里是家呀。

残忍未必触目。当残忍被顺受，它便会化为惯性，化为感受与认知的怠惰。正如我也不能体会，所有需要离开故土投奔儿女的父母，当然也包括我的父母，他们在奔赴远方之际，会怀着怎样的不舍。不过是几间旧屋，几棵老树罢了。不过是一条行人稀少的土街罢了。偶尔会看见一个神情寥落的佝偻老人靠墙坐着，几乎看不见年轻人。那正在节节败落的村庄，有什么让他们舍不得？这里是家呀。他们也总是这样解释。

父亲生命里最后的六年，大多是在伊城度过的，直到病逝。尽管他们老说住在这里"不安生"，但还是住着，上楼，下楼，在屋子里转圈，或者到院子里，到金水河边跟陌生人聊天。父亲的周年祭本在农历小满前后，正是蚕蛹结茧、桑葚成熟、小麦灌浆的时节。但不知为什么，母亲非要将之挪到清明。我在麦田里。清明时节的麦子茎秆青碧，从根到梢都是湿的。我可以坐在坟头边的田垄上抽支烟，而不必担心会引燃一片叶子。一次点两支烟，坟头放一支，我抽一支。我们都不是沉默寡言的人，但我极少跟他长篇大论地说话，不习惯，好在还有烟。想说什么总会有凭借的——烟就是凭借——他抽完了，我也抽完了，就再来一支，根本不用废话。他的"不在"，在烟的气息里变得更其确凿。

早年我把世事看得轻易，目光总是投向远处，顾不上细细琢磨沿途的相遇，也不曾十分重视他的"在"。父亲的"在"是一种不需要论证的公理，是从我们出生就已经先在的、可以随时援引的前提，是人生一切推导无须明言的依据。那种"在"，不是生命里偶然介入的元素，不会特别引起我们的注意，仿佛他会一直"在"那儿，理所当然，不需要条件。然而有一天，"在"的条件被命运剥落，我们的公理被摇撼，进而被推翻——那个人，他"不在"了。回家也不再能够接近他，"不在"布满了院子。在形式上，这个被叫作家的地方一切如故。

院子与几年前一模一样，街巷也一模一样，门口还有他喜欢坐的青石板，影壁前的苹果树上，他修剪时留下的斧痕历历如新。只是那个人不在了。"不在"成为被谜团包裹的刀刃，寒凛凛的，却无从捉摸。父亲的欢迎也已"不在"。这个家里，兄弟姐妹加上各自的丈夫、妻子和孩子，乌泱乌泱一屋子人。他们大多健谈，喜欢高声大嗓、排山倒海地说话。这热闹是空心的、无趣得令人生厌。在沸沸扬扬的语音里，父亲的曾"在"如同虚拟——在大脑的记录中确实有，却仿佛并没有在时间之内发生过。我在沸沸扬扬的语音里发呆。我这个人，我的怀念，皆如虚拟。

事情总是这样，离开的时候你说过等你回来的话，但是这一天，你回来了，原本要做的一切却已经毫无意义。坐在废墟上的人当时也在远方。在那个令人心胆俱裂的午后，他远在异乡讨生活。而今，他回来了。虽然亲人都已"不在"，他还是执意回来了。那木刻般的男人，他的"陪伴"也如虚拟。在虚拟中，我们的返回貌似获得了理由：这里是家呀。

现在，"回家看看"成为庸常时日中格外突出的部分，如一根刺。我们都回来了，有什么用呢，团聚永远不会有了。我甚至也不敢为家人拍照。这么些年，我的取景框里人总是不全。如今有个人不在了，我的取景框永远也取不到一张全家福了。这样的心情，那个坐在废墟上的男人，是否年年都会经历？小满时节，桑蚕把自己团进丝茧，布谷鸟在峰巅之上嘹亮地鸣叫，山谷间飘荡着新鲜果木的香气，一切景象都显得祥和。这时节，从那个午后开始便成了伤口。他看着那片将作为遗址保留下去的废墟，心中的旧伤是否也会一阵阵抽痛？

旧场所

1989 年夏天，我写给一个人的毕业留言是：

但愿人长久："'"，、——；……？！"（《？ －》）。

是毕业前夕玩的一个游戏。游戏规则是，送给大家一句话作为毕业留言，在后面列出十三种标点符号；其他人根据标点顺序分别填句，最先完成者可命赠句人饮酒。尽管马上就要各分东西了，但是，我和几个同学围坐在一间光线暗淡的宿舍里，还是饶有兴致地在纸上涂来涂去。对于我的赠言，最先完成填句的是洪洧。

　　想起这个游戏，是由于我收到了洪洧的电话。后来我把这句毕业赠言写到了他的毕业纪念册上。那一年，我为了和男友在一起，回到伊城一所高校教书；洪洧为了和父母在一起，返回老家云台，后来又拖家带口到了北京，在怀柔安置下来。

　　久不联系，他第一句话便是，猜猜我在哪里？

　　他极少这么一惊一乍地说话。我第一反应是他到了伊城。我按下陡然涌起的兴奋，说，你这毫无悬念的家伙还能在哪，无非待在地球上，不是在这个角落，就是在那个角落。

　　他说，我在你的宿舍楼下。

　　我愣了一会儿，才明白他所指何处。这么说他是到复旦校园去了。隔了这么久，他提到的那个旧场所有些令人恍惚。我依稀记起那个三十年前的大男孩——也是初夏时节，他手搭凉棚看着我宿舍的窗口，嗓音耿直地大喊，马老，下楼！像许多校园男孩一样，当年的洪洧一头乱发，白衬衫松松垮垮统在牛仔裤皮带里面，有种泼泼洒洒的萎靡。他太瘦了，站得又有些歪斜，仿佛风再大一点就会把他吹到半空去。

　　洪洧历数着那些令他心醉的"不变"。这些旧楼旧馆一处也没有动，他说，五号楼还是住着五颜六色的女孩子，曦园也是当年的样子，荷花快要开了，苏步青题词的粉壁也还是旧模样。他说，记得吧，咱们当初挤在那里拍照来着。当然记得。为了拍那张合影，曦园荷花池边中间那块粉壁前，蹲的蹲，站的站，挤了十来个人。他此刻站在我当年的宿舍楼下。这怀旧的人，会不会再次手搭凉棚看向那个窗口？毕业这么多年，我们前前后后也就见过两次面。我也还记得几年前见过的洪洧，在一帮子膀大腰圆甚或白发历历的男同学里面，唯有他依然瘦弱颀长。他笑容明朗，一袭黑色风衣，连发型都还是学生时代的样子，与那种暮气乍现的气氛有几分不搭。至少，在外壳上，他也属于"不变"的部分。

只有树变了，他说，还记得那些小树吧，当时你还拿它们来比我，现在我还是瘦，树可是已经长得又高又壮了，你楼下全是大片大片的树荫，我还不如人家树呢。我笑起来。遇到故交，人就一下子返回原形，成了当年那个孩子。我说，到底是你比树好，树可不能到云台长几年，再到北京长几年，天南地北地转悠。他也笑，一边笑一边感叹，天南地北地转悠，真想待着的也没几个地方，只可惜变化太快，老地方大都找不到了……还是复旦好，什么都留着。

嗯，复旦懂得你的心肠。

那何尝不是我的心肠？我一向不恋旧，我曾以为我哪里也不会想。但是这个下午，洪洧在复旦园里心情复杂地闲逛，我们通过手机说了许多话，说起曦园、燕园，相辉堂前的草坪、袖教室、通宵舞会和各种各样的讲座，当时喜欢过的人，以及那个告别的夏天，在心头汹涌而起的青春的无畏与悲怆。岁月留给人的刻痕深浅不同，但是，刻痕总是有的，有些轻描淡写，有些凶险狠辣。我们能够经受的时候，那些天真、热情、梦想，都已经石化了。当时年少，我们曾经天真地满怀热情地在那里度过，嘴里唱着"我们曾经终日游荡在故乡的青山上，我们也曾历尽苦辛到处奔波流浪"，浑身都是少年不知愁滋味的欢乐与疯癫。不知道从哪天起，故乡的青山远了，我们不再把将来挂在嘴上，也羞于说出梦想与忧愁。不知从何时起，我们不再东张西望，我们开始清减、放弃，对沿途所遇的事物扫视而过。我们听从了谁的教唆，被谁带向了远方？远离之后回首，哪一道往日的河岸还看得清楚？

想不时回去看看的地方并不多，但也如洪洧所言，那些旧场所大多已经改变，或竟完全湮灭了。只是，所有隐遁的时间都会化为"此刻"的酝酿池，它让某些东西扎下根去，成为一种隐形的校正力量。

不 在

有过最难挨的一段时间，我能够做的似乎唯有上路，不停地奔走。豫北老家并没有谁等着我回去，这样的长途奔驰显得毫无理由。我还是莫名其妙地要驱车上路，向那个方向开过去。偶尔，车到中途便停住了，有如被某种巨大的理由陡然拦阻似的。我开下高速，漫无目的地拐上乡间公路，在荡起的尘土中穿过一个又一个村庄。

沿途的景象似是而非，与我充满了隔阂。我不得不沮丧地承认，不在就是不在了，无论如何都找不回来了。那无可挽回的"不在"是我人生第一件无力消化的事。我本来以为，父亲的离开虽然令人悲痛，但只是人生必须接受的事实之一。不是吗？父亲从来都不是一个可以永在的角色，他会变老，会生病，会突然从你的生命场域中撤离。我记得在他刚刚离开的时候我心情近乎麻木，甚至有略微的轻松，仿佛随着他的离开，他解脱了，我也解脱了；接着便寂若真空；然后，那种蛛网般的情绪才慢慢显现。心里壅塞的是不可名状之物，它们斑驳杂陈，仿佛哀恸留下的渣滓。祭奠仪式太多了。祭奠先是每周一次，然后是百天，还有一两个月就会到来的鬼节，然后是一周年、两周年、三周年。如今已经有整整十年了。那些壅塞物，好不容易被按捺下去，又一再被翻搅上来。摆在灵位前的供奉令人难受。供奉越丰盛，看着越让人难受。他不需要这些了。他的肉身已经化为泥土，什么也不需要了。我们的供奉只是给自己的安慰。他也不会再有期待。从今以后，我们即或有所成就，也只是给自己的了。成就与我们的生命背景相脱离，失去了本来的重量，变得轻浮、功利，像一桩将要在街市上发生的交易。

堕落只是在你周边不停地发生，却不是你可以左右的，它们像海啸引发巨浪。许多时候你只能端起酒杯，喝一口，再喝一口。烈酒入喉，只是酿成了倦怠和昏迷，壅塞物并没有清除。它高耸而且迫近，就像王屋山一样横亘，不知道什么时候才会崩解。我怀疑是不是因为说得太早了。我还没有消化，就经不得折磨，把那痛楚全部招供。那样"说出"，等于贸然划破了一桩密语。是否那种肤浅的絮叨破坏了内部蕴藏的势能，进而，需要讳言以敬才会清晰呈现命运，就此改弦更张？我走在路上，沉默或者号啕，却不能回答。

那个岔口，就在京珠高速与淇北街交叉口的高架桥东侧，因为不被注意，缺少维护，因而崎岖难行。岔口向西，是笔直宽阔的柏油路；向东北，则是勉强可以错车的乡间公路。乡间公路没有名字，为了称呼它，我名之为泉源路。也许没有这个必要，但我还是想转引一首卫风：

籊籊竹竿，以钓于淇。岂不尔思？远莫致之。泉源在左，淇水在右。女子有行，远兄弟父母。淇水在右，泉源在左。巧笑之瑳，佩玉之傩。淇水滺滺，桧楫松舟。驾言出游，以写我忧。

她的出游，就是回家。我的故乡曾有河流贯穿，河名"翟泉"。虽然诗句里的"籊"与"翟"字音义俱异，但我依然一厢情愿地认为它们在词源上是有联系的，诗中的"泉源"就是与淇水有源流关系的翟泉。每次经过那个岔口，我便会条件反射般想起"泉源在左，淇水在右"的句子，认定这岔口必是那远行女子的投奔地。奇怪的是，家乡没有人知道贯穿村庄的小河叫作翟泉河。翟泉河这个名字的来龙去脉早已失传。没有人关心一条已经干涸了的河流。这个名字也将失传。在淇水与泉源之间长大的女儿，十几岁远离故土，不是因为出嫁，而是因为求学。这远行一如溪流入河，河流入海，不唯离源头越来越远，连源头的清澈也一并丧失。若干年后，我也成了一个惯于四处奔波、独自游荡的人，类如车至穷途、大哭而返的阮籍。那莫可名状的阻断与隔阂，现在我也体会了。我一趟一趟返回，恍若在竭力靠近一桩悬念。

许多写作的人，都有一个放不下的故事。他可能写过千百个故事，但是其中的一个，总也完不成。他写了札记写故事，写了短篇写长篇，写了正文写补录，挖掘，翻捡，反反复复，无休无止。某个故事，发生在某时某地的故事，他总也不收手。他总想看清楚——看得见源头，后来发生的一切才能迎刃而解。那个起点总是在的。它意味着这个人是谁，而不是经过粹变或杂糅，成为谁。那也是必然要回去的地方。可以佯装无视，但任何一种天然联结，都不可能被昧灭。某个时刻，在往事的镜前，沿途所遇的问题蓦然澄清，你也会的，在这面深不见底的往事的镜前，你也会满怀惊诧与怜悯地打量自己。

选自《朔方》2023 年第 1 期

村庄的秘密

黄 浩

黄昏后，许多事物开始静下来

黄昏后，随着夕阳轰隆隆地落下，倦鸟扑棱扑棱归林，天地仿佛也累了，打了一个哈欠，村庄归于寂静。天空最后一块云彩叫风刮走，许多事物开始静下来。

最先回到村庄的是一群羊，懒汉丁不善在羊群的后边。羊群吃得太饱，走得太快，丁不善跟不上来。急匆匆的懒汉骂着自己才能听懂的语言。走到村口的时候，鞋又掉了，一看是鞋带掉下来了，干脆不穿了，自己撵羊去。羊们懒洋洋的，不睬，任凭懒汉在后面咒骂着。跟在懒汉后面回到村庄的是一辆驴车，大老管用鞭子轻柔地抽打着自己家的母驴，驴不时昂叽昂叽地叫着，驴车的后面跟着一只小驴，老管心满意足地哼着茂腔。就在他发出震耳欲聋的哭腔时，天一下子黑下来了，老管的声腔戛然而止。他呆呆地把驴车停下，过了好一会儿，像才记起是天黑下来了。他嘿嘿地笑着，不好意思地摸了摸驴头。最后回到村子里的一定是牛和骡子，牛和骡子天生是劳碌命，干了一天的活，回来时还要装上满满一车的玉米秆子。在村庄里，没有人可以虐待牛和骡子，村里所有的脏活累活只有牛和骡子干，所以晚上饲养员给他们准备最好的饲料。驴我们可以叫他懒驴，马我们可以叫他懒马，没有人叫牛叫懒牛，也没有人叫骡子叫懒骡子，人我们可以叫他叫懒汉。一头牛和一头骡子，村子里的人觉得它们比人珍贵，老队长经常看着饲养员亲自把豆饼拌好，看着驴和骡子吃下去，才离开牛棚。天确实是黑下来了，我看见炊烟盘旋在家的屋顶，一圈又一圈，然后村庄里家家户户都冒出来了，炊烟在村庄的上空盘旋，后来所有的炊烟汇集到一块，比月亮飘得更高。月亮瞪着血红的眼睛，在村庄的上空默默无言，谁喊了一声"爹"吃饭了，没人应答，夜幕如同墨汁蔓延开来，村庄寂静得可怕。

月亮趴在山峦上面静止不动，村庄上空飘荡着血一样的影子，狗趴在草垛堆里不敢汪汪，它不知道发生了什么，狗斜着眼睛看了看月亮，巨大的月亮像个玉盘，血红血红的，有些害怕的意思，于是趴下来把头伸进草垛里一动不动。

院门口两棵高大的榆树，因为站在高处，知道了这种神秘的寂静来自哪里。它看见狐狸回到山下的窝里，风从南山下静静地往村庄流动，鱼在浅底静卧，河面上有着黄色的光晕，神灵在往天上飞，这些神秘得不可言说的秘密叫两棵榆树目瞪口呆，它们瞅了瞅院中的梧桐树，只能沉默不语。

看坡人从野外回来，肩上扛着铺盖，整个秋天的夜里，他都待在坡里。夜晚他听到虫鸣嘶叫的声音，他侧下身子后倾听，却又万籁俱寂，他无聊地躺下，那些虫鸣又嘶叫起来，他从自己打的窝棚里爬出来，看到南边村庄里的微弱灯火，场湾里走动的脚步清晰可闻，他长叹一口气，伸个懒腰。他忽而又闻到了玉米的香味，豆子也在不知不觉中爆裂，有风拂过脸颊，他心头一热，什么东西从脸上淌下来。他肚子有点饿，便顺手掰了几个玉米烤了起来，食物的香甜叫人迷恋。下半夜下雨了，秋雨细如线愁如丝，他一个人翻来覆去睡不着，正犹豫间窝棚里爬进了女人。他知道女人家穷孩子多，他不说话女人亦不说话，她自己弄了半口袋玉米棒子，身子一拐一歪地走了。他知道她是谁，在村里遇见后他们从不说话，仿佛一个陌生人。只要村里人看见看坡人从野外回来，他们就知道北风会起来了，霜冻会马上来。

黄昏后，静止下来的事物还有许多只猫、许多只狗、一群调皮的孩子。猫趴在炕上，孩子们在做作业，猫瞪着好奇的眼睛望着调皮的孩子们，它不知道他们在努力地把作业写完，要去玩赶老牛的游戏。夜幕在一点点完成，锅里咕嘟咕嘟地响着，从门缝里可以看到火光的亮度，锅里的地瓜玉米饼子混合在一起的香味，穿过整个院落，这些粮食的香气又从院子里飘到街上，然后整个村庄的香味混合在一起，村庄里的天空有如老电影里的蒙太奇，氤氲神秘。

天越来越黑，各种事物的影子愈来愈模糊，过了一会儿影子不见了，这是一段静止的过程，事物们没有了影子，内心免不了慌乱。天黑后，各路神灵都要回家，土地神回到土地下面，神仙回到天上，连鸟儿都待在窝里一动不动，这是一段黑暗的时光。

月亮好一会儿后爬到了山峦的上空，月亮开始发亮，它颤抖着身子努力向上爬，夜空仿佛扯开了一道口子，村庄里的人们抬头望着月亮，生怕月亮不小心掉下来，砸到村庄里落到自己的头上。夜空忽然间骤亮起来了，人们松了口气，谢天谢地。

当巨大的月亮爬到树梢，饭菜被母亲端到炕上，热气腾腾的地瓜冒着热气，整个村庄响起了锅盖碗筷敲击的乐章。街道上驴叫马鸣猫叫春的声音此起彼伏，空气中充满了鱼肉的香味、猪圈里的臭味、驴马身上的骚味，这些味道混合在一起，叫人厌恶憎恨又欲罢不能，这些气味，是在村庄静下来的一刻，由人畜共同制造出来的，这些最朴素最好闻的味道，就是村庄在黄昏里发出来的最迷人的人间气味。

是谁在深夜里拨响门闩

北风终于来了。黄昏后，天气暗下来，先是纷纷扬扬的细雨飘下来，明天要立冬了，冬天要来了。天空暗黄色，北风忽然间大起来，坐在屋里可以看到窗外的杨树叶子和梧桐树叶子分层次地掉下来，你一眨眼，叶子就落一层，你在心里默念一声，叶子便应声而落，仿佛是武侠小说里的意念心法。天空却愈来愈暗淡，整个世界仿佛都在雨里。北风于是摇晃门窗，没有关紧的门叫北风吹得咣当咣当，夜晚像泼下的墨汁，泛滥开来。全世界只剩下了风，风在这个立冬的黄昏是唯一的主角。风黑天黑地地疯狂地刮着，地上的尘土，树上的落叶，院子里的水桶以及各种农具都发出了自己的惊呼，田野里电线杆上的电线发出苦涩的哨声，提示着人们寒冷的冬天来了。

晚饭后，风愈来愈大，有排山倒海的气势。院子里草垛在晃，搭的架子在晃，房子似乎也在晃。驴和牛一声不吭，只有惹是生非的狗在不时叫几声，这几声可怜的狗叫声也叫大风掩盖住了。油灯如豆，院子里黑暗无边无际，母亲在锅底下加了几块柴火，锅里又添了几瓢水，一口吹灭了油灯。

半夜里，风停了，世界万籁俱寂，仿佛我们活在虚空里，空是空空如也的空，我听到有人敲门的声音，我飞快地爬起来，走到堂屋门口，用手拿住门闩，外边的人一声不吭，但他用手拨不开门闩，他后来用铁丝来拨，我用手冷不防拽了过来，我听到他在门外的咳嗽声。我趴在门缝里向外看，雪越来越大，他爬上墙头，又爬上老队长家的墙头。他像一个影子，不，他更像一个幽灵，他行走在村庄里的夜晚，他活在村庄里的杨树柳树榆树上，他从村庄里一个墙头跨过另一个墙头，他是村庄里的隐身人。

我始终弄不明白这个拨门闩的人是谁？他为什么半夜要拨别人家的门闩，他是谁？他究竟要干什么？我一次又一次地在深更半夜里跟他较量着反复拨门闩的游戏。他同一个时辰来，从来没有拨开过门闩，走的时候他轻轻地咳嗽，他从不恼火，他蹑手蹑脚，他从不说话。每一个雨夜，每一个雪夜，他从不耽误这个游戏。

我白天比较过村里的每一个人，老队长，王老三，大队会计王大牙，铁匠篾匠焊壶匠，等等，都不像。我先从他们的身高开始比较，都没有结果，然后我又比较他们的影子。每到黄昏的时候，我站在他们的身旁，用树枝丈量着他们的影子，他们的影子有时很长，有时候又很短，有时很粗有时又很细。去他的，影子是鬼吧，世界上最不好玩的就是影子了。

我想会会他，看看他们到底是谁？我们两人只隔着一道房门，有时甚至我想把房门打开，说喂伙计，你是谁？你想找谁？他是怎样叫我家的狗不叫的？我想拍拍他的肩膀，跟他交流一番，成为无话不谈的朋友。我悄悄地打开房门，大雪纷纷扬扬，不一会儿就把他的脚印盖上了，好像院子里从来没有来过人。

但是我害怕他又重新回来，抓紧锅铲子插在门闩上。

我太不放心房门了，我用绳子把锅铲子紧紧地系在一起，这样只要房门有人拨，我马上就会醒来。我昏昏沉沉地睡去。我梦见那个拨门闩的人一声不吭地看着我，他面容模糊，我想看看他的脸，他忽又戴上了面罩，然后他慢慢地爬上院墙，跳过村庄里一个又一个院墙，走入茫茫的田野中。

我醒来的时候，大雪已经停了，整个村庄已经被大雪包围起来，大地白得像一张状纸，阳光反射到雪上，刺得眼疼。我知道今天晚上拨门闩的人一定会来。我想见到他的真面容，想想能知道他是谁？我是多么地激动。我准备好了刀子绳索以及手电筒，我想起了武侠小说中大侠手擒蟊贼的场面，心头不禁一紧，扣人心弦的剧情！

半夜里，他果然来了。我猛地打开房门。他惊叫一声，爬上院墙，落荒而逃。我腰揣刀子，腰扛着绳索，打开手电筒，沿着他的脚印，今晚一定捉他归案。他依次跨过老队长家大瓶子家小暖家的院墙。

其时月亮已西去，没有一丝风，村庄里静得可怕，我一个激灵，醒了过来。我看到前面的脚印消失了，回头看时只有我自己的脚印，原来我是踏着他的脚印出来的。

选自《四川文学》2023 年第 8 期

酒事二段

虽 然

一

新买的菜刀又很钝，切肉得锯，或剁。我一直纳闷新买的刀怎么这么钝，每一把都钝，从自己过起日子，就没用过锋利的刀。

他替我解决了这个问题。他百年不遇地过来，看看我会过日子不。在这之前，我和他已半年不说话。

起因还是酒。我坐完月子回娘家，他和酒友喝酒，喝高之后找暖和地，把酒桌抬到了我和孩子躺卧的东屋。这屋里安了个新铁炉子，新接的铁皮管子，火把管子烧得通红，滋滋地冒热气。他们把酒桌抬过来，乐哈哈接着喝。

疤振明边喝边瞅我脸色，终于按捺不住，对他说："你家二闺女这脸子难看的。"说完吧嗒着嘴抽烟，偶尔扫我一眼。他已带醉意，醉眼蒙眬中朝我一看，我正怒视。这让他很没面子，为挽回面子，他大声质问我为什么耷拉脸子，不愿在娘家就滚，滚回婆家。于是大吵起来。疤振明见势不好，一转磨不见了影儿，也难为这么个麻脸大胖子消失得这么快。另几个酒友略劝一劝，也先后撤了。没了外人，我们吵得更是无所顾忌，说了许多绝情的话，整个胡同都被惊动，谁也劝不下。还是他的酒慢慢醒了，意识到哪里不对，才消停下来。我煎熬了一夜，一大早就抱起孩子踩着半尺厚的雪回了婆家。

小姑第一个来说合，劝着劝着我，想起自己也曾被轰，倍感伤情，于是相对垂涕。随后是妹妹，她没见吵架过程，凭着对他的熟知也能大体还原，陪着我愤怒不已。然后是我妈，她已把家里的存酒都掏出来倒在雪上，她在院里咕咚咕咚地倒酒，他仰在炕上一声不吭。我妈说他这回肯定戒酒，他说了。我压根不信，谁都不信，江山易改，本性难移，让他戒酒等于让日头从西边出来。

没想到憋了半年，他竟然登门了，没事人一样，进门先是欢欢喜喜看孩子，凑近了细细端详，说长得不丑。又钻入厨房，亲自操刀，要好好弄几个菜儿。他切了一下，把刀竖起一打量，骂起来："你他妈这刀没开刃呀？你就用这刀切菜呀？"我一直冷着脸看他忙，听说没开刃，才知道新刀还要开刃。他放下刀，问有磨石没有，听说没有，他放下刀开门出去了。片刻拎着块磨刀石回来，也不知从哪里找的。他和谁都自来熟，有时熟到不讲理，去集上买花盆，先套近乎，然后挑盆，不管卖主要多少，他就认定十块钱两个，扔下十块抱盆就走。这块磨刀石不知在谁家院里，他拿上就回来了。

他一脚踏在水池边上，哈腰磨刀，磨了这面磨那面，时时往石上淋层水。菜刀宛如新生，刃闪寒光。他竖起刀用拇指小心地顺刃从上往下捋一遍，又弹弹刀背。"好刀！"他扭头看着我，一乐，"这刀不赖！"

他切了一盆子芹菜，每段芹菜都是完美的菱形；又切一小盆咸菜，每一根咸菜丝都细如虎须。谁进厨房他轰谁，霸着厨房尽情展示好刀功。忙罢，他心满意足放下刀，料到这番举动已化解了我与他之间恩怨的壁垒，骂了一句："妈的，跑这大老远来给你当牛做马。"

磨刀石他让我留着，甭管从哪找来，入这门就成咱的了，入咱手的东西能轻易撒手吗。"留着，管它谁的呢，我拿的时候又没人见。哪天我还得过来给你磨刀。"

隔天我回娘家，半年不回，乍一进门无限感慨。他正大马金刀坐院里等我，面沉如水。我正纳闷，他开口了："你怎么能记仇？我不去你就不回娘家了？当爹的轰轰你还成仇人了？越轰越不走，这才是亲。一轰就走，就不来，就记仇，就叫什么？白眼狼！念了这么多年书，念到哪去了？这么个理还不明白？还非得我登门讨好你？你就是个奸臣！"

我怔在当地，突然明白他为什么登门磨刀了。磨刀石的来处我也怀疑，我怀疑他是从家里带去的，并且，无论我的菜刀钝与不钝，他都会大磨一通。

二

他才下岗时，觉得自己也曾经是正式职工，这回下了岗，人倒架子不能倒，酒场该摆还得摆，不能让人笑话落毛凤凰不如鸡。从前他混得好的时候，给我妈买了个缝纫机，厂长帮着运货，书记前来组装，那是何等威风。可惜厂长书记都已退休，好汉不能净提当年勇，罢了，还是喝酒，一醉解千愁。

起先他还能在村里邀到体面人物，时间一长，出名的酒鬼们也闻着味儿来了，来了自动入席，搬个杌子插进去，就算入场了。渐渐地只余了几个酒鬼，一伙人又是叫拳又是行令，掀得屋顶子直朝上飘。我妈躲在厨房喃喃咒骂这帮闲汉，她只敢背地里抱怨，听到那屋传来高喊，又赶紧提着壶去添水，添水回来接着骂。

家里存了许多酒，有别人给的，有买的，有赊的。他自夸不小气，有酒大伙喝，绝不缩在屋里吃独食儿。每回摆场子他都说，大伙喝上三斤就够了，花要半开酒要半醉嘛，但喝着喝着就超了量，三斤一会儿就完，他意犹未尽地冲厨房喊："再拿一瓶儿！"我妈装听不见，但他一声一声地叫，只好过去说："哪还有酒？早喝完了！"他勃然大怒，乘着酒劲窜入放酒的地方，拿出一瓶，直杵到我妈鼻子下："这是什么？什么东西呀！"拧着脖子骂骂咧咧朝酒桌走，一进屋就换了脸色换了腔调，兴高采烈地晃着瓶子："酒，大大地有！管够！"

酒场之后必有战争，醉鬼和醉鬼之间，醉鬼与家人，纷纷扰扰，绵绵不绝。别人家怎么打架我无暇去看，但要是尾随一个醉鬼回家，肯定有好戏看。自家也够热闹了，醉了的见佛杀佛见祖灭祖，我妈哀哀而哭。我眼巴巴地看看这个，看看那个，哪个也惹不起，既不敢催饭，又不敢出门，提心吊胆地在家里转来转去，试着干点儿力所能及的活讨大人欢心。我把空瓶子捡出去放在西墙根，那里已有小山似的一堆，全是他们喝出来的。

他酒后必得难受两天，又是吐又是嗳气，蔫蔫地趴在炕头喊头疼。没过几天酒瘾又犯，依然摆场子招人来喝。一年下来，只有国庆、明考和疤振明三个随叫随到。二十年过去。如今只有疤振明还活着。

国庆平时不说话，他结巴，几杯酒下肚话多起来，结结巴巴地说，不让说就生气。他急切地眨巴眼，眨巴半天才说清一句，他说话的工夫别人早又好几杯下肚了。他酒量不大，很快就醉，醉了就要睡，于是把他放到炕上，由他睡去，别人接着喝。国庆自知酒后毛病不好，好尿炕，觉出醉来挣扎着也要回家。其实他扎挣着往回走也未必能走回家，有回他钻入一个草堆脱衣就睡，睡到天明冻醒了，哆里哆嗦抱着膀子回了家。他妻子问："衣裳呢？"他说个大致方位，妻子去把扔在草堆旁的衣裳拿回来。他死于醉酒，那天连喝三场，第三场正喝，突然出溜到桌子下，送到家就断了气。

明考打媳妇全村出名，不醉也打，醉了更要打。现在他醉在我家，摸不着媳妇打，就闯进我家小菜园，十分卖劲儿地拔辣椒，把长势正好的辣椒全拔了。拔完若无其事回屋接着划拳，谁也不知道他出去一趟来了这么个壮举。辣椒是我父亲的命，他吃菜必放辣椒，无辣不欢，此刻他做梦也想不到一畦辣椒已丧在明考之手。

疤振明是个老光棍，幼时出天花落了一脸麻子，兜齿。此人品质极坏，醉后就挑拨是非，把攒在心里的闲言碎语尽数释放，恨不得让全村人捉对厮杀。现在他把嘴伸到我父亲耳朵旁说起我妈的坏话："我说，怎么每回来都看着弟妹不喜欢？哭丧着脸，想是不愿意让我们来。"父亲摆摆手："不会，她不是那样的人。"疤振明撇嘴摇头，接着拱火："想不到你让个娘们儿捏在手心。女的嘛，三天不打她上房揭瓦……"我端着一盘菜进来往桌上放，听在耳内，回厨房学舌。我妈怒冲冲地说："等你爹醒过来，我得把这个老不正经好好给他讲讲。看他净招什么人来？一蟹不如一蟹，一个赛一个地坏……"她越说越气，扔下手里活儿："这干着有什么劲？伺候这么几个坏蛋。不他妈干了！"串门子去了，并且故意去很远的人家串，刻意让父亲找不着她。出门后她看到小菜园狼藉一片，暗骂一声："活该！"扬长而去。

没人照应酒场了，几个醉鬼叫唤一通，只好散。明考笑嘻嘻地走了，回家之后揪住媳妇就打，他儿子忍无可忍，抄起块半截砖照他脸上一拍，拍了个满脸花。他后来得了牙龈癌，烂得双腮透出窟窿，饱受折磨而死。疤振明没能挑起一场战争，心里十分不甘，出我家后朝外走，走到一户寡妇家，邪劲上来，叫开门要喝水，然后就揣人家的奶，寡妇的三个儿子满村子搜他，赔偿不要，就要揍死他，吓得他躲到外村去了。国庆醉在我家炕上尿了一泡。

他在家里转来转去，找不到可以吵架的人。出门一看，看到了他的辣椒，大怒。回来想让国庆跟着去找明考算账，一摸炕上湿了一大摊，气急败坏，跳入马棚把马牵出。他套上马，可能是想把国庆送回去，但套好之后就忘了，赶着空车出了门。

他被送了回来，躺在车上回来的，门牙少了两个，脸上几块摔伤，泅着血。我们把他放到炕上，和国庆并放一起，睡去吧。国庆半夜醒来，羞惭而去。他第二天上午才醒，觉得嘴里不对劲，一摸，门牙少了，大吃一惊。没人理他，他趴在炕上竭力回想，又气又愧，懊恼悔恨，羞于出门。

养了两天爬起来，去集上补了门牙。他阴着脸回来，见我妈正拆那条尿过的裤子，脸色一沉，钻进西屋，掏出几瓶酒，拎到院里咣咣咣地砸了。

选自《散文》2023 年第 10 期

望春山

魏邦荣

谁的风吹麦浪

起风了，手掌之间，一片蔚蓝的天空下，涌动着金色的麦浪。

这款手机动感音乐壁纸，在这个热浪汹涌的夏季，被安排闪现在了人们的手机屏上，不论你是否愿意。

如此出场的风景，有人点赞，有人吐槽。在这个万物互联的时代，你喜欢的，有人会变着法子讨好你、喂饱你；你不喜欢的，有人会用各种手段试探你、诱惑你。在你手足抵达的地方，在你欲念触及的领域，在你看不见的空间，幕后推手如影随形。

说真的，这类由声光电合成的虚拟动图，不是我最想看到的生命图景。

我想要的风吹麦浪，在童年时的故乡与陪伴自己一路成长的文化记忆里，其中不止温情浪漫，更有面向黄土背朝天的悲辛。

土地上的事情，心里有故乡的人最懂。"麦子种在冰里，麦穗收在火里。"家乡人的这句农谚俗语，极其生动形象。伏天酷暑炙烤着大地，人们头顶烈日，脚踩沙砾，双手把麦，几天下来，手掌十指便布满了血泡。一觉醒来，想握指成拳，十分困难且疼痛难忍。偶有风起，热浪挟裹着麦浪一起涌动，喉咙里尽是滚烫的气息。要说风吹麦浪里有温馨与诗意，那是我离开土地多年以后的感受了。

对于土地上劳作者的艰辛，唐代诗人白居易在《观刈麦》一诗里咏叹："田家少闲月，五月人倍忙。夜来南风起，小麦覆陇黄。妇姑荷箪食，童稚携壶浆……"麦收时节，大地似蒸笼，全家齐上阵，一派虎口夺食的农忙景象。诗人悲悯农家的辛苦，没有把玩赏景的心情，也无浪漫夸张的抒情。

宋代诗人苏轼在徐州时，常去云龙山麓一个叫张山人园的地方，那里有平阔的麦田，可以看到金色的麦浪。诗人心旷神怡之时，写下诗句以记之："大杏金黄小麦熟，堕巢乳鹊拳新竹。故将俗物恼幽人，细马红妆满山谷。"这便是苏诗的风格，看得见麦田，望得见麦浪，闻得见麦香。

故乡里的风景，土地上的事情，都是用来怀念的。当音乐动图一再闪现，将手机两端的人们关联起来，熟悉的声音，亲切的面孔，醇香的味道，久而久之，让人以为眼前的图景就是故乡的原风景。在等待有风吹来的午后，那种超越声乐与视觉的生命体验，还是能带给人一种宁静与清凉。

手掌之上，方寸之间，时光能够穿越，世界可以很大。平缓开阔的山冈，时紧时慢的山风，随风舞动的麦浪，一个叫李健的歌手，从多年以前的记忆中走来，吟唱着那首熟悉的民谣《风吹麦浪》。

让一首老歌，反复呈现人们熟悉的旋律、怀念的风景，且在受众中保持经年不衰的热度，是一件很不容易的事。

几年前，歌手谭维维和华阴老腔艺人联袂了一把，用现代摇滚与民间艺术融合的形式演绎《华阴老腔一声喊》，将流传千年的嘶吼喊出了新韵味，找出了新感觉。秦川八百里，喊得黄河拐了弯，喊得风起麦浪卷，喊得百姓日子甜……

作家陈忠实对麦地、麦浪、麦客情有独钟，他在小说《白鹿原》里写到了华阴老腔："将令一声震山川，人披衣甲马上鞍。大小儿郎齐呐喊，催动人马到阵前。"再辽阔的麦地，再猛烈的风浪，黑娃等一众麦客不怯阵，大碗扯面下肚，披甲上阵震山川。

华阴老腔，是扎根黄土的麦子，是风吹雨打的麦浪，是开枝散叶的麦客，是一碗面里的浓浓乡情与醇厚味道。

在我上班的单位附近，有一处开阔的广场，曾经是这座城市最大的旅客集散地，现在成为人们休闲聚集跳广场舞的地方。入伏前后，地面热气腾腾，四周车水马龙，晚饭罢，人们从四面八方赶来，跳着他们热爱的舞蹈。

每晚回家路过这里，有时我会停下匆忙的脚步。一方天地间，欢快的旋律，轻盈的舞步，一起摇摆的腰身与手臂，仿佛他们就是一棵棵在夏日的滚烫中生长的麦苗，一波波在风雨中自成风景的麦浪。这些平凡的舞者，用真诚朴素的表达，将欢乐传递给行人与过客。他们是街头的舞者。

他们当中的一些人，是离开故土进城的谋生者，每个人的心里，都有自己故乡的原风景。

广场西侧一巷道深处，有家面馆老店，名曰"吴忠玻璃碗拌面"，是我时常光顾的地方。周边众多店铺变了店名、换了老板，升级了装饰环境，唯独这家"苍蝇馆子"素面依旧，一家人兼职老板、厨师、店小二，用一根根筋道的面条，串起百态江湖生活。

食客来来往往，有两位快递小哥引起了我的关注。两人走进店里的样子，总是风风火火，"老板，两碗大的""要宽的""要辣的""上快些"。店家忙而不乱，两大碗红白相间的拉条拌面上桌。小哥吃面很专注，哧溜哧溜，干净利落，玻璃碗透亮见底。

没有订单时，两人就斜倚在门口树下的摩托车上，歇歇脚，刷抖音，听音乐。当下年轻人喜欢的歌，我大多是走音不走心的。一天，一位小哥的手机响起了《风吹麦浪》："当微风带着收获的味道吹向我脸庞，想起你轻柔的话语曾打湿我眼眶……"我停住了手里的筷子，望向两人及身后的街巷，看见了其中戴眼镜的小哥眼里有泪光。

眼前的一幕，还有这家面馆的主人，让我想起塞林格小说《麦田里的守望者》里的霍尔顿。霍尔顿厌恶世俗虚伪，梦想离家出走，远离喧嚣，回归田园，做一个麦田里的守望者。麦苗在严寒里破土而出，在风雨下拔节生长，在酷暑中脱胎成熟。人们之所以喜爱这样的麦苗，咏叹金色的麦浪，因为它们是由土地、阳光、雨露一起育成的，浸透着劳动者的汗水与希望，有生命里最动人的风景。

虚拟的图景，看上去很美，容易得到，也容易失去。不知两位快递小哥未来会在哪个行当谋生。碗中天地宽，面里乾坤大。希望他们像故乡的一粒粒麦子，如揉来醒去的一碗面，植根于大地，奔忙在街巷，活出生命的精彩。

长在春联里的春景

过新年，贺新年，大门两边贴春联。过年啦，贴花啦，满窗子，都红啦。

很喜欢此类乡土味的儿歌，这些来自民间的歌谣，道出了在中国这个古老国度，在春节这个一年一度最隆重的节日，人们通过一副副春联，表达对春天的热烈憧憬、对天地人的美好祝福。

春联，算得上中国人集体创作的最有年代感的抒情诗了。翻开唐诗宋词，可以找出许多咏唱春节的佳词绝句。记载于"敦煌遗书"里的"三阳始布，四序初开"，为唐人刘丘子撰联。这副春联用"半满阳光，万物初开"表达了在立春之日，古人渴望阳光盈怀，祈愿时序顺进的心愿。

千百年来，这种渴望与祝愿，历经历史兴衰，任凭风吹雨打，一直生长在人们的内心深处。王安石在《元日》一诗里写道："爆竹声中一岁除，春风送暖入屠苏。千门万户曈曈日，总把新桃换旧符。"描绘出在北宋时期，每到除夕之日，家家户户挂桃符（门神）的盛况。

时至今日，许多人家、店铺迎春贴出的"框对"上，依然能看到王安石《元日》之类诗词的印记。"万家腾笑语，四海庆新春。""冬去山明水秀，春来鸟语花香。""喜鹊登枝喜盈门，春花烂漫大地春。"……看看身边的世界，回望身后的历史，没有哪个民族像我们这样，对一个节气节日，对自己的文字文化，怀有如此真挚、如此持久的热爱与深情。

今人撰联，眼里的世界，歌咏的对象，表达的心意，可供选项要比古人丰富得多。

每年春节，无论身处城市还是乡村，我喜欢穿行于大街小巷，读不同人家、各种店面挂出的春联，一条条鲜艳的红纸，烘托着充满祝福的文字，让我时常联想起北宋画家张择端的《清明上河图》。

好的春联，应该是一幅幅有人间烟火气的风俗画，蘸满喜悦的笔墨意境里，有问候，有祝福，有期盼，有憧憬；有草木山川，有五谷鸟兽，有锣鼓喧天，有风雨雷电。天地人和谐共生的春景，生长在每个人的心里，这样的年味，才称得上是欢欢喜喜过大年。

我记忆中的过年序曲，从一碗浓香的腊八饭与写一副副鲜红的春联开启。

黄米、土豆、腌菜"老三样"，一下子换成了有红枣、红糖、五谷的腊八饭，那种期待与幸福，是用语言无法形容的。吃过香甜的腊八饭，父母会喜悦地让我赶集办年货，买几张红纸写对联、剪窗花。

村庄里有几个写春联的人，其中一位是经历过旧社会的私塾先生。老先生戴着石头眼镜，提笔写字之前，喉咙用力吭一声，喉管重重动一下，闭目凝神一会儿。这个时候，再淘气捣蛋的孩子，顷刻间安静了下来，生怕弄出声响，将老人家架在鼻梁上的石头眼镜"震"了下来。

院外的鞭炮声响了，厨房里饭菜的香味飘了过来，老先生不急不忙，一副一副书写着年年相似又岁岁不同的对联。"狗守太平岁，猪牵富裕年。""人勤三春早，地肥五谷丰。""山清水秀风光好，人寿年丰幸福长。"每写完一副，老先生都要用方言吟诵一遍。

你想象一下，荒寂了一个冬季的村道上，跑来几个手执春联喧响的孩童，仿佛春天已经在轻拍人们的窗户了。

这些悬挂在家家户户门框上的春联，以及与其相关联的年俗，是我最初的文学启蒙。

在我上大学、当教师的那些年，每到寒假，总要惦记着回老家、写春联。吃过了母亲做的腊八饭，扫尘，洗衣，置办年货，烹炸煮煎蒸，一大家子人快乐地忙碌着，年的味道越来越浓了。

为了让上门请对子的人满意而归，我得早早酝酿各类春联的内容。如此几年，便有了一些撰联的体悟，若想写出几副好对联，除了向书本历史学习，还要熟稔当下的市井生活，每家每户的"幸福观"，在民俗风情的长河里都可以找到答案。

说到这里，我们要感谢一位叫梁章钜的清代学者，他历经数载编纂《楹联丛话》，对我国楹联的起源及各类作品的特色逐一进行论述。梁氏在前人工稳、工切的基础上，提出了工巧、工敏、工妙、工绝等理念，把楹联艺术提升到了一定的美学境界。

梁章钜还是一位撰联高手，比如"地价不妨多，明月清风本无价；物情何足校，近水遥山皆有情。"形式美、意趣佳、思想深，体现了艺术审美的最高境界。这联若挂在今天的微信朋友圈，会成为超级吸粉的那一款。

品读撰联人的作品与趣事，你会发现，陪伴自己一路走来的春联，竟然美得无与伦比！

被誉为"天下神对"的清人李元度，一年除夕回湖南平江县城老家度岁，见岳父家的"济世堂"生意一贯兴隆，便提笔白书一联："但愿世间人无病，何愁架上药生尘。"这副春联真是妙绝，我在多家中医馆、药店见到过。李元度的祝福与心怀，跨越了时空，在医者与患者的心里，长出了人间最美的风景。

桃李春风一杯酒，江湖夜雨十年灯。是啊，在春节与春联里，生长着中国人精神世界里最美的春景、最重的乡愁。

一年大雪封山，我没能赶在除夕夜回到老家香山。正月回香山，当班车爬上一段长坡，看见坡顶那棵熟悉的老榆树的树身上，竟贴着"树大根深"四个大字的"春条"，在山风吹动下呼啦啦作响。过几日返回时，树身上的"春条"又换成了"心明眼亮"四个字。

这是我迄今见过的最美的春联。

选自《朔方》2023 年第 6 期

食事五篇

修　柯

一

在肃北蒙古族自治县出差，看到蒙古族朋友宰羊只用一把小刀，不要一滴水，十五分钟，分割好的羊肉已经下到锅里，而且每一块羊骨头都是完整的。

他们对羊的肌肉骨骼熟悉的程度，能达到手和刀自然而然地行走在应该行走的路径上，尽管脑子可能走神，手和刀也不会出错。一块分割好的羊肉，他们看一眼羊肉和羊骨，就能判断出这块肉在羊身上的位置。

煮好的肉，用刀子削着吃。其中肩胛骨上的肉，由地位尊贵的舅舅操刀分割，请大家共享；舅舅如果不在场，就由席间最年长的人来。这个部位的肉因此被称为"舅舅肉"。每块骨头从入锅到分食结束，保持原有的形状，骨头上的筋节和细小的皮肉都用刀子削净。从宰杀到食用结束，整个过程都优雅从容。

我拿着一把小刀学习从骨头上削肉——刀刃向内轻削，削下的肉片正好在拇指和刀身之间，很方便入口。一块骨头削完，我问旁边的蒙古族朋友我吃过的骨头是否合格。朋友看一看，说，对，就是这样。

人们通过食物认识自己，也认识世界。一粒沙里见世界，从一只羊、一块肉里，也可以。

我交往过的肃北县蒙古族朋友，都是对生活有深刻认识的人。他们对生活的认识可能并不是主动的，只是自然而然形成的。

二

小小的露天菜市上，有一个卖新疆小白杏的摊子。一个中年男子拿着一只塑料袋挑选杏子，拿起一颗，认真看过，丢开，或者放进袋子。丢开、丢开、丢开、丢开、留下、丢开、丢开……

挑蔬菜，挑水果，挑衣服，挑工作，挑男女朋友……"挑选"多数时候好像都天经地义，不过度就好吧。有一次在超市看着柜台上被掰得稀碎的生姜，妻子说，有的地方，水果蔬菜都是不让这么挑的，拿起水果挨个捏一捏更不行。

对"挑挑拣拣"的认识的深化，是有一次参加一个会议，就餐去晚了，自助餐厅里几乎已经没有客人，餐厅服务员正吃饭。餐台上好一些的饭菜已经吃光，普通一些的饭菜也所剩不多，他们从大的不锈钢餐盘里舀起一些汤汤水水和不多的菜围坐在一起，简单地说几句什么，或者什么也不说，安静地吃。

我们有时候会遇到限时完成的任务，能体会到执行这种工作时的忙乱和紧迫。自助餐厅里的服务员每天三次面对这种情形。要一直忙到别人都吃过饭离开，他们才端碗。

就是那一次，我对我每次吃自助餐的时候"理所当然"地挑选饭菜，开始觉得不安和惭愧。

三

中秋过后，院子里的几棵山楂果实才红。原来还有一棵桃树，结的桃子也要到八月十五以后才会变软变甜，此前的桃子僵硬酸苦，下不得口。

日本樱花编辑事务所编著的《京都手艺人》里写到，制作黄杨木梳子的京都十三屋，使用的黄杨木要放置十几年甚至几十年，经过这样充分干燥，做出的梳子才不会轻易断齿和变形。这本书里另外写到生产织布机上的机杼的长谷川制作所用的红橡木，从入库干燥直到出库开始制作，大约需要二十年。

我到两个藏酒的酒窖里看过窖藏的白酒。那些大罐的白酒藏入封闭的酒窖，一放就是五年、十年、二十年或者更多。当初酿这些酒的师傅是谁，现在在哪里，可能已经难以找到。现在正在烧酒的师傅做的酒，也要存放很多年，他们做的，是十年二十年以后才出售的东西，自己不一定会等到那一天。

人们喝酒的时候，不一定想到它们经过的那些时间，但是也许会想到自己已经过去的时间。

"十年树木，百年树人""十年修得同船渡，百年修得共枕眠"这样的话，都是在说时间里沉浮的心吧。

四

我打起火做饭、烧水，一般都在火边待着，手里没有事做也不走开，看着火苗的大小，听着锅或壶里的声音。饭菜在最好的时候会用香气和声音提醒你，这样的时候，不宜错过。

饭菜端到餐桌上，灶里不再添柴。我在残火里埋下一颗土豆，或几粒蚕豆。然后走开。

蚕豆在火里熟到好的时候，会发出"啪"的一声，豆皮裂开，火灰也会被它崩起来一点，露出少许黄白的豆瓣。土豆熟到好的时候，会散发出好闻的热气。水土豆的气味寡淡，沙土豆的气味浓度高，能闻出它的干和沙。

似乎都是在我离开不久发生的。那个最好的时候，只有不多的几次在场。火炭逐渐灰白，温度也低下去……有一些时候回来早了。土豆还是重的、硬的——土豆熟了以后会变软变轻，蚕豆只是表面有一点焦痕。多数时候来迟了，灶里是冷的，灶灰里面有一个拳头大的黑炭疙瘩，还有土豆的形状，另外有几粒小网炭粒，那是我的豆子。在我做别的事情的时候，它们不再等我，或者等到烧毁，等到冰凉。

它们最好的时候，我不在场。它们等过我，我没有回来。

<h1 style="text-align:center">五</h1>

早上不上班，放下手里其他的事，专心包饺子。

刚从早市上买来的茴香，择洗好焯水，摊开晾冷细切。妻子新买的刀，钢色是有一点发暗的银白，刀刃锋利，运刀要仔细。切好的茴香加入肉馅拌好，香味自然散发，能预见到煮好后口舌的感受。

天猫精灵——一件联网的小电器——正播放田连元播讲的长篇评书《三侠五义》。是少年时看过的书。印象里模糊暗旧的情节渐次复原。心高气傲的锦毛鼠白玉堂，精细老到的翻江鼠蒋平，沉稳缜密的北侠欧阳春……在田连元的绘声绘色里行走江湖。

饺子皮是买的现成的。我娘要是在家，一定是自己和面自己擀。买来的饺子皮是刀具裁的，边缘和中间一样厚薄。我娘擀的中间要厚一些。面皮预先撒了生粉防止粘连，不得窍的人等闲捏不严，需要在面皮边缘薄薄地抹上半圈水。知道这个办法的人多吗？

我是跟父亲学的手法，拇指和食指先对成一个将要闭合的圆，面皮放到圆上，形成一个小小的凹陷，放馅，对折，两手食指拇指同时对捏。儿子跟着学了两次，还没有掌握。

北宋时的侠客行侠仗义的故事，是背景，断断续续。我跟父亲学包饺子的时节，似乎也有到北宋那么久远了。

双手用力，饺子皮捏合住那一瞬的感觉，和写一个好句子类似，散漫的念头和词句聚合起来，完整严密。

没有什么事等着要办，每一只饺子都是从容捏好的。差二十分钟十二点，场子清理完毕。妻子开门的时候点火烧水，儿子按门铃时，饺子应该正出锅，刚刚好。

我一直觉得我包的饺子样子漂亮，但从不曾拿它们向人炫耀。

选自《散文选刊》2023 年第 5 期

夜行者

沈　学

　　一阵轻踏的脚步声从门外隐隐传来，父亲催我起床了。我揉着惺忪的睡眼，懒懒地看了看时间，才凌晨一点。差点忘了，今晚得同父亲搭伴跑长途货运。父亲的老伙计，一辆前二后四的中型货车已在门口整装待发，背上装满了鼓鼓囊囊的货物，臃肿的车身毫无美感可言。车子发动时一声轰隆，像极了病人突然的咳嗽。周边的人们有些被乍然惊醒，有些仍在酣睡。这样起早贪黑的日子，父亲早已习惯如常。

　　世间负重前行的人，大多从黑夜出发。只有穿过了黑白嬗变的那一刻，心中所期才能得以变现。父亲深谙此道。他拨弄着方向盘，目光坚毅地望着前方。驱着车子从空落落的街道，驶进一片夜的海洋，外面的世界死一般空寂。天上的月和地上的夜之间，独见两根颀长的光柱在奔走。车灯拉长了眼皮，抻直了脖颈，像个信使一样打探着前方的路况。车窗外，晚风呼啸，星火摇曳。

　　车上，父子俩相对无言，一片静默。像父亲这样的货车司机，人间芸芸之众。他们东奔西走，同天南海北的一切打着交道。无论去哪儿，出车的一路上必须神经紧绷，要时刻眼观六路耳听八方，稍有差池，则万事不逆。尤其是连续驾驶的过度疲劳，可以让车上所有的事物在一瞬间真正沉睡过去，永不复醒。

　　我敏锐地觉察到了路面产生的微晃，于是规劝父亲暂作休憩。父亲也听我的，把车停在了路边。在我们前后，依次停靠着几辆中途休息的货车，看车牌有陕 C、川 D、赣 E。它们多半是和我们一样的天涯羁旅客。只是有的长着比我们更长的身躯，有的驮着比我们更多的货物。不管怎样，出门在外，此刻我们与星月同眠。

驾驶室内狭仄的空间舒展不开手脚，但父亲还是一躺下就睡着了。我望着明月，毫无睡意，想起夜一般宽阔的人生。我从小在父亲的车上长大，跟着父亲风里来雨里去，见过故意赖账不给的老板，见过路上千钧一发的险急，也不过才浅尝货运跋涉的劳苦。而父亲与一辆货车相依为命二十余年，其中迈过多少波折坎坷，经历多少世态炎凉，他的身上，必定藏着我看不见的累累伤痕。

　　路上来去的车辆稀疏无几，夜幕之下万物尚在酣睡。没等东方鱼肚放白，父亲就已经醒来，我们一同去附近餐店讨水洗脸。借着清浅的天光，我望见了前面走在风里瘦削的父亲，望见了他那凌乱的丛丛白发。那一刻，我内心仿佛被什么东西猛地击打了一下。

　　我回头望了望货车，它的身子，在晨曦的映照下轮廓愈显。我骤然觉得，那不再是一辆没有生命的货车，而是一位有血有肉有见识的我的亲人。它和父亲一样，常年用一身铁打的筋骨征战南北，肩上载下了世间所有的浮沉。只有货车才是父亲唯一的知音。

　　无边无际的夜和无绵无尽的路是货车专属的天地，城市不属于它。倘若一辆货车突然置身城区，那多半会遭人白眼。它像一匹野性难驯的千里马，架子高大，不修边幅，举止间露着不羁的性子，与城里那些温文尔雅的小车格格不入。何况城里头的拥塞滞阻，条框规限，也约束着千里马的脚步。幸好，那里不再是它的用武之地。胸怀丘壑的它，心里只钟情大地长天。

　　货车有货车的使命。它日夜与背上的货物厮磨，即便满车的货物对它怀有偏见，不明白它的苦心。它也不会像乡下没见过世面的驴、牛一样，高兴时就乖乖驮运，不高兴时就尥蹶子甩腿。一辆常年东跑西跑的货车，远比一头驴、一头牛来得有忍性有担当。它会不言不语地去承受一切，将所有的苦水一一咽下。耿直的它甚至不会去找一个遮蔽之所，去暂避雨雪风霜。谁也不知道货车曾翻过多少偏僻山，走过多少冤枉路，才靠那些黑得彻骨的日子获得了今天的成长。它的一辈子只为做好一件事，那便是不辞劳苦地将货安全及时送到地方。

　　货车司机不会轻易为了生活另谋出路，责任和现实不会任由他们自由挑剔职业。尘埃落定后再起波澜，需要莫大的勇气和代价。即便能再起炉灶，生活的底色谁也涂抹不掉。他们年轻时面临三百六十行的选择，筛去不能做的、不会做的、不想做的，能够维持这副躯壳正常运转的职业，几乎毫不费力就能选出。

男人向来是万家灯火的守护者，米饭的喂养，清水的灌溉，足以让一个汉子的臂膀力承千钧。出车在外的货车司机们，谁也算不准下一个可以吃饭的路口在哪儿。事情的轻重缓急永远优先于吃喝拉撒。风餐露宿的父亲，节省惯了，自己一人在外顶多点一盘菜，只有我跟车时，才大方点。他们宁愿拆掉自己身体的东墙，也要修补好家里飘雨的西墙。

父亲没有多大的理想，能够拉扯一大家子，就满足了。而我总忧心他的病。从事任何营生，除了能获得一份厚薄不一的酬劳，总会染上各种职业病，如同手机运营商那增值服务一样，取消不了，专门用来抵扣生命的租金。货车司机也不例外，他们积攒下来的病痛大大小小，长期久坐造成的腰椎间盘突出，熬夜熬出来的肝病，饮食不规律形成的胃病，摇晃在他们的风烛残年里。印象中，家里的冰箱常年摆着各种奇怪的中药和西药。

父亲曾拉货去大别山区。出发前，地图指示并未引起父亲的警觉，直到来到大别山附近，上下海拔差极大的山路，令父亲不由心惊胆战起来。长期跑车的人明白，这对车是多大的考验。彼时，父亲那辆货车的刹车存在问题，来不及去维修厂解决。载重上山，不亚于一场豪赌。但他进退无门，没有选择。他搬出数十年的驾驶经验，小心翼翼和一条危机重重的公路磋磨。快下高速路口时，刹车片过热失效，车子果不其然失控，父亲吓出一身冷汗。他立马镇定下来，将车靠边，用车皮和轮胎刮擦高速路障来获取缓冲，以降低行进速度，远远看去一路火花飞溅。最终，车冲出收费站才停下来。万幸，人车平安。

父亲年事已高，可他和他的货车仍在来回奔波。我时常希望有些东西能像蜗牛那样缓慢，蜉蝣那般短暂，譬如父亲日渐衰微的身体，乱草丛生的疾病；有些东西又能像飞鸟那样自由、高远，比如我代父亲完成的未竟的理想。

货车的一生，也是父亲的一生。当年，父亲从山里走出来时，阴差阳错地与一辆货车搭上了伙。从此，父亲和他的老伙计开始了为全家生计奔波的日子。世上谋生的行当里，货车司机是真正负重而行的人，他们无数次提心吊胆的货运之路，像是一场场同命运的博弈。车子驮着笨重的货物，人驮着沉重的车子。很多时候，人和车一样，别无选择。装什么样的货物，走什么样的路，身不由己。

　　俗话说，马行千里，不洗泥沙。但每次父亲出远门回来，总要将车子好好保养一番，清洗掉车上的泥灰，像爱护我们一样爱护一辆车。八年过去，这辆车跟随父亲征战天下，从没发生过一起大的交通事故，次次都平安归来。父亲常对我说，车是有感情的。你对它好，它便加倍对你好。我知道在父亲眼里，这辆货车不仅是他的好搭档，更是早已成了我们家的一分子。家里多年来电器的更新换代，孩子的上学深造，这辆货车厥功至伟。它不仅是一份飞驰的希冀，更是一个家庭的脊梁。

　　当年刚买来它时，它还是个不谙世事的毛头小伙。七八年的世事纵横后，它的身上刻满了岁月磨痕。它老了，要解甲归田了。父亲和他的老伙计站在夕阳下终别时，我从父亲的身上，看到了一辆货车多年来的刚强坚忍，也从一辆货车身上，看到了父亲数十年的铮铮担当。

选自《青春》2023 年第 6 期

童年谣

吴梦川

桃花谣

桃花开，桃花落，桃树底下排排坐。

排排坐，吃果果，吃完果果过江河。

一个春天的早晨，空气里混合着雨水与花瓣潮湿而清甜的气味，一阵鸟啼声突然从后山树林里响了起来：咕咕咕——嘎嘎。

我和妹妹正坐在外婆家的堂屋里，用一根粗粗的红毛线翻着花绳。我们已经摸索好多天了，还是只能翻出五个花样米，分别是筷子、面条、渔网、箩筐、铺盖。但我们丝毫也不厌倦，一直不停地翻着。

翻着翻着，妹妹突然停下来，小脑袋偏向右边，黑白分明的眼珠子警觉地转动着，小耳朵似乎快要竖起来了，就像我家那只随时准备汪汪大叫的小白狗。妹妹压低声音，用略带警觉的口吻问道："姐姐你听，啥声音在响？"

我停下来，凝神谛听数秒钟，但并没有听见什么。或许似乎听到了一点点什么，但我以为那只是风吹过的声音，或者水流过的声音。这些大自然的声音一直都在人间存在着，流传着，却很难被人想起，也不被人说起，所以就算不得人们常说的那种声响和动静了。

只是这一刻，我突然感觉到，世界是如此沉寂。

这种沉寂，就像人第一次俯身水井边，朝着黑乎乎的井口一点点望下去，那种幽暗，那种深邃，令人陡然生出的怕和慌。在这之前，我不知道世界也可以是沉寂的，我以为它只是笑的，哭的，闹的，跟人一样。人只有在死去后才会不哭不笑，一动不动，所以小孩子总是又哭又闹地抗拒睡眠，因为害怕堕入陌生的令人不安的无边无际的沉寂中。在小孩子的睡眠里，总是黑暗降临，总是梦魇缠身。

我不喜欢沉寂，沉寂的世界就像深渊般，总是隐藏着忧伤，让人想哭；或者有什么危险的可怕的东西，比如猛兽突然蹦跶出来，张牙舞爪，吓你一大跳；还有，死去的亲人也会隐藏在沉寂背后，默默地望着你，不说话。我想起了我们的小妹妹，前年冬天，外婆一大早背着她出门去看病，第二天傍晚回来时，就只剩空空的小背篓了。我一直怀疑外婆把小妹妹藏在哪里了，或者送给没有孩子的人家了，也许等她长大了就会自己回家来的。但我不想等那么久，因为我很想念她，一想念她，我就恨不得立即见到她。我期待她能突然哭起来，就在屋外的小路上，或者附近的树林里，或者别的任何我们能找到的地方，因为她还不会说话。只要能哭出来，哪怕只哭一声，我们都能听得到，最好就是现在，此时此刻，她的哭声一定能将这个世界的沉寂打破。

"姐姐，我咋听到燕子在叫呢？"妹妹竖起耳朵，转动眼珠子。

我知道，春天来了，妹妹想念小燕子了。自从那年我们捅了燕子窝，燕子们怒气冲冲离开外婆家，已经好几年都没再回来过了。

我又侧身听了听，还是没有听到什么，于是我用肯定的口吻说道："啥都没响，可能是时间在响。"

"时间会响吗？我咋听不到？"妹妹皱起眉头，表示怀疑。

"当然会，妈妈的手表不就嘀嗒嘀嗒地响吗？"

"可是……"

我不想再和妹妹探讨这个问题了，我得逃离这种沉寂，于是就站起来，飞快地跑出门，跑到路边那棵桃树底下去了。

昨夜刚刚落过雨，落的是毛毛细雨，地上湿漉漉的、滑溜溜的，路边草叶上缀满亮晶晶的水珠子。风吹过时，高高的竹子摇晃着，竹叶沙沙响着，水珠子就扑簌簌地落下来，落进人的脖子里，头皮上，凉沁沁的。

桃花开了满树，粉嘟嘟的；桃花落了满地，也是粉嘟嘟的。地上的桃花让人怜惜，不敢下脚走路，怕踩脏它们。我喜欢树上的桃花，那么多桃花，我该喜欢哪一朵呢？如果我喜欢上一朵桃花的话，该拿它咋办呢？要把它摘下来吗？插在小辫上？别在衣襟上？或者丢进门前的溪水里，任它随水漂去远方？远方会不会也有一个小女孩，在溪水下游把桃花打捞上来，然后插在小辫上？别在衣襟上？

外婆不许我们摘花，她警告我们说，花花没有了，就结不成果果了；结不成果果了，就吃不成果果了。

那时候，我很爱这个世界，我的爱很简单，也很朴素，有最直接的表达方式，就是吃。爱你只因你好吃，爱你就要吃掉你。面对一树桃花，我心生欢喜，如果桃花变成桃子，我会更加欢喜，我会毫不犹豫地大口大口将桃子吃到肚子里去，我是多么爱桃子呀！

可是呢，这个过程实在太漫长了，漫长得让人不敢去想，它需要一个小孩子耗费无数个白天和夜晚来等待。在小孩子的世界里，最困难的事情不是跨越高山大海，而是等待。在等待中，花盛开，又凋谢；天晴好，又雨落；春天变成了冬天，沧海变成了桑田……我根本没有那个耐心一直守着一棵桃树，一眼不眨地看着它成长，看一朵绯红妖娆的桃花如何变成一颗饱满水灵的桃子。所以我最崇拜的就是孙悟空，他能越过时间的藩篱，跨过等待的屏障，直接把桃花变成桃子。

只有外婆才喜欢等待，一年四季守着家园和故土，默默耕耘，默默收获，几十年如一日。我羡慕她的从容与坚韧，有耐心，最后总能等到梦想的收获，等着等着，雨停了，彩虹就出来了；望着望着，云散了，月亮就出来了；守着守着，水落了，石头就露出来了；忙着忙着，花落了，南瓜冬瓜就结出来了。

而我呢，从来就没有为一朵花花变成果果等待过一个夜晚，付出过一星半点的劳动，所以当果果们来到我嘴里时，除又浅又薄的酸与甜之外，我却无力吃出第三种复杂而丰富的滋味来。

所以此时此刻，面对一树桃花，纵有百感交集，万千惆怅，那也只能持续相当短暂的时间，譬如一霎暮雨落，一缕青烟散。

镰刀谣

张打铁，李打铁，打把镰刀送姐姐。姐姐留我歇，我不歇，忙着回家割大麦。割一杆，喂鸡母；割一撮，喂鸭婆，割完抬头天擦黑。

天渐渐热起来了，气温一天高过一天，这是万物拼命生长的黄金季节，空气里似乎都有荷尔蒙的气息。

田野里，金黄的油菜花凋谢了，长出大蓬大蓬绿油油的油菜荚；桃花李花杏花凋谢了，结出一树一树青涩的累累小果；树木的叶子已经从嫩嫩的新绿变成成熟的绿，漫山遍野飘荡着粉蓝的细碎的刺槐花的浓郁香气。

没过多久，农忙开始了，地里到处都是收割麦子的农人。

我和妹妹坐在堂屋里，又开始击掌说唱：张打铁，李打铁，打把镰刀送姐姐。姐姐留我歇，我不歇，忙着回家割大麦。割一杆，喂鸡母；割一撮，喂鸭婆，割完抬头天擦黑。

我们一边说唱着，一边想象外婆是怎样弯腰站在金黄的大麦地里，挥舞镰刀奋力割麦，满脸通红，挥汗如雨。镰刀闪着锃亮的银光，细细的锋利的齿轮收割着一根根金黄的麦子，而一根根麦穗也像一把把锋利的镰刀，在阳光下闪耀着金灿灿的光芒，也割着外婆的脸和手。

有一天，外婆割完麦回家，我看到她的脸被太阳晒脱皮了，还被麦芒划出一道道血印子，我就心疼地对她说："外婆，你以后不要出去割麦子了。"

外婆摸了摸我的头，笑着说："瓜娃子，不做活路的话，我们吃啥呢？喝啥呢？"

铁匠铺子我们也在镇上看到过，张家父子俩，一个在火炉上飞快地翻动红彤彤的铁片，一个抡起铁锤使劲儿地砸，"砰！砰！砰！"红红的火星四处迸溅，就像地下涌出的岩浆，直到铁器完全砸出了他们需要的农具的模样，才拎起往冷水里一浸，"哧啦"一声，刹那间，整个房间雾气蒸腾，白烟袅袅。每次看到那一幕，我就生出一种魔法的幻想，下一幕应该就是铁匠们消失的时刻，神仙们使出障眼法，在空中变身隐退，地面腾起一股烟雾。但张家父子显然不是神仙，他们一直都在那间房子里打铁，从未离开过，"砰！砰！砰！"一天天，一年年，直到老了，死了，然后又有后人来接替他们，继续打铁。

我和妹妹一边击掌，一边把这个特别有画面感的歌谣反反复复地说唱着，一直到第九遍时，妹妹突然停止了说唱，小脑袋再次偏向右侧，亮晶晶的眼珠子转动着："姐姐你听，啥声音在响？"

"咕咕咕——嘎嘎——"妹妹学起了一种陌生的鸟类鸣叫。

我侧耳倾听，听到的却是布谷鸟的叫声。

这是农忙时节，布谷鸟在催人割麦插秧呢。田野里，树林中，不分白天和夜晚，整个乡村都充满了布谷鸟的啼叫声："快收快割！快收快割！"

一只芦花母鸡悄悄跳上石台阶，迈着不慌不忙的步子，朝屋檐下踱过来了。它机灵的小眼睛警觉地打量着四周，刚好和飞跑的我们撞了个正面，受到惊吓的它，"咯咯咯"叫着跑开了。

我和妹妹交换了一下眼神，装着若无其事地走开，然后躲到门后边，偷偷地观察它。不一会儿，芦花母鸡果然又悄悄地折返回来了，看看四下无人，悄悄跳进了屋檐下的竹箩筐。那个竹箩筐里填满了细软的稻草和谷糠，是专门用来给母鸡们下蛋的窝。

我们躲在门后，耐心地等呀等呀，不敢弄出一丁点儿声响动。

"咯咯——嗒——"终于，门外鸡叫声大作，一听就是那种下了蛋的母鸡的叫声，只有下了蛋的母鸡才会这样肆无忌惮地大鸣大叫，为的是报信，向主人炫耀功劳。它们太灵性了，太懂得自己的价值了。

我和妹妹立即从门后冲出来，跑到箩筐边一看，呀，草窝里果然躺着一颗鸡蛋。我们把它捡起来，捧在手心里，生怕落地打碎了。鸡蛋还是温热的，干干净净，一尘不染，摸起来细腻又光滑，还有粉白粉白的光泽，真让人喜欢啊。

芦花母鸡并不走开，一直站在那里咯咯大叫，我们晓得它是在等犒赏呢。于是我们跑进屋，从竹箩筐里抓起两把外婆刚刚收割回来的大麦粒，抛撒到地上，芦花母鸡立即噤了声，撒开两条细腿飞奔过来，低头飞快地啄食起来了。

等到外婆割完麦子回家，把这颗新鲜的鸡蛋用清水煮熟，剥开蛋壳，妹妹吃蛋白，我吃蛋黄，那滋味真香啊，弥漫着整个童年。

行路谣

洋盘洋盘假洋盘，背起书包到广元。
又吃包子又吃面，又坐汽车又坐船。

夏日凌晨，满天的星星还在天上眨着眼睛，外婆就把我和妹妹从床上叫起来，让我俩分别坐进两个又大又深的竹箩筐里。舅舅用一根扁担把两个箩筐挑了起来，然后就大步流星上路了。

快开学了，我和妹妹已经到了上学的年龄，该到妈妈身边去上学去了。舅舅说，你俩走路太慢了，还不如我用担子挑来得快。他想要赶在火辣滚烫的太阳出来之前，把我俩护送到镇上去。

清凉的风儿吹过一遍又一遍，我们的大脑慢慢变得清醒起来，路上的风景也渐渐变得清晰起来，天空、河流、田野、树林，随着舅舅肩上扁担的起伏晃动而在我们眼前起伏着、晃动着。每当走过窄窄的山路，我们抓紧箩筐的绳索悄悄望出去，望见脚下的悬崖深不见底，而我们竟然就悬在半空中，这种惊险刺激的体验真是神奇又美妙啊。

那时候，我和妹妹的体重加起来虽然不足百斤，但舅舅挑着担子走上几十里路也是不容易的。舅舅走一阵，歇一阵，擦把汗，喝口水，遇到熟人就打个招呼，有时还会停下来摆几句龙门阵。

终于，我们要过磨儿滩了，过了这条又长又弯的河流，路就走了一大半了。小木船停泊在河岸边，等着行人上船，船上只有三五个人，艄公只是义务摆渡，并不收船钱。我和妹妹仍坐在箩筐里不出来，一个船前，一个船后，嘻嘻对笑，咫尺相望。

小木船在河面慢慢前行，却感觉不到它的移动，只看得到岸上的景物在一点点往后退。行船途中，听老艄公摆起这条河，摆起河边的人和事。他用悲伤的口吻说起几天前刚刚发生的悲伤故事，一个打猪草的小女孩从这里掉下去了，人们把她从河里打捞上来时，可怜的女孩手里还紧紧攥着她的那把小镰刀……

这个不幸的故事让船上所有人都流下了眼泪。从此，每当路过那条河流时，我都会想起那个不幸的小女孩，她一定和我一样，刚到读书的年龄，也喜欢读书，那么我就好好地替她读书，好好地替她活着，也替她守望故乡，守望未来的好生活。

又过了些年头，我走出故乡，走出大山，我坐过汽车、火车、轮船、飞机，却始终无法忘记童年时走过的那些路，以及路上遇到的那些人。多少年过去，我都无法忘记那个悲伤故事里的小女孩，她在我的心里一直活着，成为一条故乡河流的化身。

选自《飞天》2023 年第 9 期

母 亲

张雄文

我从未想过，有一天会带上母亲出远门，从南方丘陵腹地到北国海滨，横跨上千里，如冬去春来徙移的候鸟。

北戴河的海风裹着丝丝咸意，穿透薄雾的清晨，湿漉的街巷。年近七旬的母亲扎着并不规整的马步，与一班年岁不等的作家们双手树掌成招，缓缓左右移动。她多年握锄的手，尽管有些笨拙，在教练引领下的太极拳招式却也有模有样。躲在房间的我，偶尔抬头从窗口望过去，真是自愧不如，滑过些许欣慰笑意。院中那株核桃树哗哗作响。

母亲是永远的老鸟。刚能在地上趔趄而行，我就习惯了跟在她身后，出则左邻右舍、田间地头，入则堂屋偏厦、厨房茅厕。一时半会儿不见她身影，心便发慌，似屋檐下窠巢里蜷缩的一只麻雀被陡然掀掉了瓦楞。多年后我行走他乡，母亲不再在前头，每遇痛入骨髓的跌宕，甚至不过是一场寻常醉酒，我都会在深夜的苦楚中喊着"娘"。

文化不高的父亲，在我的劝说下，写起了别字连篇的回忆录，第一篇就与他的母亲我的祖母有关。三岁的父亲被清早外出放牛的祖母反锁在家里睡觉，醒来后哭着找祖母，满屋转了许久，找到后门，用墙角的扁担一下一下将头顶木闩弄开，跌跌撞撞，寻遍沟渠纵横的田垄，终于见到了祖母。挤满野草的田埂上，一个欣喜，一个惊讶。晨露浸渍的野草被麻溪河飘过的风轻轻抹过。

不知从何时起，觉出母亲是真的老了，再不能用阔展的羽翼为我遮蔽风雨。平日在乡邻与亲戚中风风火火，屡屡被请去调解纠纷、协和妯娌的母亲，已顶着了一头霜雪，满脸深深浅浅的沟壑，个头似乎也日渐萎缩。除了照例忙着地里泉涌般的茄子、辣椒、丝瓜、苦瓜和葱蒜，便是一个人呆在家里。她不再串门。

每次回到老家，我除了给她几张钞币，我不能为她帮一丁点忙。我忽然想，我能否带她出去走走，就像多年前她领着我去资水边的沙塘湾，穿行在并不繁华，却搅动我心魂的街市。这时候一张去中国作协北戴河基地疗养的表格适时地发给了我。可带一位家属，于是端端正正在所带家属一栏填上了母亲的名字。放下笔，我想尽了所有能动员她的办法。

母亲勉强答应了。

表格交上去，接到了省作协组联部主任深夜电话，往日并不熟稔的他将我夸了半天，唯有我带上的是老母亲。母亲的话题如打开了一道闸门，令他回忆起自己的母亲。当年刚参加工作，他便将乡村老家孤身一人的母亲接到自己逼仄的单身宿舍，在旁人的侧目里相依为命多年。他说，母亲在高寿时面含微笑，无疾而终，他这辈子已毫无遗憾。末了，他叮嘱我好好侍奉我的母亲，让北戴河的风替她添延年寿。

遽然得了个孝子之名，我倒不很在意。母亲在北戴河能否宽心、恬然，是我时刻担心的问题。或许因了我在身边，她第一次没有半点远离老家的局促和焦虑。行沙滩，登海船，爬长城，访古隘，她兴致盎然，步履如飞，丝毫不输于我，也轻易看不出她已年近古稀。每到夕阳坠入大海，云霞抹红了苍茫的海空，她才有些怅然，像丢了什么珍稀物件，神情冷不丁暗淡下去。我心一紧，忙借故陪她散步，路边马尾松抖落的轻柔海风里，她与年幼时的我掉了个个儿，安静地跟在我身后，有一句没一句拉着家常，或者听我说些作家朋友的逸闻趣事。

休假的作家们都对母亲恭敬有加，平素聚餐，杯里醇厚而烈性的北京红星二锅头空去又满，都要先敬母亲。话题也多半围绕母亲展开，一位丧母多年的上海作家，在酒席上回忆起自己母亲的点点滴滴，一杯烈酒倾空，他又认了我母亲作干娘。母亲静静感受着这一切，脸上挂满微笑，额上沟壑似乎展平了不少。我也为友人们的盛谊感念着，那一晚，母亲忽然惊呼：出来八九天了。我悄然笑了。日子容易过，说明母亲舒畅、惬意。

岁月是一条河，它就在母亲的日子里，淌出了生命永不寂灭的浪花。

选自《天津日报》2023 年 2 月 16 日

我与三伯公

泥 水

也许年龄使然，最近回忆往事多了。溯洄到我"黄口"时与三伯公相处的那个年代，那些年，我与三伯公之间有诸多的故事，看电影《南征北战》的那一幕让我至今还记忆犹新。

三伯公身强力壮，但因被国民党抓丁当过兵，回乡时龄及壮年，家底虚无，故一直未娶，从而遭岁月嫌弃，有人将他的称呼"三伯公"直接置换成了"三斤狗"。"三斤狗"，在乡下是最潦倒的绰号。后来，三伯公盖了两间熟砖到顶的瓦房，又饲养了一头大猪。媒人婆看见了他家景的变化，起了恻隐之心，竟先为他说媒，结果三伯公成了家。

三伯公对我特别好，有好吃的都与我分享，甚至将当差时用的背包及皮质腰带都给了我，叫我拿去商店换糖果吃，邻村若有人家逢喜放电影，他就一早儿提示我记着去观看，我常常跑五公里外的小卖部帮他买盐，买烟，买火柴等生活必需品。

有一年，三伯公生日，亲戚朋友来祝贺，晚上放电影《南征北战》，片名《南征北战》听上去全是打仗，很有诱惑力。那时农村放电影，属于一种奢侈。好不热闹。

放电影习惯选在较为宽敞的晒场上，一早儿，我便准备了凳子，搬到晒场上银幕下排队占位。夜幕降临，放映机的大喇叭吱啦吱啦地响了起来，从十里九乡涌来的人络绎不绝，黑压压一大片，亲戚朋友吃完晚饭后想抢个视线好的位置，却未能如愿，挤得难以转身，抱怨着：自家人放电影，我们都没有好位子。

猛不丁，三伯公出现了。他轻身一跃，一骨碌地站在放映机的台子上，大声喊：大家找地方坐好，不要拥挤。很有当家人的样子。

跟着响起放映员开场白：各位观众朋友，今晚电影是为庆祝某某生日，望大家自觉找地方坐好，电影很好看，从开始打仗直至打到结束。词语有点搭配不当似的。

"故事发生在一九四七年国民党对山东解放区实行重点进攻，我华东野战军的一个营在高营长的率领下，在凤凰山阻击增援李军长部的张军长，决战在摩天岭，后在大沙河诱敌深入，全歼了李军长及张军长两个军……"介绍还未结束，人头开始攒动，小孩子们纷纷往前挤，生怕漏看一个镜头，一时间银幕上的银幕外的声音弥漫着。

此时，两个青年农妇不顾臂弯里的小孩"哎呀"尖叫，站立在我正面，将我视线全部覆盖，我只好也跟着站了起来。

"干什么站在我面前，找骂？"一个熟悉的声音吼叫着。

"你要看，我们也想看啊，给我坐下……不是张军长无能，而是高营长太厉害了。"

我回头一瞥，望见三伯公黑冷着脸，一副六亲不认的窘态，听得出脚下有咣咣当当的响声，似乎有人在摸寻着什么，声音脆脆的，好像是石头的碰击声。

我紧盯银幕，不轻易放过任何一个镜头，继续站着，辩解着：别人站在我前头，我也不快啊，你为什么不劝。

电影胶片噗哒噗哒地响着，一道手电光向我射来，划破了夜晚的凝重，呼啦一击，鹅蛋般大的泥球向我袭来，不偏不倚，正中我后脑勺，顿时，我面前一片漆黑，银幕上呈现出持枪射击的动作在我眼前一晃而过，朦胧中好像被击中了一枪似的，当即本能地用手往后一摸，火烧的感觉，我继续挣扎起身，努力睁开眼睛，看着银幕。

"流血了！"有人在叫。我用手捂了后脑勺，发现手掌红得像西瓜瓤，我慌了神，忍不住撕开喉咙大喊：谁用石子投我，自家人打自家人。

旁边有位大婶儿，我认得她，她是老师，她安抚我道："别哭别哭，忍着点，一会儿肿包就消了，谁叫你站在人家面前，站在人家面前，必须得低头。否则，非挨泥球不可。""可投我的不是外人啊，我憋屈。""等你长大后就懂了。譬如今晚，你将来长大成人，要记取今晚这个教训。"我强压着自己的疼，似乎明白了许多。

　　电影结束后，人流慢慢散去，三伯公匆匆找来了"蜘蛛包"，仔细为我止血消肿。"下手重了。"三伯公自言自语道。旁边人看不过眼："毕竟是小孩儿，又是自家侄孙，好歹是同吃一口井水的，就因为站在你面前，挡住了你……"三伯公似乎忘记了我是小孩，双手合十，向我拱了拱手："知错，愧疚，千万别让爹娘知道。"

　　肿包消散后，却留下一个大疤痕。成年后我曾想着做个医美，去除包疤，但最终还是放弃了，它记录着我人生某一阶段的信息，提醒我以后的旅途。

选自《散文百家》2022 年第 12 期

漫步长白山

李相奎

我常漫步的森林，海拔多在一千米左右。如果想观察原始森林，我也会去更高海拔的地方。长白山主山脉主要位于和龙、安图、长白、抚松、靖宇等地，这一带地势较高，多在海拔一千米以上，但珲春盆地却只有海拔八十米，高低落差非常大。

在海拔一千米左右的区域，我经常与黄腰柳莺、沼泽山雀、红胁蓝尾鸲、啄木鸟、三保鸟和大山雀等相遇，星鸦也生活在这一林带。

我相信这个海拔高度也是我的同学胡冬林经常光顾的地方。记得他很详细地描写过星鸦的生活习性。我也确信，他走过的森林，还有很多我没有走过。他和《活山》《低吟的荒野》的作者一样，经常睡在山里。对胡冬林的一次经历我记忆犹新。我曾经多次想看看他在森林居住过的地方，我根据他的《山林笔记》，记录下他那一个晚上的森林经历。

黄昏时分，他穿过一片浓密的红松林，走到一个山坡的两个马架子前。马架子是秋天进山打松子或采蘑菇的人搭建的临时住所。这是他的森林居住地之一。马架子由胳膊粗的木楞搭建而成。也许后来有人为了防寒在木楞里外糊了泥草。去年，他的朋友喜彦叫来一些人，帮他在马架子顶上苫了厚厚的塔头草。又把马架子外墙抹了一层黏土。因为冬天，他也会住在这里，便于观察森林里的鸟类和其他动物。看似简陋的土木房，冬暖夏凉。他在马架子周边，栽了一些发芽葱。太阳已经落山。但夕阳的余晖把远处的天际渲染得一片灿烂。附近的灌木丛和树林里，晚归的鸟儿不知疲倦地忙碌着。

他走进最大的那个马架子，放下望远镜和相机。点燃蜡烛。这个马架子很大，面积有十六七平方米，土炕占了一半的面积。在长白山脚下，一般结伴打松子的人做的马架子，也就七八个平方米，有的十几个人，晚上就挤在大土炕上休息。很显然，曾经搭建马架子的人群里，一定有人会做木匠活，所以两个马架子都有简易的门窗。

他拿着两条毛巾和一双拖鞋走出马架子，来到不远处的小河边，从水中捞出一个塑料盒，从塑料盒中取出注射器，往自己肚子上注射胰岛素。他有糖尿病，心脏也不好。打完胰岛素，他又把塑料盒沉到水底，上面盖了一块石板。河水成了他储存胰岛素的天然冰箱。

这时天色已黑。他用河水洗了脸，洗了脚。棕色毛巾是擦脚的，蓝色毛巾是擦脸的。他一个人，把森林里的日子过得有条不紊。

晚饭，吃得很简单。但吃得有滋有味儿。榆黄蘑煮挂面。再放一点儿山韭菜和几片午餐肉。味道美极了。城里人也许永远体会不到，这样的一顿晚餐，对久居深山老林的人来说，远远胜过年三十的晚宴。因为在深山老林，厨具不全，也没有购物场所。一般他不是做炖菜，就是煮粥或做汤，吃大煎饼或带来的馒头，煮挂面是最便捷的。

饭后，他在马架子外面散步。在马架子后面，有一片空地，空地上有几个木头支架，支架是用来脱松子粒的工具。他有时会坐在支架前抽烟。每一次抽完烟，都会很谨慎地把烟头在地上踩一踩，有时会踩三四次，直到确认踩灭烟头余火，才放心地离开，不管是不是防火期。进入防火期，如果在森林，他就忍着不抽烟，都是回到地戗子或马架子才过烟瘾。在林中，这样的住处还有两个，不过那两个都是地戗子。饭后散步或抽烟，他都不会在外面耽搁很久。很快会回到马架子里写日记。因为他已经养成了习惯，把每天的所见所闻，用笔记的形式记录下来。

土炕上新铺了厚黄色的帆布，上面还铺着狗皮褥子。有一张陈旧的小木桌。桌上桌下是几本书和一个很厚的笔记本。他就在木桌上写日记，或读书。天气好的时候，他也会在森林里的写字台上写字。那个写作台就是一个很大的树根。

他提笔写道：上山真快乐，而我决不能远离快乐。赚钱不重要，享受不重要，情欲不重要，只有上山重要。在如此追逐金钱的社会，人总要坚守一份圣洁，这圣洁就是森林荒野，尽管只有很小的一块儿，我也守护它尊敬它并爱惜它，这是我的得道之地，心旷神怡的脱俗忘忧之地。终于在五十多岁找到了自己的位置，创作的灵泉。

他写了很久，感觉眼睛有些发涩，这才放下手中的笔。他从一本书中间拿出一张照片，那是一张全家福。父亲母亲妹妹和他。他爸爸妈妈都是作家。他凝视照片好一会儿，才把照片小心翼翼地放起来。点燃一支烟叼在嘴上，手里拿着一个一米多长光滑的胳膊粗木棒，在简陋的门前仔细听听外面的动静，感觉没有异常才走出马架子外面。今夜的天空很黑，看不见星星和月亮，只有树林里的风，忽缓忽急地呜咽，很像一个沧桑老人在叙说往事。

他仰头看着黑色天空在心里说：爸妈，我想你们了……

冬林擦擦眼角，继续在心里说：我知道，你们在天堂，能看见我的一举一动。

他深深叹息一声。一个少年，在上课时，听到噩耗。少年疯狂赶回家，看见亲切温暖的母亲，已经没有气息，不再对少年问寒问暖……

远处，有萤火虫若隐若现。在他的意识里，萤火虫是黑夜里不肯入眠的灵魂。

不知站了多久，他走进马架子。用木棍顶住门。躺下，继续看书。他看的书，大部分都是写自然的，有写大自然声音的，有写大自然颜色的，有写狐狸的，有写熊和野猪的，当然还有写各种鸟类、树木的。有人认为，文学只有写人才是文学。对于这个观点，他也犹豫了很久，他从事的是不是文学创作呢？看过不同国籍作家写自然的作品后，他才认定前面的观点是错误的。写人写动物都是文学创作，都可以写出流芳百世的经典作品。在没有进山前，他呕心沥血多年，写了长篇《巨虫公园》，虽然现在还在出版社"搁浅"，没有出版（编者注：现已出版），但他感觉那是一部不错的作品。

此刻，我正漫步在海拔一千米左右的林带。刚才对胡冬林的回忆让我久久感慨不已。我觉得他的人生海拔高度可以与美人松比肩，是长白山作家们的典范。

我攀上一块两米多高的卧牛石看向远处。在这个海拔高度上，夏季气候温和湿润，林地上覆盖着一层厚厚的棕黑色腐质土，土地肥沃，似乎捏一把土就能养育花草。远远近近的针阔混交林树木苍翠。如果细细观察，你会发现这些林带层次分明，林带上层是高大乔木，比如红松、冷杉、云杉、黄花松、赤松等，中层是小乔木，比如小花木兰、桑树、杜松、长白侧柏等，而树下是灌木和草本植物，中间的藤本植物缠绕于乔木、灌木之间，鸟儿、野兔乐在其中，和谐相处。在这个林带几乎生活着 80% 以上的长白山常见鸟类，是名副其实的鸟的天堂。

胡冬林曾经计划写一篇《鸟天堂》的散文。可惜我们没有读到他的这篇酝酿已久的作品。长白山的鸟儿赋予胡冬林太多的生命内涵，他认识长白山的一百多种鸟儿。

选自《天津文学》2022 年第 10 期

一切都未曾远去

——那头驴，还有那头牛

尚德琪

　　包产到户前后很长一段时间，家里一直喂着一头驴和一头牛。白天拴在一个槽上，晚上卧在一个圈里。不同的是，此前是生产队的，此后是自己家里的。

　　耕地、碾场的时候，它们并肩前进。但在耕地、碾场之外，驴似乎还有更多的活要干，播种时拉耧，运肥时拉架子车，推磨时拉着厚重的石磨一圈一圈地转，然后就是各种各样的驮，驮水、驮粪、驮草、驮粮食。古代诗人和画家笔下的牧童，差不多都是骑牛的，但在我们老家，孩子们都喜欢骑驴，累了或者懒了，或者想证明自己勇敢了，只要有机会，就一跃而上，骑在驴的光脊背上，像开着一辆敞篷车一样洋洋得意。上了年纪的人赶庙会、走亲戚、上卫生院看病，驴也是最普遍的交通工具。所以，每一个养驴的家庭，都给驴准备了好几套"行头"，一套拉的，拉犁、拉磨、拉车；三套驮的，一套驮水，一套驮粪，一套驮人。

　　与驴同吃同住的牛，好像要轻松许多。所以，很早以前，我就意识到牲口之间也存在着不公平。牛只是季节性忙碌，驴则是年头忙到年尾，这深深地激发了我的正直之心。如果驴和牛一起从庄稼地旁经过，而且都吃了地里的庄稼，我宁愿打牛也不打驴；如果我在路旁发现一棵嫩草，如果刚好拔了下来，我宁愿给驴吃也不给牛吃。碾场的时候，驴和牛都可能趁人不备把屎尿拉在粮食上，我宁愿骂牛也不骂驴；吃草的时候，牛和驴都可能把草拱到地上，我宁愿认为是牛干的也不会认为是驴干的。推磨的时候，驴是蒙着双眼的，但这并不影响它偷吃，而我则更愿意将它的偷吃行为归之于麦子刚刚破碎后那股清香的诱惑，因而一次一次劝自己睁一只眼闭一只眼……

包产到户时，为平衡土地质量，各家各户分到的土地大都东一块西一块。我家除庄子周围十几亩地之外，五六里之远的小湾有一小块，生产队海拔最高的牛家梁上有一小块，河对面几乎无路可去的马壕里有一小块，山背后另一座山的阴洼里也有一小块。如果在这些地里种粮食，要耕一次，要种一次，要锄一次，要收一次，还要运回来，费尽九牛二虎之力，也不见得有什么收成。所以，这些远处的、陡处的、高处的山地，基本上都种上了苜蓿。所以，小时候我就知道，苜蓿有一种特殊本领，它的根可以锁住自己生长所需的某种营养，因而可以在贫瘠的土地上茁壮成长。很久以后我才懂得，苜蓿属于豆科植物，那种本领应该归功于它的根瘤菌。苜蓿是最好的饲草。你一定知道我要说什么了，对了，驴往回驮苜蓿的时候，我心里要稍微舒服一些，因为这毕竟也是为了它自己的生活。

但割草的时候，牛和驴是一起去的。因为刚割了苜蓿的地里，还有许多低矮的杂草，是放牲口的好地方。只是回来的时候，人背一捆子，驴驮两捆子，而牛只是甩着尾巴，撇着八字步，不紧不慢地走着。所以，我会在上坡的时候特意拽着牛尾巴借一点力。这当然并不能减轻驴的负担，但满足了我打抱不平的心理。好在，牛也不惊诧，也不挣脱，仍然撇着八字步，悠悠然地走着。很多次之后，我突然觉得，牛与驴之间的不平衡，其实并不是因为牛在耍奸溜滑。

牛有牛的命，驴有驴的命。这并不是说驴天生就比牛命苦，而是说牛和驴的命之所以不同，只是因为它们有着各自不同的用途而已。不然的话，那么多家庭都养两头牲口，但为什么不养两头驴，也不养两头牛，而要养一头驴一头牛呢？

老人们说，驴性急，有时不免慌慌张张，紧走几步可能就要停下来；驴率性，关键时刻可能会把持不住，有时甚至会撂挑子。比如耕地，如果没有牛的引导，顺着驴的脾气，复杂地形的边边角角就很难耕得到；比如碾场，如果没有牛的稳当，跟着驴的节奏，累不死人都会把人的腰闪了。牛是慢性子，恰好牛也比驴更有力气，所以，驴与牛"共事"的时候，基本上都是顺着牛的意思在走。而这，也正好是人的意思。

这样一说，牛和驴就同样重要，也同样可爱了。那个时候，饮牲口要到河里去。但人得跟着，跟着它们到河里，让它们喝足了水，再跟着它们回来就行了。但人有懒的时候，很多很多次，我饮牲口时站在河边等着它们，它们当然也不是每次遂我之愿。更多的时候，喝完了水以后，驴有时要啃几口碱土，撒一阵欢子，牛有时也会到处转一转，吃几棵野草解解馋，但只要我稍稍多点耐心，总会有一个带头往回走，另一个也跟着回来了。

有很长一段时间，粮食缺，柴草也缺。农村人住窑洞，睡的是火炕。驴粪和牛粪都成了烧炕的燃料。开始的时候，我喜欢驴粪，因为它比牛粪更容易晒干；后来，我也喜欢牛粪了，因为牛粪比驴粪更耐烧。牲口粪本来就是肥料，烧炕之后变成了草木灰，仍然是肥料。不同的是，牲口粪是有机肥，草木灰是无机肥，如此而已。

那头驴和那头牛曾经拴在一个槽上，卧在一个圈里，尽管一个会踢，一个会顶，但它们之间不曾有过伤害，也不曾有过冲突，也许是我没有发现吧！而且驴没有踢过我，牛也没有顶过我，这是千真万确的。现在想起来，每一户人家，他们家的那头驴和那头牛已经与他们成一家子了。早上起床后，先得把它们从圈里拉出来拴在外面，添上草；晚上睡觉前，先得把它们从外面拉进去拴在圈里，添上夜草。在那个年代，好多好多家庭之所以能够挺过来，驴和牛是有功劳的，尽管驴有驴的脾气，牛有牛的性子。

选自《飞天》2023年第4期

墙脚地里种南瓜（外一篇）

赵　霞

爸爸从地里回来，竹挑担里留着几株打蔫的南瓜小苗。他说是地里今早种剩下的，没有什么用，扔掉算了。

我和弟弟赶紧把小苗要过来。我们正在侍弄后院里的一小块泥地。后院不大，家里日常当天井用，地面铺的大青石板，单留下了这块泥地。它窄窄一溜，背靠着猪圈，光秃秃的，也没派上什么用场。我们把土翻了，往地里施了灰仓里烧下的稻草灰，种下去各式各样的小植物。两条从外公老屋剪来的玫瑰小枝，刚扦插不久，已经发出嫩苞。一捧菊花苗，长得跟蒿菜差不多，是从同学家花圃讨来的，听说秋天会开大捧的金色花朵。一枝米兰，肥绿的叶子挺括地伸展开。还有一棵今年从山上挖来的野杜鹃，植株不大，根却壮实，挖它费了我们好大的力气。

四株南瓜苗就种在这些植物的间隙间。种下去时，叶子和茎都是蔫软的，到了第二天就精精神神地挺直起来。才几天，从两片子叶之间就长出来小巴掌似的南瓜叶。风一吹，雨一浇，它们成了这块地里长得最快的植物，唰唰地抽茎发叶，叶子也唰唰地往大里长。爸爸说，南瓜就是这样，要么不种，一种就收不住。

为了不让它们匍匐蔓延，占去整个地块，我们拿四根毛竹竿，给它们搭了四个支架。支架都斜靠着猪圈的墙壁，这样它们可以缘着架子往上爬。南瓜藤们伸着颤颤的茎须，一个个爬上支架，开始了飞快地攀缘。架子上阳光充沛，它们长出了一片片大得惊人的叶子。

很快，它们就爬上了猪圈的屋顶，竹竿也差不多到头了。它们顺势又跃上屋顶。我们站在地上，看不见它们在上面的长势。初夏的一天，妈妈上楼，偶尔打开西向的木头小窗查看。这是二楼极小的一扇边窗，用一个小小的木头移门盖着，平常很少去开它。有一年，一群黄蜂在这里做起一个蜂巢，更吓得妈妈不敢靠近。蜂巢除去后，她有时会开开小窗，确认那里没有再住下危险的"邻居"。猪圈原本是贴着西墙的便利建起的一个小棚屋，从这扇小窗望下去，正好看见整个猪圈的屋顶。那里原来是一面屋瓦，现在都密布着厚实的南瓜叶子。

那一年的猪圈因此而格外凉爽。我们家的猪躺在南瓜藤的阴凉下，快活地哼哼，吃得多，睡得多，长得也快。爸爸原本想把南瓜藤扯去，怕它们攀来攀去，把猪圈攀倒。妈妈拦下了。她为了猪着想，让爸爸等夏天过了再处理这些藤叶。那些天的傍晚，妈妈在猪食桶里拌好掺了米糠的泔水，拎进猪圈。圈里阴凉，夏天的酷热没有影响猪的食欲，它早已饿得不耐烦，在栏杆里面撞来撞去。一桶泔水倒下去，只听见吧嗒吧嗒的掠食声。

这一切，妈妈高兴地说给我们听。

说到底，这也是我和弟弟种南瓜的功劳。

猪圈顶上开起花，结起了南瓜。还是妈妈开窗看见后告诉我们的。爸爸没有搭梯子爬上去摘南瓜。他怕把猪圈上的瓦片踩碎了。瓦片踩碎了要修，几个南瓜不值什么。他种在地里的那些南瓜，这会儿正是结瓜的时候，一天一两个南瓜拎回家，还有多的分给邻居，自然不稀罕。我们呢，当初种南瓜，为的是一时的兴致。瓜秧种了，活了，长了，至于结不结南瓜，倒也不怎么相干。

于是就由着它去。菜地里，多余的南瓜花要摘掉，南瓜才结得大。爬在猪圈上的这些南瓜，有瓜无瓜都无妨，花也就尽着它开。

大暑过后，南瓜叶褪去又大又重的碧色，渐渐萧条。叶子垂落下来，绑在竹竿子上的藤茎愈显枯老。爸爸从地里带回来的南瓜也由绿而黄，越来越老。青南瓜炒着吃鲜嫩，老南瓜却要煮着吃，配一把老豇豆，在煤炉子上炖得软糯甜烂，午后舀一碗当点心，最好吃。

那天，妈妈照例推开边窗向下张望，哟，屋顶上枝叶披离，露出来好几个老南瓜，又长又大，比爸爸菜地里收的面相更佳。

爸爸听到动静,难得地也过来观望。他哼了一声,不太相信他在地里弄的南瓜竟不如这自己长的。这些长脖子长肚的黄色大瓜,聪明地躺在屋顶凹下去的瓦楞之间,既不会随便滚落下去,又不容易把瓦片压碎。它们在叶子底下一定已经默默地长了许久,而且还在长。每隔几天,我们推开西边的小窗,都看见它们又变大变长几分。在菜地里好像从没有见过这样长而胖的南瓜,比弟弟的身量还大。它们似乎鼓足了劲只是长,浑身披着霜也似的一层白晕。妈妈说那是南瓜甜度高的标记。

终于,爸爸在猪圈边架起木梯子,爬上屋顶,把老熟的南瓜一个个摘下来。这些瓜是那么重,放在门背后阴凉的地面,我都抱不动。切断的瓜柄木头般坚硬,从上面沁出了浓稠的汁液。妈妈切下半个瓜肚子,蒸熟了给我们尝。呀,太甜了!

陆陆续续地,猪圈顶的南瓜也都收尽了。我们每吃一餐南瓜,都要赞叹一遍。吃剩的南瓜皮喂给猪,猪也吃得摇头晃脑。爸爸把南瓜肚里的籽挑着收起来,留到明年做种子。他一直纳闷的是:同样的一茬南瓜苗,怎么圈在后院的反而好过了地里吃风吃雨的?

我和弟弟都不响。我们暗暗觉得,这是因为南瓜秧受我们种下和照料的缘故。这世上的有些事,神秘莫测,没法说清。你先前不是要把它们都丢了吗?它们偏偏得了缘分,活下来,结最大最甜的瓜给你看。

第二年,爸爸把留种的南瓜子孵出小秧,种到地里。可是到了夏天,收回来的还是跟去年菜地里一样大小和味道的瓜,真是奇怪。不过他也没有纳闷多久,乡下南瓜太多,事情也太多,这点念头费不上细细琢磨。我和弟弟呢,兴头已转到了别的物什上,那块地重又变得秃秃的。偶尔,我们去那里掘地蚕钓鱼,听见隔壁的猪大声哼唧。没有南瓜藤遮阴,猪也感到了不够舒坦?

那年冬天,卖掉了猪,爸爸把猪圈里积下的猪粪都铲出来,摇着大船运到田头去发酵。马上就是种油菜的季节,猪粪是不可少的肥料。幽暗的猪圈里,粪肥一层又一层地给铲起。爸爸一边处理肥料,一边给我讲施肥的道理。

是在那一刻，我猛地想到，我和弟弟的南瓜之所以结得这么大，一定是因为粪肥的缘故。我们当初的那块小地和这些猪粪只有一墙之隔，它们的根须往下伸一伸，就能伸到猪圈下面。

但是爸爸说猪圈墙根底下还有石头垒的地基，南瓜的根须可能伸不过去。当然，肥料会渗进泥土里，给旁边的南瓜根吃到了，也说不定。

说是这么说，我们都没想到在一墙之隔的泥地里再种一回南瓜。夏天的南瓜，说到底太不起眼了，大与不大，甜与不甜，又有什么要紧。

只有那一年偶得的瓜，那么大，那么甜，那么长久地留在记忆里。

虫声在野

暮春到初夏，蚱蜢们连片地从草坡上飞起来，绿的，灰的，红的。绿色的小蚱蜢最多见，尖头尖尾，短须长腿，停在草丛里看不出来，一走过去，它就嘟地飞起，跳到另一丛草叶里。这种蚱蜢的样子像极两头尖尖的小窄船，旧话喊"舴艋"的小舟，名字便从它而来。我们乡下讲一个人瘦小，常说"蚱蜢似的"，也是指的这种蚱蜢。拿手掌罩住了它，捏起来，它就从嘴里吐出褐绿的汁液。它的身体是碧绿的，拉开绿色的覆翅，才露出节肢腹背上的一长抹紫红，覆翅下面的后翅根也晕着淡淡的粉紫，蛮好看的。但这种蚱蜢太多，太细，我们不屑去捉它。另有一种绿蚱蜢，比这种个头大，也神气得多，宽额头，大眼睛，两个钢锯似的后腿耸立身体两侧，一副随时准备起跳的势头。人去抓它，它只轻轻一弹，就蹦到老远的地方。有时给捉住了，它也不服输，把带锯的后腿灵活地掉转过来，狠狠给你一击。人吃痛，一放手，它就又跑了。捉住了这种蚱蜢，小孩子会拿根细绳吊住它的一条腿，看它扑腾着玩。常常跳着跳着，它就甩脱了绑着的这条腿，只带着另一条腿跑掉了。

力气大的是一种大蝗虫，个头端方，骨架坚牢，身上的绿色也要老硬一些，绿褐色的覆翅，摸上去仿佛会铮铮响似的。它的节肢的肚腹格外厚实，甲壳一般，两个带锯齿的后腿往人手上一蹬，能割出血珠子。往往我们看见它立坐在草茎上，瞪着眼，刀具似的口器翕动着，也不大敢上去捉拿。老人们讲，这种蝗虫多的时候，黑压压地飞过来，只几分钟，就把一片绿地啃干净了。我们虽没见过这样的场景，想想也咋舌。

螳螂比不得蚱蜢这样多，长身细腰，举着绿色的大刀，偶尔从草丛里轻捷地赶过，便给我们逮住。它全身的碧色是嫩且透亮的，像它的肚腹一样柔软。但它的折叠式大刀上面满是锋利的小刺。如果捉住了它，定要小心地捏着它细细的背脊，不让那两柄挥舞的大刀反砍过来。当然很难。它的身段太灵活了，明明给捏着，只一个侧身，前臂的大刀就喀一下递了过来。你只能赶紧放手。小伙伴们窃窃地互相告诉，听说母螳螂要吃公螳螂的。

夏收时节的傍晚，从田头割回来打下的稻穗堆，泛着浓郁的清香。纺织娘也随稻穗一起被带到谷场上。它的覆翅像两片大叶子，薄纱似的，带着浅浅的绿意。头上两根触须颤颤地伸长开去，好看得很。纺织娘的长腿上没有那样尖的锯齿，我们可以放心地拿手掌拢着它，好好地玩一阵。谷堆间，各样的虫子兴奋地蹦来蹦去。再晚些时候，点灯了。硬背壳的甲虫带着马达似的嗡嗡声，冲向有光亮的屋子。有的撞到窗玻璃，咚一声，坠落地面，又快速地直升起来，继续冲刺。第二天，地上总会留下几只甲虫的尸体。夜里的甲虫我们不爱去捉，总有一股子古怪的气味。到了白天，我们到楝树上去找另一种甲虫，它的个头不大，甲壳是乌红发亮的，六个胸足紧扒着树干，得很用力地把它提起来。这甲虫有些呆呆的，捉了下来，把它放到地上，不走也不飞，碰它两下，才慢腾腾地左右挪动。于是不去管它，过一会儿，它又嘟一下升空飞起，回到树上。

捉甲虫的时候，要当心臭屁虫。这种虫子灰不溜秋，扁若叶片，趴在树上很难注意到。等到一不小心握住了它，赶紧撒开手，已经晚了，手上已留下一股奇怪的臭味。这臭味叫人难以忍受，我们都伸着手，去找汁液肥厚的叶子，要把这气味揉掉，总是要揉很久。运气好的话，没有臭屁虫，却会遇着一只漂亮的天牛。它的黑色甲壳上散着星星似的白点，两根长长的黑白相间的触须在头顶威武地晃动,尖角似的一对大颚张合着。天牛甲壳光滑,力气也大,拿两个手指头紧捏着它,它会缓慢地扭动着,最后从你手里滑脱出去。都说天牛有多少岁,触须就有多少节。我们就摸着它的触须,一节节地数下来。真是奇怪,所有的天牛差不多都十岁。后来才知道那是游戏罢了。

夜里,人声渐息,卧在草丛里的虫子们欢快地唱起来,里头大概有蟋蟀吧。人走过去,它倏地停了,一走开,复又响起。这声音轻幽细淡,听得久了,不觉得是虫子在叫,倒像是草叶摩挲的回响。听着听着,不知不觉便睡去了。清晨若醒得早,会听见它们还在鸣叫。黑黢黢的蟋蟀,有时会跑进人家屋子里。到了夜晚,它就在一扇门背后拉起琴来。这时悄悄地走过去,拉开门,琴声骤然停了,门角落头蹲着一个小小的虫子,两根触须紧张地伸来伸去。

夏天的虫子里头,发起声来大概没有比知了更响亮的了。一片树上的知了连绵叫起来,人和屋子都仿佛浮在了叫声上面,忽然都静下来,人啊,屋子啊,又都落回地面。河边大柳树的树干上粘着空的知了壳,有人把壳采去,卖给收中药材的。我们在树下仰着头找知了,总是找不着,又分明听见它在这棵树上鸣叫。有在行的拿根竹竿,往枝条上只一抹,几个知了便飞起来,总有一两个正好撞进竹竿顶上的网兜里,就给套住了。可惜我从没有学会这个法子。有一天夜里,看见卧室的纱窗外面停住了一个黑知了,漆亮的头甲,薄纱似的蝉翼,就那么静静地悬在窗纱上,精灵似的。它忽地鸣叫起来,高响声破开夜色。鸣声未止,它已振翼起飞,不知回了哪棵树上。

拉封丹那首著名的寓言诗里,鸣蝉去向蚂蚁讨要冬天的食物。蚂蚁问它,夏天你做什么去了?它老老实实地回答,夏天我要唱歌,太忙了。蚂蚁不借给它粮,讥笑它:夏天唱歌,冬天不如去跳舞吧。虽说鸣蝉不见得占理,却也不大有人喜欢蚂蚁的嘴脸吧。其实夏虫大多活不到冬天,但拉封丹为它们说了公道话。你如果听过夏天的虫鸣,冬天也不该把它们全忘掉。

选自《山东文学》2023 年第 9 期,原题《虫声在野》

标　配
——螺丝刀

李振娟

作为最早进厂的老工人，父亲成天螺丝刀不离手。

闲来，他总是拿一块软抹布，从刀头起，一点一点、反复擦拭随身携带的那把蓝柄十字花螺丝刀。不大工夫，刀杆就锃亮得晃眼。浸透他汗水的手柄则仿佛裹了一层包浆，散发着温润的光泽。此时，父亲像品鉴古玩一样端详着擦拭一新的螺丝刀，像是自言自语，又像是说给我们听："当个工人多好。"

像20世纪60年代所有端铁饭碗的国家工人那样，在父亲心里，当一名工人，握一把螺丝刀，就能把前途和命运攥在手中。

平日里，怕我们拿螺丝刀闯祸，父亲出门时会把它放在两米高的老式大立柜上。可越这样，我们越稀罕它。趁父亲不在家，我和弟弟搬椅子踩上去取下它，撬地缝、撬墙脚、撬斗柜，见缝就撬，你撬我也撬，互不相让，常常就争夺起来，抢不过就哭就闹。家里时常因着螺丝刀乱作一团。自此，父亲干脆把它锁在红木箱子里。

多年以后，循着父亲的足迹进厂当了一名工人，我终于有了属于自己的螺丝刀。它红漆实木手柄，不锈钢刀杆，一字刀口，和我一直以来心心念念的螺丝刀一模一样，手柄红得亮眼，刀杆闪耀夺目，刀口锋利坚硬。师傅把它交给我的一刻，我心跳加速，脸颊涨得通红。我颤抖着双手接过它，如同见到朝思暮想的恋人，心里满满的，仿佛拥有了整个世界。

接过这把螺丝刀，我成为一个名副其实的工人。

初进厂里，一切都是新奇的，烟囱高得能够着云朵，料塔大得能容下一百辆汽车，就连缭绕在厂房上空的烟气也渺远得难以企及。上班时，裤兜里别一把螺丝刀，穿行在厂房、车间，犹如仗剑而行的侠客，神气极了。

我师傅赵永兴已经不声不响地带出十来个徒弟，他见惯了我们这些新入厂的小年轻："先让疯去。新鲜劲儿过了，心收回来，再来学本事。"

师傅每天到岗第一件事，就是握着螺丝刀为每一台运行的机器"听诊"。他趴在机身，把刀头对准空压机气缸，耳朵紧贴手柄，探测气缸里的动静。只消三分钟，他就能判断出气缸里吸气阀、排气阀、活塞环是否有恙。若是机器健康运行，他便收起螺丝刀，站起来伸伸腰杆，笑着夸奖机器一句："这台够皮实，够硬气，昼夜连轴转了半个月，啥毛病没有，好样的！"紧接着，他又趴在下一台机器上去听。要是气缸里的响声有异常，他的眉头立马拧成疙瘩，从左耳换到右耳、再从右耳换到左耳，如此轮番听上三遍，他的眉头舒展了，当即开出"药方"："气缸活塞环断裂，碎屑在里面砸缸，马上准备停机检修！"他收起螺丝刀，神情肃然，胸有成竹，仿佛一个医术高明的专家。

照此"药方"，师傅带领工友们停机，打开气缸盖，果然，核桃大的碎铸铁块七零八落地沉在缸底。我惊呆了，叹服师傅技术高超之余，也惊叹螺丝刀的神奇妙用。

这天，我独自拿着螺丝刀进机房，学着师傅的样子，刀头对准空压机气缸，耳朵紧贴手柄，仔细地听。然而，十分钟过去，我的耳膜被震得嗡嗡作响，耳朵里除了活塞往复运动的隆隆声，别的什么也听不出来。

工闲时，我们围一圈听师傅讲厂里的过往。平时在机房，师傅总是板着一张脸，眼睛直盯盯地望着机器，大伙儿搭句话很难。今儿趁师傅闲着，我忍不住问了疑惑许久的问题："师傅，都是一样的螺丝刀，一样的听法，为啥您一听一个准，我的耳朵都快给吵聋了，却没听出啥名堂？"

师傅一听乐了："呵呵，莫急，也急不来。学技能和学医是一个理儿，得先把机器构造和原理吃透，书本上的要啃，干活也要动脑子。等把机器好好侍弄上几年，你们拿螺丝刀听响动比我还拿捏得准。"

我也要成为师傅那样的老把式。

一到班组,师傅前脚拿着螺丝刀踏进机房,我后脚跟上。在每一台机器身上,听、摸、看,边学边干。班组空压机维护保养实行包机到人,包给师傅的1#、2#、3# 机身上,一丝纤尘在也无处藏身。我也学师傅,把包给我的 5# 机,用抹布擦了又擦,一个犄角旮旯也不放过,让它始终以洁净的面貌迎接每一天。

20 世纪 90 年代中期,师傅要退休了。这天和往常无数个日子没有什么两样,机器轰鸣声响彻生产区,大伙儿在厂区忙忙碌碌。我走进班组,工友们都围在师傅身边说着厂里三十年来的往事。师傅穿着蓝色夹克衫,瘦高的身影在一群穿劳动布工作服的工友中尤为醒目。这一刻,我才发现师傅老了。他头发花白,黧黑瘦削的脸上一道道皱纹清晰可辨,言语动作都明显地迟缓了。望着师傅被岁月侵蚀的面容,我心里陡然涌上一股酸楚,昔日那个硬朗汉子是从什么时候开始悄然老去的,我竟无从记起。

师傅带走了一沓荣誉证书、工友朝夕相处三十五年的情谊、机器的呜咽,还有那把濡染岁月风霜的螺丝刀。走到班组门口,他握着我的手,将他的那把螺丝刀递给我,喃喃地说:"咱们那十六台空压机,以后就交给你了。"

走出班组,天色已晚。他推着自行车慢慢地走着,微驼的背影渐渐地消失夕阳里。

我捧着师傅交给我的这把承载师傅半生心血的螺丝刀,久久地伫立在暮色中……

2000 年以后,老师傅们先后退休。我们这一拨被工厂甜蜜的甘露哺育出来的工人,默默地接过师傅肩上的担子。

当我被新进厂的工人唤作师傅,当我拿起师傅交给我的这把螺丝刀走向轰鸣的机器时,一种使命感油然而生。

选自《朔方》2022 年第 12 期,原题《工人标配》

我的"地下室"手记

何珈阅

"地下室"是一个怎样的世界

我从小听力极好，至少我自己一直这么认为。通过识别门外走近的声音，我就知道回来的是父亲还是奶奶，或者是一些离奇的生物到访。

我家住在南宁建政路上的一个老小区里，按道理来说它应该属于一楼，但它的天花板被上面的楼层挤压得极矮，长得高的人进来需得委屈他们弯一下腰，但是几乎没有什么个子高的人光顾过这里。很长的一段时间里，我就生活在这里，可我至今仍不知道如何定义它，是家，还是仅作为一个容身之处，就暂且将它称呼为家。

家里地势低矮，长年没有阳光，潮湿无比，不管是白天还是黑夜都需要开灯，但就算把灯打开，把黑暗驱赶尽，那种亮光仍是一种空洞的惨白，没有生机。这里虽然长年处于昏暗，却还是有几扇窗户，来自外部世界的微弱光线从这里照射进来，我们家的人从来没人想过要给客厅里的窗户装上窗帘，因此我们家的客厅是具有几分开放性的。窗户外是一条小巷，附近有两所学校，每天都有拥挤的人潮从我家窗前路过，常有稚嫩的好奇者往窗户里探头，朝着黑暗天真发问："这里面是什么地方？有人住吗？"奶奶不舍得开灯的时候，我就身处黑暗中，清楚地看着这些对一切都充满好奇的小孩，他们却看不见我，这种时候我就觉得自己像被圈养在动物园里的猫头鹰，在黑夜里睁大双眼，与光明无关。曾请过几个小同学来我家做客，其中一位同学在踏进我家门时发出惊叹："哇，你家住在地下室啊！"她像在游览一个深不见底的溶洞，南方喀斯特地貌下的产物。这句话似乎给我们带来了某种重创，同学走后，奶奶对我说，不要再请别人到我们家来。

时间也只是在无知和黑暗中肆意流淌，小时候并不知道苦是什么。住在"地下室"的那段日子里，因为视觉被削弱，我的听觉好像愈发敏锐。也可能是"地下室"比我以前所住过的家更加幽深安静，尤其是关上灯之后，"地下室"更像一个矮小低洼的山洞，那种可以向深处探索的遥远黑暗和幽僻是与山洞无异的。南方的山洞里常有蝙蝠、鸟穴，还有一些不明缘由的水滴声，我家毕竟不是山洞，但还是常有各种动物光顾，准确来说是各种虫类或者爬行动物，苍蝇、壁虎、蟑螂、飞蛾、蜘蛛，还有从下水道里钻出的老鼠，这些动物都深深浅浅地啃掉了我童年的几个角，但我从来没想过要找它们算账。

夏天常有暴雨突袭，每到这种时候，飞蛾啊，苍蝇啊，各种小飞虫啊，就来到我家做客，有的虫子比较麻木，不善逃脱，我就用矿泉水瓶将它们一个一个装起来，观察它们作困兽之斗，但更多的虫子是打不完的，只能等待暴雨消退后它们自己离开。有段时间，"地下室"里老鼠泛滥成灾，"吱吱"的老鼠叫声从四面八方席卷而来，从洗手池的下水口，从厕所的便池。这种声音尤其刺耳，像在挠你的心，一个人在家的时候这种声音尤其响亮，它们的叫声让我感觉"地下室"是老鼠的，而不是我的家。最惊悚的一次从厕所坑里爬出来老鼠，那时我正要踏进厕所，就撞见了一只湿漉漉的瘦小灵魂，它来自漆黑的下水道，带着那个神秘世界的气味，逍遥自在地闯进人间，而我每一根发丝都充满恐惧，立在原地不敢动弹。后来它到底去了哪里，是打道回府还是蹿进了我家中，记忆就这样凭空消失掉了，我怀疑那段记忆就是被老鼠啃去了。自那以后，我每次上厕所都会紧张地盯着那个深不见底的洞，随时做好提起裤子撒腿就跑的准备，情况紧急时还须省去提裤子这一个环节。再有一天下午，我一个人坐在房间里盯着水泥地发呆，又见胆大包天的老鼠一个大跨步就跳进了我的房间，在我还没有反应过来之前，它又原路跳了出去，不知道是不是那次厕所偶遇的那只，不过印象中的这只毛色更浅。老鼠们总是这样来去匆匆，不知所终，从来没有问过我们的意见。

再后来，我就患上了老鼠幻觉症，这是我自己取的名字，这种病症所出现的区域仅限于这间"地下室"，它常常使我觉得下一秒就会有一只老鼠出现在我的眼前，也有可能是成千上万只。我家的大门是那种用料稀薄的木头做的，这种老式的门看起来弱不禁风，现在已经不常见了，门下一角已经不知为何变得残缺，透着稀碎的风和光。曾有一段时间，我总是能听到一股神秘力量汹涌地推动这扇门而发出"砰、砰、砰"的声音，时断时续。一些侦探小说的阅读经验让我一度怀疑是哪个不怀好意的人在撬动我们这扇破旧的门，可是我们家里既无金银，也无财宝，只有许多从旧货市场淘回来的二手书。当我独自在家的时候，它就变成了魔鬼到来的敲门声，每一下都在加深我内心的恐惧，这种恐惧比从厕所坑里钻出来的老鼠还要有震慑力。除我之外，其他人好像从没在意过这个声响，它仿佛变成了全世界只有我能听到的声响，这简直恐怖至极。转眼几个月过去，这个声音仍时不时朝我的家门发起冲击，我突然醒悟到这个世界上应该不存在一个如此愚蠢的小偷，用了几个月时间竟打不开一扇弱不禁风的门。后来，我偶然间看到门下有细碎的木屑，我终于意识到那个残缺的角应该就是老鼠的杰作，我深深叹一口气，那让我魂牵梦绕的老鼠。我不知道离天堂最近的地方是哪里，但离地狱最近的地方一定就是我们家的"地下室"。

书页翻动的声音

最开始，"地下室"里没有电视和电脑，更别说智能手机，在互联网已然飞速发展，世界上的每一天都在千变万化的时候，我却跟世界失去了联系。因此每当听人谈起那几年外界所发生过的事情，时下流行的音乐、新闻事件，哪国新上任的总统，我的脑海却如迷雾般茫然空白，搜索不到任何有关的记忆，我感觉自己应该是从这个世界上消失了一段时间。缺少了一个人的参与，世界仍在照常运行。

在腐朽空洞的黑暗中，似乎唯一能做的就是读书了。而读书是另外一个世界。

坐在那张低矮的床上，我佝偻着身子一一翻阅着童年的书。最初，我像所有同龄人那样阅读活泼俏皮的儿童读物，童年的时光似乎就应该用儿童文学来慰藉。直到我在新华书城里发现了比《淘气包马小跳》和《猫武士》更精彩的世界——推理小说，我才找到了属于自己阅读的方向，真正与书籍建立起紧密的联系。推理小说的世界是复杂而奇妙的，只身走在那些空旷的庄园、狭小的密室，我遇见这些房屋的主人福尔摩斯、波洛和御手洗洁，他们朝我挥手致意，邀请我走进他们的世界。他们逻辑严密的思维和独特的个性跟我没有半点相近，却像磁铁般吸引着我。我紧紧追随他们的脚步，走到悬崖边、孤岛上，看他们在黑暗边缘挣扎，用智慧化解险恶的困境。

自那以后，我一发不可收拾地迷恋上侦探推理小说，那段时间几乎是我人生中阅读量的高峰。缩在狭小的房间里读书，书里的兵荒马乱、刀光剑影，衬托得我周围的世界异常安静，甚至我的老鼠幻觉症都有所减弱，听不到老鼠的叫唤，只隐隐听见心里有一双翅膀在微微振动。因此，黑暗和独处的恐惧也算不上什么了，书籍渐渐把黑暗填满，老鼠在我的脑子里已经没有一席之地，替代它们的是探案、推理和谋杀，黑暗可以拯救黑暗，那些阴森的故事一度带来了我内心的光明。

父亲说，那间地下室蕴含着巨大的文学能量。我深以为然。常常半夜路过父亲的房门，捕捉到从门缝透出的一丝光亮，听见书页翻动的声音，我知道那是父亲仍在秉烛夜读。小时候，父亲整天与工作为伍，没有时间管教我，但他对我的影响仍是潜在而深远的，就像是深夜从他房间里露出来的光线，我从一片黑暗中伸出手指，要去接着这道无法触碰的光。

"地下室"离南宁的旧书市场不远，那个时候，去旧书市场淘书是我们父女俩共同的喜好，旧书市场在唐山路，幼时不知道唐山是何意，只觉名字听起来颇有一种侠义豪迈之风。虽是卖旧书，旧书市场的布局仍井然有序，放眼望去有书摊无数，地面上铺开一张张宽大的蛇皮袋，上面整齐地摆满旧书，行人路过，各自挑选，喜欢就蹲下翻看，不喜欢便自觉放回原处。偶尔飘进几片落叶，路过几只蟑螂和爬虫，老板或毫不在意，或用蒲扇拍打驱赶，然后坐回那张躺椅，继续悠闲地卖书。书店里的新书被锁在不见天日的屋檐下，而旧书不像新书那么高贵和娇弱，它们离地面和万物更近，有时还受到雨水的点拨，在阳光的斑驳下，它们平和地等待着每一个前来挑选的人。我十分庆幸南宁有这么一个旧书市场，它仁慈地收留了这个城市里囊中羞涩的读书人。不是每个城市都能拥有旧书市场，有的城市只有高高在上的书店，充满崭新的油墨气和傲气。

每一个摊位的书几乎都不一样，新旧程度也各有不同，老板一般按照书籍的新旧和标价来卖书，有时候他们也不是那么坚守原则，只需动摇他们几下，几块钱就能买到一本心爱的书。父亲在这里淘到过不少好书，即使破旧不堪，他也视若珍宝。偶尔也在旧书摊上发生过令人啼笑皆非的事情，父亲竟在茫茫一片旧书中发现了自己刚出版不久的散文集，惊讶之余，他又心生疑惑，以为自己的书几经周转被倒卖至此，贬值程度如此之快，然而打开一看竟是纸质粗糙、错漏百出的盗版书，父亲对此哭笑不得。后来，大概是出于对自己劳动成果的尊重，父亲买走了自己的这本盗版书。

也是在旧书摊上，我接触到了更广阔的书籍，从推理小说中暂时抽出身来。父亲从一堆旧书中抽出了一本黑白封面的书，递给了我，说这位年轻作家笛安的书值得一读。书的封面看起来神秘伤感，白色的云层上散落着不知名的塑像，中间围绕着一个巨大肃穆的十字架，灰暗的天空中浮现出书名《告别天堂》。后来，我几乎读遍了笛安所有的书，每一本都是在旧书摊上所得，每一本也都是在那间昏暗的"地下室"里读完。也是从阅读笛安的文学作品开始，我慢慢开始读文学杂志，认识到更多活跃在文坛的作家。

读书这个词在我的心里一点点开阔、明亮，微弱的光线幻化成闪烁的光斑，振动的翅膀从地下室来到了不可思议的草原，我从没去过草原，但我曾在心里种下一片草原，它汲取书中微薄的露水，一寸一寸地悄然生长。

选自《中国校园文学》（青年号）2023 年第 9 期

物候记

立 冬

葛水平

壹：冬天是一个说闲话的日子

农家院墙上有一排铁钩，上面挂着犁耙锄锹，一年的生计做完了，该挂锄了。庄稼人脸上像牲口卸下挽具似的浮着一层浅浅的轻松，农具挂起来时地收割干净了，阔亮的地面上有鸟起落，一阵风刮来，干黄的树叶刷刷刷刷往下掉。

入冬，落叶、草屑连同所有轻飘的东西都被风刮得原地打转。

早晨和傍晚，落叶铺满了院子，还有街道，远处重峦叠嶂的山体恰似劈面而立的一幅巨大的水墨画屏，霜打过的红叶还挂在一些干枝梢上，怕冷的人已经裹上了冬装，袖住了手。

秋庄稼入仓，那些留在地里的秸秆和茬头堆积在地当央，火燃起来时，乌鸦在飘浮的灰烬中上下翻飞，它们在抢食最后一季逃飞的蠓虫儿。天气干爽得很，空气就像刚擦洗过的玻璃窗户，乌鸦的叫声，拨动了人敏感的神经，孩子们追逐着乌鸦，他们想把乌鸦驱赶往高处的山上。每个人手里都拿着一把长条竹竿，那些抢食的乌鸦在孩子们的驱赶下飞往远处。谁家的马打着响鼻，河岸上未成年的柳树是挽马的马桩，青草在入冬之前衰败，如一层脱落的马毛，马干嚼着，不时抬头望着热闹的人群，马肚子里装了村庄人所有成长的故事，每个人的故事马想起来都觉得好笑。

要立冬了。一个知道季节的人牵着他的毛驴走在村庄弯月形的桥上，他要翻越山头去有煤的地方驮炭，冬天，雪就要来了。

村庄里的铁匠铺热闹了，家家户户提着农具往铁匠铺子里走，用了一年的农具需要"轧"钢蘸火。用麻绳串起来的农具扔在铁匠铺的墙角，大锤小锤的击打声此起彼伏。取农具的人不走了，送农具的人也不走了，或蹲或坐，劣质香烟弥漫着铁匠铺。轧好钢的锄头扔进水盆里，一咕嘟热气浪起来。龇着牙的农人开始说秋天的事，秋天的丰收总是按年成来计算，雨多了涝，雨少了旱，不管啥年成，入冬就该歇息了。

冬天是一个说闲话的日子，冬天的闲话把历史都要揪出来晒两轮儿。

村庄里的土狗聚集在铁匠铺，狗打闹着，有公狗抬着没有重量的蹄脚架在另一只母狗身上搭讪，追来追去的，按照自己的意愿去做事。周边围着的狗极骚情，个个都是情场老手的模样，而母狗极享受地接受它们暧昧的挑逗。铁匠铺子里的人望着这些畜生，极有情意地笑。村庄里的闲话一下又拐到了另一件事上，说土地，说人吃地一生，地吃人一口，土地不动声色年复一年，还是老样子，人都几茬了。

生产队长从门前走过，铁匠铺里的人喊了一嗓子："立冬该唱一场戏了。"

队长站在铁匠铺门口眯着眼望门里，谁说下的立冬就该唱出戏？有人答应说，早几年唱过，自从你当了队长就不唱了，小官也得为民服务对不？一群人起哄说，小队干部是国务院最低一级领导机构，怎么能说是小官呢？生产队长突然意犹未尽在想什么，初冬的太阳再能巧也难把积累了一个夏天和一个秋天的茂盛抚平整了，铁匠铺里的人突然发现队长的脸上皱起了笑，听见他说：咱就重拾庙会给老百姓唱回戏吧。

快乐来得直接，所有铁匠铺子里的人来不及回神，门口就只剩下空荡荡的阳光。

贰：雷霆雨雪皆是恩情

暗夜里下了立冬前第一场雪，没有一丝一缕的风，下雪天真是安静。

透过玻璃窗格看外面，细碎的声音灌入耳膜，天光把人的目光迷幻得很虚，地上有些微的光，雪把村庄里的人心揪了起来。雪可是不能下得太大了，不然剧团进不了山，唱戏的事情就要泡汤了。

"好大的雪啊！"应了这一声喊，左邻右舍，家家户户接连不断哐哐当当把门打开，一时间便有了更多的惊叫和惋惜。一些人开始往大场上走，大场上有一座舞台，舞台前大雪纷飞。

"雪大了。"说话声比往日压得瓷实。

中国乡村，除了那些藏在沟里的山庄窝铺，"村"或"庄"，几乎都修有戏台。因为"娱神"的缘故，村庄都有自己的庙会。民间一直把"神"看得很高，爱着，敬着，怕着，哄着。神不过是无数人的一个不言语，却"娱"得喜怒无常。神住在村庄的寺庙里，戏台大多建于寺庙神祠之内，多是坐南面北，对正殿而建，戏台下一般有高低不等的基座，以方便神平视观赏。神啊，离谁都很远，离谁都很近，和富贵贫穷都有着深刻的沉默关系。

神管不了天，天很有耐性，雪整整下了三天，雪已经铺絮得看不清万物。

队长站在舞台上说，不是小队不舍得出钱，是老天罢工了。

雪看上去有一尺厚，村庄里的人哀巴巴看着雪。雪住时，男人们急不可耐扛着笤帚来扫雪。雪很轻很软，扫起来不费力气。人们一边干活一边高高低低说着话。从舞台上放眼望去，被雪覆盖后的重重叠叠的大山，白花花一片，天地一色。扫雪人身上似乎涨满了力气，雪屑在空中旋转飞舞着，不知哪个提议去扫山路，扫开山路就能唱戏了。山里人的鼻子、耳朵、脸蛋冻得通红通红，头发里冒着热气，看上去每个人头顶都顶着一团白气，如同私属的神降临。

大人和孩子们疯子一样从村口开始往山外清路。不知谁裤口袋里装了一台袖珍收音机，黑壳，大小不过半手掌，收音机里播放着地方台，一开始播放的声音嘈杂不清，大家注意力就不集中扫雪了，盯着收音机等，拧着就出来了地方戏。

有人破喉咙沙哑嗓子跟着吼："清早起，堂鼓响，王朝马汉站两旁！"

吼戏人额头青筋暴突，脖子伸得很长，嗓音破得苍苍发毛。一个雪团子打过来，正好打在吼戏人的头上，扫雪人们乱作一团，有人觉得这样下去不是扫雪，是打雪仗，建议分段扫。分配到山顶上的人二话不说，"呼哧呼哧"踩着雪走了。

晚夕时分，路上的雪净了，走回村庄的人们一个个都比往常生动鲜活。女人们端了簸箕拿了笤把领着娃娃们出门碾谷，路一开，就要唱戏了，几年不遇的好事，亲戚朋友都要来看戏了，碾米磨面，那是要坐鏊子炸麻花呀。

乡下的好，明清建筑高门大院是一个好，叽吵打逗呼儿唤女声挑动屋脊也是一个好。有戏唱必然是集会，村庄的石板街道两旁搭满了棚子，卖饭的，卖菜的，卖农具的，卖杂货的，理发刮脸点痦子的，密实实排过去。出日头时，赶会的乡下人面孔绛酡，劳动人的双手满是纵横的纹理，吆喝声结实有力，像练过嗓子的演员，热闹掀翻了以往村庄的寂寞。

几年不见的冬日庙会像捻子一样被点燃了，热闹稠稠的，能把寂寞了大半年的村庄喝饱。

叁：严肃在简单的民间是犯忌的

从小生活在村镇的那一代人，回忆起从前的日子来那是有许多说道在嘴边等着。

每一个节气到来都要先敬神。万物的本源，没有辽阔的土地，人们便会失去生存的根基。我们的上古神话有盘古化生万物，盘古以肌肉化成田土，用血液滋润大地，后来又出现了后土。乡民们开工动土时先要献土，土为"后土"。后土是谁？共工氏有子曰勾龙，为后土。因为共工氏统治天下时，他的儿子能够平治九州的土地。后土有凭尊贵和功劳享受庙宇的资本。乡民院子里的天地坛窨子由专门工匠造就，大户人家的都设在自己正房的门脸前，有的设在进大门处，有石雕和砖雕样式。拜祭地神与拜祭天神是对应的，天地合称为"皇天后土"。

作为司农神的后土神，常和土地的出产物——五谷神合在一起祭祀。谷神最早祭祀的是"稷"。《风俗通义·祀典》说，稷者，五谷之长。五谷众多不可遍祭，故立稷为代表。在交通不便的方国之中，人们对农作物的需求是一致的。敬神是护佑来年风调雨顺，看戏是农民与金钱无关的耳福和眼福。

台下人头攒动，是一张张凝神上望的脸，台上，生旦净末丑，正演绎着一场场沧桑岁月的人生大戏。历史上可真有这样的事啊，那些千真万确的不同寻常，留得住生，留不住死，看戏的人开始为生欢呼雀跃，开始为死悲从中来。

一段哭腔唱得人心入骨疼，唱得好呀，戏到此时不是演了，是唱，是说演员的唱功，五音六律揪扯得人心战栗。一场接一场看，误了吃饭也不能误了看戏。戏在民间才具有一种生命的活性与通达，在庙堂，它永远只有表象审美的愉悦，而不能产生对生命本真的认知与省察。

此刻，台上关公手举大刀追杀华雄，从戏台上踩着锣鼓点一鼓作气追到台下。

两位演员在观看的人群中穿梭，那时节，这个胸前挂着鼓，那个臂弯上挂着锣的乐队跟着他们，有一下没有一下敲打着，关公斩华雄绕场子边打边跑，一时又跑到了场子外的街道上。

鸡们狗们家畜们欢实起来，有老者站在村街的路沿上，下巴颏一翘一翘嘴张着笑不出声来，笑在肚子里乱窜，搞得他们压腰叠肚难为情。

一群大小娃娃跟在后头，走进村街，关公和华雄沿途随意抓取摊贩的瓜果梨桃，边吃边打，虽看得人几番心惊肉跳，如鲠在喉，却又几番眉舒目展，万险尽释。戏剧喜欢佳人越格，小生逾矩，关公和华雄偶有偷鸡摸狗，摊主反倒笑逐颜开地再扔一些吃食过去。孩子们抢食关公和华摊丢弃在地的果实，抢到手的满面春风叫着喊着兴奋着追逐着。娃娃们横晃着膀子挤着缝隙站在演员前面，两张挂了油彩的脸齐齐对着娃娃们，吓唬他们，要杀人啦！娃娃们呼呼四散，敞亮的空地上，把历史演得玩儿似的轻松。

敲锣敲鼓的，不时加重锣槌吼一声，此时打斗到了戏台下，跑得满头冒汗的关公和华雄重新登上戏台，关公大刀挥舞，斩下华雄首级。

民间剧团就像一个走街串巷，流动的表演群体，演员与观众融为一体，演出气氛高潮迭出。表演者和观看者相互追逐，村子有多大，戏台就有多大。

通看《三国志》（包括裴注），提及"华雄"这个名字的只有一处，出现在《三国志·吴书·孙破虏讨逆传第一》里，确切地说是在孙坚（破虏将军）的传里，只一句话："坚复相收兵，合战于阳人，大破卓军，枭其都督华雄等。"说的是（梁东一战后）孙坚重整旗鼓，在阳人大败董卓军队，杀了董卓的都督华雄等人。显然，华雄是因为被孙坚的军队打败而被杀的，虽然具体是谁下的手不得而知，但绝对不可能是并不在孙坚军中的关羽，甚至极有可能真正的华雄终其一生也与关羽毫无瓜葛。

戏剧对历史的贡献最重要的一点是戏说。民间奔田地，奔日月，奔前程的普通人，能知道多少历史中的事情真相。看戏看热闹，热闹中那些非分之想，闭眼、睁眼、醒着、梦着，黄尘覆盖着村口大道上，一出戏明晃晃亮过来，历史中的真真假假对后来人没啥坏处，那就娱乐吧！涂脂抹粉，更换各种鲜亮的戏装，放开喉咙的歌唱和扭动肢体的要弄，民间没有严肃，严肃在简单的民间是犯忌的。

谁见过这样的演出！无论过去还是现在，走至村口的人都要愣愣站站，步子里显出几分怀念，盼一个节气到来，一场戏开始，不光是人，鸡了狗了的，都盼。

肆：把寒冷的冬天过成一个温暖的期许

乡村的戏台经历了完整的嬗变过程，它是热闹的中心，于平淡平常之中系着撕心裂胆、揪肠挂肚的乡情。要说什么地方最能体现乡村的味道，肯定是戏台。只要唱戏了，生活就进入了最饱满最疯癫的时刻。很多人平常想不起来，在你就要忘掉的时候，一转身却和他在戏台下碰面了。天涯海角走远的家乡人，到了过会的节点上，再忙也要找一个借口，回乡看戏去。回乡看戏，啥时候念着了，心吊在腔子里都会咣咣响。

一场戏结束时，冬天真正开始了。

村庄成了灰麻雀的世界，它们把饥饿和焦躁嚷嚷得满世界都知道。冬至将至，"交子"之时的"饺子"家家户户都要吃，这意味着冬天就要开始了。一九二九不出手，三九四九冰上走。北方的乡村在冬天像一场黑白电影，而在生活中交谈的人们，无异于在重复讲起从前每一个立冬时节不一样的戏班子，不一样的演员。乡下人，对戏台真是太热爱了，每每忆起，那些核桃皮般的脸上总会漾出一片十八岁春光。女人们在冬天里看不得男人闲着，日常生活中会施以对他们的一些小惩罚，女人们总喜欢制造一些生活的叽吵打闹，喜欢在冬天里交出眼眶中的泪水和胸腔里埋怨。

柴烟延续着平常的日子，也用柴烟描绘着特殊时光。

立冬过后，旺盛的日子一天胜似一天，一直进入了腊月，腊月里的灶间少有消停，杀猪、宰羊、磨豆腐、买新衣裳，家家都忙乱得很。一个最大的节日在等着，那是一个样样儿不能落下并精心准备的好日子：年。

傍近年根，你到北方的村庄里去闻吧，翻过山头便闻见了肉香。"紧锅粥慢锅肉"，一锅肉从午后开始炖，一直炖到天色麻糊。不管孩子们多嘴馋多心急，大人们总是沉得住气，非要等那走外的人回来，非要等年三十晚才要吃那一口香。

人最大的本事就是把寒冷的冬天过成一个温暖的期许。

立冬是反映季节变化的二十四节气之一，我国古代将立冬分为三候：初候，水始冻；二候，地始冻；三候，雉入大水为蜃。蜃，蚌属。意思为立冬之后，北半球获得的太阳辐射量越来越少，由于此时地表夏半年贮存的热量还有一定的剩余，所以一般还不算太冷。

等数了九，北方的地是实冻了，村庄里的娃娃们就开始争抢着在河道里溜冰。有大人们在木板上缠绕了洋铁丝，没有木板坐骑的就从旧戏台上偷拆一块瓦片，厚瓦包着屁股蛋子从河道的高处溜下来，一河道奔逸绝尘的笑声。河道里有时候也会传来哭声，屁股下的瓦片碎了，支疼了屁股蛋子，那泪水不及时擦干就会冻成泪珠子。泪珠流尽玉颜衰，时间就这样走着，不可回溯地走着。山水里的气脉和时光里的表情，让人想起岁月的积累，一场戏把儿时的生活鲜亮地拉到眼前，会生出一种病叫"思乡病"。

得了相思病的人，面容一下子就会苍老许多。

伍：立冬，一个季节的驿站

一个节气就是一个季节的驿站。

我反复回忆那个冬天的夜晚，我是那个冬天里舞台上的一枚花旦，我甩着长长的水袖，我为我的故乡唱戏，为一个节气唱戏。

我的乡亲们从大地的深处缓缓走入，那样地不约而同，寒凉的空气里有尘屑擦着光照飞翔，暮色斑驳迷幻，一轮明月升到孩子们仰望的高度，远山肃穆，它凝聚着山外的声色犬马。一方戏台，一个腰肢纤细，头戴花冠，袭一件镶边水红绣花长裙，在戏台当中走台的女子吸引了山里人的眼眸。星光与夜鸟的鸣唱在彼此胸腔汹涌。那时间，我们觉得大地上的声音开始乱了，村口的老槐树黑黑地站在夜幕里，横杈上落着一层来看戏的乌鸦。

旧去了，走在灰秃秃的现在，辨不清蛛网密布的老庙内是否还有戏台在演戏，我站在现代文明的中央，四围尽是塌落的旧砖瓦，风物已是比不得昨日。上下八方，村庄都少了人烟，谁还记得老庙内的从前，谁还知道节气！一声老腔，突然地在一个什么地方响起，如同放逐的囚徒——咿呀！丝丝寒凉，余音袅袅拖拽得很长，很长。

那一嗓子的余音还缭绕着，我害怕一丝声息都会惊吓那些雕梁画栋上糟烂的木纹和色彩，有鸟扑簌簌直刺天空，巨大的空间，看不见的风在剧烈地运动，羽毛落下来，风是一种力量。

村庄，青砖地面，几代农人走过的脚印重重叠叠，大大小小，生命存活于瞬间真实，有多少节气走过了？我们在时光推攘的路上，谁又能够忍受得了时光的驱赶和道路的驱赶呢！

节气证明着一个古老伦理的世界——一群普通人安身立命的世界观，这种伦理朴素、直观，推己及人，父母乡梓之恩便是天下百姓之恩。思乡病，是中国精神中最珍贵的一脉，古老乡村之生生不息靠的就是它的精英们的这点根本之思。

与故乡同在者有根，根是家国天下。

回忆构造了一个世界，在这个世界里，回忆者是主人，而节气，是乡愁。

立冬，是一个怀心的春梦的开始，也是一个关乎人心的美好转身。

选自《都市》2023 年第 1 期

长尾缝叶莺

傅　菲

　　李伯给我三株黄瓜苗，说：这是白黄瓜，土种，口感脆爽，你拿去种吧。

　　收下黄瓜苗，心里犯嘀咕：种哪儿呢？确实没地方可种。院子是有一个，种了两棵柚子树、一棵梨树、一棵赤楠、一棵红梅、一棵石榴，还野长了一棵苦楝树，找不出种黄瓜的地方了。我搬了三个酒坛，放在洗衣房顶，挑了半天的泥填酒坛，种下了黄瓜苗。这个房顶好，无遮无拦，且与二楼外阳台衔接。我又去河边砍了三棵桂竹，搭了个瓜架。

　　我去了德兴。3月绵雨，记挂着黄瓜苗，担心被积水烂了根而死。凡是亲手种下的东西，我都会记挂。它们生长的状态，与我有关。也确实是，这个世界也没别的让我记挂了。4月5日是清明节，我早早回了家。每年的这一天，必在家。放下行李，就急匆匆上了洗衣房顶，瓜架爬满了藤蔓，还开了五朵嫩黄的花。一只长尾缝叶莺站在瓜架上，喊喊喊地叫着。

　　山麻雀、麻雀、白鹡鸰、棕头山雀、山斑鸠、鹊鸲、画眉、长尾山雀、白头鹎等，常在院子出没。尤其是在柚树和石榴开花的季节。它们啄虫，啄花，啄地面的饭粒。不知道是什么鸟，还在四楼屋檐筑巢。每年的8月初，雏鸟在屋顶试飞，拍得瓦片当当响。

　　山麻雀、麻雀、白鹡鸰不惧人，晒在石桌上的芝麻、绿豆、南瓜子等，它们也吃，人走到桌边了，才走。长尾缝叶莺见了人就呼呼飞走，落在石榴树上。有时又神不知鬼不觉地出现在面前，蹦蹦跳跳，在朱顶红的花钵上找虫吃。人抬脚走路，它又逃得无影无踪。

　　它生性胆怯、多疑、机警，对人始终保持警戒心。在红梅树上啄食，有人进了院子，它就隐蔽在叶丛。有时，和数只白头鹎一起来吃食，有时是只身来，有时是一对来，形影不离。见了人，其中的一只迅速发出报警声：喊喊喊。双双逃遁。它不与人亲近。不像麻雀，在我灶台上跳来跳去，吃箅箕里的饭。我在吃饭，麻雀也跳上桌面。我用筷子敲敲桌面，它跳跳，但不飞走。麻雀非常聪明，会察言观色，和猫狗一样。会察言观色的动物，在心性上，与人有部分相通。

扫墓回来，给黄瓜施肥。我抱一钵头发了酵的油菜饼，过二楼走廊，见一只长尾缝叶莺衔着棉花，站在瓜架的一根竹枝上，翘头四望，摆尾。我轻手轻脚地退回了房间。窗户对着瓜架，透过窗帘缝，观察黄瓜架，一目了然。瓜架的第三根横档下，一只长尾缝叶莺在织巢，已经缝出了巢基。长尾缝叶莺站在巢基，露出棕色冠顶和浅棕黄的尖喙。它在啄针眼。站在竹枝上的长尾缝叶莺，飞落在黄瓜叶，伸出喙，把棉花吐在叶筒（黄瓜叶被织卷了），喊喊喊喊地叫，摆尾，飞走了。

午饭后，天下起了小雨，淅淅沥沥。我坐在圈椅上，倚着窗户看长尾缝叶莺织巢。雨落在瓜架，滴滴答答。上层的一张黄瓜叶像一把油布伞，遮挡了在织的巢，雨落不下去。雨打在油布伞，滑走了，落进了酒坛。长尾缝叶莺用尖长悬勾的喙啄黄瓜叶，啄出针眼，勾线缝叶。另一只长尾缝叶莺在外阳台栏杆，上蹦下跳，像个顽童，快乐无比。缝叶的是雌鸟，找建筑材料的是雄鸟。在我屋之一角，它们过上了男耕女织的生活。

锁了去二楼阳台的门，我回了德兴。

5月6日，从上饶市回家。雏鸟已经长出了浅棕黑的绒毛，头有力地伸出，向巢外探头。一只亲鸟衔着食物来了，另一只护巢的亲鸟才飞走觅食。它们喂食间隔时间很短，只有三到五分钟。它们衔来蚱蜢，衔来蛾蝶，衔来菜虫，钻进巢口，塞进雏鸟的嘴巴。若是蚱蜢这样的大昆虫，亲鸟先把昆虫的头部嚼碎，再喂进去。四只雏鸟喊喊喊地叫喳喳，张开嘴，露出黄红色的嘴肉，乞食。

瓜架上，挂了七根长黄瓜，和苦竹棍差不多粗。有两根黄瓜已经褐黄了，熟透了。黄瓜白皮，长刺，是土种。夏季，黄瓜和辣椒都是我很爱吃的。香肠粗的黄瓜，就挂得更多。满架的瓜，只是不能去采摘了。越肥，瓜越多也越脆甜，瓤肉厚。长尾缝叶莺选择在瓜架营巢，也算是"瓜田李下"了。

在外形特征上，我分辨不出长尾缝叶莺的雄雌。在两个小时的观察中，我发现其中的一只亲鸟会及时清洁巢内卫生。雏鸟排出的粪囊，亲鸟啄起来，飞离巢十余米的地方扔掉，再回来护巢。长尾缝叶莺的巢很小，高脚红酒杯一般大，不及时清除脏污，会滋生病菌、寄生虫，也容易被天敌发现。它进化出了"特异功能"，白色的囊袋包裹着粪便，像用塑料袋打包垃圾，被亲鸟"提"走。衔在嘴里，看起来似破掉的鸟蛋壳。

第二天，凌晨四点二十五分，我就坐在窗前，静静恭候长尾缝叶莺起床。这时天已发白，但还没完全亮，后山青黛而朦胧。天空水洗过一样，瓦蓝而高远，透出稀白的光。山斑鸠开声叫了，咕咕咕，一声比一声高。四点四十七分，瓜架的巢口探出了一只鸟头，很好奇地左瞧瞧右瞧瞧，喊喊，叫了两声。喊喊，又叫了两声，飞到栏杆，摆尾拍翅，活动筋骨。它连续地叫：喊喊喊喊，喊喊喊喊。像在说：早晨多美好，幸福的事，就是可以迎接太阳升起。东边的天际有了淡淡的云霞，天空白朗朗。

院子里的鸟都叫了。怎么有这么多鸟在院子里夜宿呢？我哑然失笑。麻雀从厨房的瓦缝钻出来，白鹡鸰从围墙石缝飞出来。石榴树上，小鸟在树枝跳，移形换位。近处的田野，有了种菜人浇水的身影。拿竹筒的人，赶着牛去了山谷。我翻身，睡个回笼觉。

太阳落山，夕光消失，暮色下垂。大部分的鸟归巢了，唯有白鹭在趁最后的暮色航在田野上空。长尾缝叶莺在十九点十七分以后，归巢了。亲鸟和雏鸟挤睡在一起，没了声音。用手电远照巢口，亲鸟闭着眼睛，睁开一下，又闭上眼睛，身子一动不动。

6月3日，端午节。我早早回家。瓜架上，鸟巢还在，但空空落落了。打开通往阳台的门，我细致地检查鸟巢。

巢口被上层的一张黄瓜叶虚掩着，像一扇篱笆门。巢杯状，略倾斜，黄瓜叶被线缝得严严实实。沿叶缘约两厘米处密布着针眼，线是棉花或蜘蛛丝和极少的干草茎。长尾缝叶莺的喙，带有一个针尖状的细钩，在叶缘打孔，一个孔就是一个针眼。它的喙与爪可以把棉花、野蚕丝、蜘蛛网拉织成线。线绕上胸围一圈，确定线的长度，再穿针眼缝叶。叶是活叶，绿翠翠油青青，有弹性。缝了一条线，在针眼打个结，线不会脱落下来。缝了一个针眼又缝一个针眼。雌鸟站在巢基，日日缝时时缝。雄鸟四处寻找和搬运织巢物。

　　我用筷子伸进巢室，夹出草须、绒毛、细干草。

　　完美得令人叹为观止。巢，繁殖之所，庇佑之所。我想起杜甫的《茅屋为秋风所破歌》。杜甫有愿：安得广厦千万间，大庇天下寒士俱欢颜，风雨不动安如山。

　　长尾缝叶莺是鸟，不懂诗。假如它懂诗，它会自信地说：不要广厦，有茅屋就足矣。

　　它的茅屋是精编的，是自然界的高级工艺品，防水防潮防敌防风。大风破不了。暴雨破不了。它仿佛在告诫：既然是人，得会自己盖一栋结实、美观的房子，房子不在于大，在于实用，既要科学，还要美学。

　　鸟类营巢，有三种达到了登峰造极的地步：分布在拉美的棕灶鸟，产地在欧洲波兰的攀雀，分布在亚洲的莺科的缝叶莺。

　　棕灶鸟以黏土和草茎筑巢，巢口拱形，如拉美乡间古老的教堂。棕灶鸟以喙作泥刀，糊墙数万次，才筑出栖身之所。攀雀的鸟巢挂在高树之上的浓荫遮蔽处，外形似靴子，脚爪拉扯羊毛绒絮，形成数百米长线，反复缠绕树枝，固定巢位。巢外壁以羊毛纤维裹花序、柳絮，严严实实，只露出一个巢口。

　　长尾缝叶莺又名普通缝叶莺，是一种小体型的莺，棕顶冠而腹白，在南方分布很广，在海拔一千米之下的山林、丘陵、盆地等处常见。在村郊的庄稼地，在普通农家院落，在瓜地等处，也时常活动。它以虫为食，在"物资贫乏"的时候，也吃植物种子。它以阔叶营巢，如柚树叶、瓜栗树叶、女贞树叶、小姜子叶等，也以玉米叶、黄瓜叶、冬瓜叶等营巢。窗台上一钵无人照料的瓜栗，是长尾缝叶莺营巢材料的首选。

端午了，黄瓜产了最后一季。老黄瓜掏了瓤肉，糊在棕衣上晒了籽，留作下年的种。黄瓜叶渐渐泛黄了，瓜架上，开着零星的黄花。

黄瓜是易长也易老的植物，天暴热就死。我提了两斤陈年谷烧给李伯，以表感谢获赠黄瓜苗。李伯怎么也不收，说：几株黄瓜苗也是我种剩下，随手送，扔也就扔了。

我说，没有这三株黄瓜苗，我也不会种黄瓜，不种黄瓜，鸟也不会来我洗衣房顶生儿育女了。

哦，还有这么好的缘起。这酒得喝喝，下年还得种。李伯说。

生命是有缘起的。感谢给予我们缘起的人，感谢给予我们美好的缘起。

选自《散文》2023 年第 4 期

物候记

许俊文

　　物候最初给我的印象是神秘的，它远远超出我儿时的认知和想象力。譬如，村旁豆青河里红眼、红翅、红尾巴的梅白鱼，为什么早不来晚不来，偏偏在湿答答的梅雨天，一群一群地从洪泽湖赶过来。梁上的燕子也是，昨天还叽叽喳喳叫个不休，只一个夜晚便消失得无影无踪。还有旷野上的那些麦鸡，狗把它们冲起来，复返盈天的叫骂声，要多放肆就有多放肆，然而，一场白霜静悄悄地落下，就把它们的喉咙封住了。谜一样的物候。

　　小时候养过一种麻色羽毛的小鸟，这种鸟习惯把巢筑在阳坡的浅草地上，至于它们什么时候产卵、孵化幼鸟，则是一笔糊涂账，后来还是白茅提醒了我。初夏时节，地里的麦子抹上一层嫩黄，白茅抽出如雪的花序，小雏雀即将出巢了——物候就这么灵验，屡试不爽。再后来，我对物候的观察范围逐渐扩大，惊蛰蚯蚓翻浆，春分冬麦起势，寒露野蜂绕檐，在节律的轮回中，捕捉大自然的蛛丝马迹。自从开始写作，我便将自己对物候的观察所得写进作品，物候与文学攀上了亲戚。

　　早年戎马倥偬，脱下军装后又多次转徙，人生的轨迹飘忽不定，使我的物候观察时断时续。记得在苏鲁接壤地带当兵时，我连续多年在沭河边的一个固定位置，观察"初霜"与"解冻"，20世纪80年代初在淮水之滨记录芦芽何时破土、飞白，小蝌蚪需要多少天才能变成青蛙。可惜那些珍贵的观察日记都散逸了。但是，只要生活稍稍安定下来，我又从头再来——积习难改啊！

　　十四年前移居江南小城池州，住在牧童遥指的杏花村，我开始观察杏花。烟雨江南地，杏花要比我的老家皖东早开一周左右，早不了多少，也晚不了多少。让我费思的是，一株位于杏花大道老石油站门前的杏树，论树龄、土壤和附近的环境，与周围其他杏树并无差异，但它的花期要比其他同类提前两到三天，暖春也好，倒春寒也罢，年年如此。有一年的二月底，突然窜来一场风雪，我估摸那株早杏的花期可能要推迟了，谁知它竟像掐着时间赴约的情人。我翻翻往年的观察日记，只差几个时辰。一株杏树放在宏大、深邃而阴晴冷暖无法把握的时空中，居然能把自己的花期控制得如此精准，的确让我敬佩。然而，就像世上没有十全十美的人和事，那株年年抢着开花的杏树，果实却小如泥丸，成熟期也晚了许多。有了那株早杏做参照物，每至杏花季，外地朋友预约来江南看杏花，我会准确地报出具体日期。

一个人，并非出于职业需要，把观察物候这件无关生活轻重的事，断断续续延续了几十年，连我自己都觉得匪夷所思。也许起初只是出于好奇，继而引发兴趣，而兴趣这东西最靠不住，犹如烟花易冷，朝雾易散，你得不断地给它输入能量，渐渐形成积习。积习似一件用皮肤做的衣服，不是想脱就脱得了的。

家搬到远郊后，给我观察物候带来了许多便利。此时的我虽然老了，好在心无挂碍，有了更充裕的时间跟大自然相处与交流。新居悬在十楼，轩敞的西窗正对着"水如一匹练"（李白语）的平天湖，每天早上起来的第一件事，就是凭窗观湖。此时的湖很安静，我也安静。安静人看安静湖，那种感受是无法用语言表达的，相看两不厌，唯有平天湖，是有那么一种欲说已忘言的味道。

连续几年的观察，我对平天湖的性格、脾气已了然于心，有个什么风吹草动，都逃不过我的眼睛。比如，不用听气象预报，只需瞄一眼湖水颜色的深浅，水边芦苇摇摆的姿态，就知道当天刮的是什么风，几级。开始只是猜测，并将猜测的结果与官方权威发布的数据相对照，不到一年工夫，两者的数值几近吻合。大地上的一切事物，看似不可捉摸，变幻无穷，其实都是有征兆、规律可循的。比如风的量级，你可以通过对一株特定芦苇的长期观察，从它摆动频率、幅度的大小，感知风力。当然偶尔也会看走眼，那多半是光照和雾岚从中作祟。

现时，我的观察物已从杏树转移至他物身上。在湖的东岸，闲置着许多从农民手里流转过来而未开发的土地，给外来物种加拿大一枝黄花提供了可乘之机。三年前，它们还只是零星地点缀在本土草木中间，东一株，西一簇，彼此孤立无援，然而不出两年便一统江山，以压倒性优势奠定了物种的霸主地位。这种夷物，繁殖力和适应性特强，毁土占地，凡是成片生长的地方，土壤的营养被其榨取殆尽，本土植物压根儿就不是其对手。有关部门虽调集力量斩除过，但因对此物的物性不是很了解，总是不能斩草除根。我根据自己的观察，记录下一枝黄花的生长史，建议在它们开花后七日左右刈割，一来所有该开的花都开了，目标暴露无遗；二来趁其籽实尚未成熟，斫之断子绝孙。今年霜降前后，一场围剿一枝黄花的行动在关键节点上展开，一时间尸横遍野。

物候在大雁身上的表现尤为突出，而平天湖又是南迁候雁的驿站，自然也是我观察的重点。翻开观察手记，候雁的行踪一目了然：

2017 年 10 月 11 日 19 时，晴。初雁至。目测七八只。

2018 年 10 月 10 日 20 时，小雨。闻雁声，未睹其物。

2019 年 10 月 15 日 21 时，月色皎洁。雁始至。其阵横空，众，不可细数。

2020 年 10 月 9 日 18 时，阴，欲雨。雁自东北来，其声嘹唳，绕湖数匝，去。

2021 年 10 月 28 日 6 时，薄雾。短阵恍若孤舟，奋楫南行。

今秋大雁来得早于往年。10 月 3 日晚上我在湖边散步，清风拂面，秋意渐浓，第一梯队雁群便早早抵达平天湖，连续几个黄昏与夜晚，雁鸣声不绝于耳。这一次，它们留了下来，白天飞往西南的升金湖和长江的落雁洲，傍晚再回到平天湖。这种现象我还是第一次见到。雁恒自东北来，常往西南去，很少有返程的，除非个别体力不支或受伤的孤雁。相较于前几年，辛丑年的雁群明显少了许多，过程由此前的一个多月缩短为一周。我好生纳闷，难道大雁改变了南迁路线？

到了 11 月初，一股超强寒流席卷西北和东北大地，降下近百年同期罕见的大雪，远隔数千里的江南一夜进入寒冬。就在我将雁事淡忘之际，11月2日黄昏时分，数支超大雁群背负着青霜，凌空排闼而来。想必是追星赶月太急，体力透支过多，它们一见了空旷的平天湖，把与生俱有的警惕丢之脑后，欢叫着俯冲而下，像游子一头扑进母亲温暖的怀抱。在我写这篇文字时，时令已进入小雪，然而北方的雁群还在一拨一拨地往这边赶，嘎嘎的叫声响彻整个夜晚。夜半醒来，借着寒星的微光，湖面上起起落落的雁影依稀可见。

处在雁道上的平天湖是仁慈的，它默默地迎来送往，直到最后一支雁群离它而去。

物候里面藏天道。在大自然一次次的轮回中，感知每一种生命的花开花落。

选自《胶东文学》2023 年第 9 期

幸福的味道

小　七

剪羊毛

一位瘦小的男人，纠缠着双腿，沿着一条小径从暗绿色灌木丛中慢腾腾地走过来。越走越近，渐渐可以看清，他的胳肢窝下夹着一把半米来长的羊毛剪子。

他来之前，我已经找好两个强壮的年轻人，候在院门口。准备好，给他打下手。即便如此，当他站在我们面前的那一刻，还是吓了我们一跳。很明显，他喝了点儿。因为我们从他打招呼的口气中，闻到了葡萄发酵的味道。还有，在他的声音中，可以听出他的舌头有点大。眼睛呢，也潮乎乎的，眼角下方至脸颊处，毛细血管斑斑点点，泛着红。以他现在这个状态，给羊驼剪羊毛，我有点紧张。同时，我还担着心，万一吹来一阵风，把他吹倒了可怎么办。

往年给羊驼剪羊毛，必须找上两三个强壮的邻居，帮忙按压住羊驼，用粗绳捆住它的腿，再用麻袋罩牢它的头，才敢放手开剪。即便如此，羊驼时不时还会挣脱束缚，猛地跳起来，弄得大家慌了手脚。一般不搞上三五个小时，剪羊毛的事儿是不会完结的，并且，每次都会在它身上留下一些小的伤口，作为剪过羊毛的凭证。

五月，是剪羊毛的季节。给羊驼剪羊毛，绝对是我一年中最头疼的事儿。昨天傍晚，邻居哈森别克放出消息，说他已经联系到一位"方圆百里剪羊毛专家"来给我家羊驼剪毛。同时，哈森别克还打听到一些小道消息：这位专家，每次都是喝点儿才能进入工作状态。当然，他这么说，我们只当是一句玩笑话。

不过，说实话，眼前这位专家，一看便知是一位典型的牧人。虽然看着瘦小，却很结实，尤其是胳膊比一般人要长，上面挂着一双沉甸甸的大手。

"给羊驼弄过来！"眼前的剪羊毛专家好像有点不耐烦了，他环顾四周，身子前后摇摆着，原地转了一圈。当他目光锁定墙角的一块大石头时，便呸呸呸地往剪刀上吐起唾沫。接着，走过去，把剪刀摁在石头上，磨了起来。一边磨，一边用大拇指检查刀口是否锋利。

剪羊毛专家把剪刀从一只手换到另一只手上，抛起又重新接住。等他站稳之后，看了羊驼一眼，又看了看我们。"好吧，让开点！"他举起剪子，在空中咔嚓咔嚓空剪了两下，晃着身子扬了扬下巴，示意大家从羊栏的栅栏门前退开。

"啊？不用捆？"我们像是突然惊醒一般，手中提着绳子和麻袋，异口同声。

"捆起来？捆起来，我可怎么剪……"

话还没说完，他已从我们身边晃过，朝着羊栏走去。我们小心翼翼追随着他的目光里，早已露出担忧——怕他待会弄出一个笑话。"它的脾气大得很！不用绳子套住，它会踢死你！"他的身子依然摇摆，更加不耐烦地伸出手，朝我们做了一个停止的动作："我来嘛，就是来治它的！"很显然，他是让大家回避一下，方便他放开手脚大干一场。他心里一定认为，我们站在那儿，会严重耽误他的干活进度。

在我们的注视下，他推开栅栏上的小木门，走向羊驼。羊驼早就觉察出什么不对，陀螺般在羊栏里绕起圈子，还不时烦躁地朝后弹弹后腿，随时准备跳起来，把人踢飞。

这时，我的脑子里，更敲响了紧张的最高音符。我们不安地后退到栅栏最外围，眼睛依旧紧张地坚守岗位。

"波波波——"专家鼓起嘴，喉咙里发出"波波——波波波——"的声响。

突然之间，羊驼似乎放弃了逃跑的计划，奔跑的速度逐渐放慢了下来。接着，停在羊栏角落里。那光景，像是听懂了专家叫它停止的语言。

这时，就像把摇晃开关突然关掉了似的，专家的身子突然就不晃了。只见他吸口气，缩起他的双颊，对着羊驼端详起来，那神情就像是一个艺术家在凝视自己的作品。"好，我不仅要修短它的毛发，还要在前额弄出来一个卷曲的刘海儿，这种造型更有气质。"他的剪子又发出一声咔嚓的响声。"不过，这下那些城里的小孩可要把它看作是一个明星了。"

只见他从容地逮住羊驼脖子后面的毛，熟练地在它屁股上拍了下，嘴里又小声"波——"了一下。奇怪的是，羊驼在他的两膝间乖乖地卧了下来，看起来温驯极了。接着，他将脖子上的厚毛从中分开，将剪刀伸进羊毛底部。

呼呼的风吹过，能看到空气中悬浮起的毛渣。屋檐下的燕子喳喳叫着，啄木鸟不知在哪棵树上咚咚咚地敲着树干。我们立在栅栏边，彼此互望，交换了下眼神。接着，就静止着，像一张照片。

奇迹出现了。那羊毛，在专家手下就像切蛋糕，一块块掉落下来。而羊驼不但百依百顺，并且还像是脱去了厚重毛大衣，感受到流动空气中凉爽的舒适一般，很享受地眯起了眼。专家不时由喉咙里"波波"两声，似乎觉得轻松极了。我们呆住了，无比震惊地瞪着眼望他，想说的话僵在了嘴边。双眉也高挑着，几乎飞出额头。

这时，大家才突然明白，专家确实是喝了点儿，但只是醉到让他可以假装喝多了，因此表现出来的醉意是可以控制的。明白了这一点，我们僵硬的肌肉逐渐松懈下来，面带微笑，甚至还靠在栅栏上，看起了热闹。

脖子及后背的毛不到十分钟就剪完了。然后，专家又"波波"几声，轻拍羊驼的脖颈，羊驼站了起来。他盘腿坐在地上，羊驼依然配合着，几乎没怎么动。他开始修剪肚皮下面和腿部的毛。

"剪完了！"五分钟后，专家扶着膝盖，站了起来。在这一声"剪完了"里，我们明显听出"就这么简单"的味道。同时，他的眼里还闪过一丝调皮的神情。接着，他推了一把，羊驼欢快地冲到草地上，啃起了草。他拍掉身上的羊绒，又朝手心吐了下口水，搓去手上的绒渣。此时，这位专家身体摇晃的开关又打开了，恢复到来时的模样。"给它剪羊毛嘛……不是给它找麻烦……我干活嘛，是让它舒服！"专家大舌头的声音打破了寂静，"它和人一样……你们捆着它，包住它的头……它不知道你们要对它做什么，只能跳上跳下地反抗。"

我们像是突然清醒，顿时忙碌起来。跑着端热茶，拿热毛巾。由于跑得过急，我们的腿甚至绊到了一起，差点摔到栅栏上。

"这还算是事儿吗？"他摆摆手，摸一把脑门上的汗，"我可没时间喝那茶……库布西几百只羊等得着急……"说完，他晃悠悠地从我们面前走过。

有人说，专业剪羊毛的人，浑身上下散发着羊臊味儿，难闻得很。可我觉得，此刻剪羊毛专家身上的气味儿，像是以前老人们手捻毛线编织的毛衣味儿，不但没有羊臊味儿，而且让人还想凑过去闻一闻，深吸几口这暖暖的、可靠的、熟悉的味儿。

幸福的味道

我家的厨房与门前的水井以及井边的土地相连。水井往土地边延伸着，是一片石片铺的硬地。平日里，洗过的竹篮、案板、锅碗、筷子、汤勺都会摊在石头地上，在阳光下晒着，消毒。我还在石头地上搭建了石头炉子，冬季以外的季节，都是从地里收回食材，妈妈就坐在小木凳上，剥去干叶，掐掉沾满泥土的根茎，洗洗切切，直接用炉火加工。我都是用热水清洗碗筷，若非常油腻，难以清洗，就抓一把柴火灰去油。这些，都是能在土壤中分解，回归大地的东西。

九月，正是沉甸甸的收获与品尝美味的季节，是一年之中的富裕时刻，也是为即将到来的严冬做准备的季节。在扎特里拜大叔指导下，我在自己开垦的土地上种植的西红柿也已挂满枝头。我种植的是可熬西红柿酱的厚皮、果汁少的品种，方便冬季储备食用。

我和妈妈在宽阔的石头地上将摘下的西红柿洗净，满满地装在大木盆里。

用烧开的水浇之后，皮一撕就掉，再扔进锅里，在石头炉子上，小火慢慢熬煮两三个小时，成为浓浓的糊状物。冷却之后，装进玻璃瓶里。小库房里，整个货架都被番茄酱覆盖了。

有些邻居虽然不种植西红柿，但也会亲手做西红柿酱。这个季节，集市上有货车拉着大量熟透的西红柿出售，购买的人都是搬上两三箱回家。自己做的西红柿酱与市场上出售的，完全是两码事。自己做的，没有任何添加剂且不会改变食物原有的味道，做汤饭或是炒菜，挖一大勺放进去，入口时，酸甜味儿依然是夏季阳光下的滋味。

"这是什么味儿？"吃完晚饭，我和妈妈坐在厨房门前杨树的躺椅上歇息。当我将手臂伸展开，朝后仰去抱在脑后，深吸一口气之后，不由自主地冒出这么一句话。

正对着我的，太阳正在落下山去，天边还剩一些紫色的晚霞。瞬间，紫色褪去了，只见几抹深红色和淡粉色停在那儿。光线淡去之后，所有的颜色都融入了强大的暮色之中，融成一片暗蓝的夜空。

一刹那，院子里的南瓜、莴笋、花菜、豆角、葡萄、苹果，被突然亮起的太阳能户外灯铺上一层暖橘色。隔着充当院墙的旧木栅栏，可以看到，一个男人骑在马背上，身后母牛带着小牛崽慢腾腾地挪动，就像电影里的慢镜头。路边，几只母鸡背着翅膀，咕咕叫着，在土堆上刨食……目之所及，皆为丰裕。

一种味道，在头脑中盘旋，巨大而缓慢，如同宇宙。眼前，当下，一切，皆比你想象中的生活简单，又艰辛得多。无论如何，泥土加上汗水，勤劳加上阳光，坚定加上四季，就等于食物。这里，不需要工厂，不需要机械，不需要除草剂或者化学肥料。井边，竹篮里，黄瓜、西红柿、洋葱、土豆，堆积得满满当当。这么多蔬菜，在城里的菜市场得花多少钱？每天都得去买蔬菜，一年得花一大笔钱。

在这里，如此这般的丰裕，始终存在。在这里，我感到安全。世界上，任何事情都可以发生，金融危机、货币贬值、汽油涨价、经济衰退……但是在这里，至少我们还有食物可以果腹。一只蜜蜂从我眼前轻盈地飞过，落在栅栏外的金黄色雏菊上；隐在头顶杨树枝叶里的雀儿，争鸣不已。对于蜜蜂和雀儿，这里像是它们的能量加油站。对于我来说呢，在发现自然界的美妙与深奥，以及发现在自然界的平衡之中，竟然有我的容身之地时，我既惊喜又感动。

我的生命可真够充实的！这么多事待学、待做，这么多美好的日子有待享受，一天天过得可真够忙碌的啊！牧区的生活没有方便的医疗设施，却有着支持着我们身体健康的空气、阳光、生物……它们都是生态系统的一分子。我们并非孤独地在此生活，我们被它们包围和支援着。这里的每一天，表面上看，都是一样的。可对我来说，每一天都让我感到新鲜而新奇。每一个清晨，当农舍的门敞开，把阳光放进来那一刻，总感觉生平第一次经历这些——每一个崭新的日子，对我来说都是一个享受的过程！

十几年前，我离开城市，离开所有培养起来的人际关系——所有我认识的有相同教育经历、生活背景和兴趣爱好的人，离开我的工作单位，离开了我的办公桌。这些，虽然看起来微不足道，却是我赖以生存的唯一桥梁。离开前，我想了又想，我要么疯了，要么就是对的。可能性，各占一半。我所见到的人都不停地告诉我，你迟早会返回城里。只不过，他们提醒时，列举的案例有所不同。有位长者，把这事儿挑明了给我说。他说，十几年前，他认识一位企业家，很有钱，他拿出一百万来，想在乡村恢复一座游牧文化的老院子。结果，不到一年就落荒而逃。他说，一个民族的文化，哪有那么简单轻易恢复！类似的提醒，上演了很多次，无论哪种方式的提醒，都会给我增加焦虑感。

也许疯了和对的没什么差别。站在个体角度看问题，每个人都是对的。不管疯了还是对的人，都在黑暗中摸索着，伸出双手，寻找他们并不知道是否需要的东西。就看你，能不能坚持自己心中定下的目标，慢也好，步子小也好，是在往前走就有希望。十几年来，我从每件小事做起，珍惜每一个清晨，每一个夜晚，一步一个脚印，往前走。我无法用"成功"或"失败"来衡量这样的事情，我的信心来源于尝试一件又一件艰难的事情，不计结果。幸运的是，在这个发展极其迅速的时代，当人们甚至是一路狂奔，急于抵达终点时，我的行动很慢，一步一个脚印地朝前行走，这其中，最重要的是，我是否向着我认为正确的方向前行。

如今，我回头，从院落的大门往回看，真像置身图画中！一个未经雕饰的，通过自身劳作，用捡来的旧建材恢复的老院落，亲手恢复的代表游牧文化的石头老屋，满院儿的具有本地代表性的植物……我都不敢相信，这一切都是经过我的思想和双手收获的，而我早已融入其中，成为其中的一部分。"我想该是……幸福的味道！"瞬间，我捕捉到这几天在脑海中挥之不去的旋律。

对！是幸福的味道！

选自《散文选刊》（原创版）2023 年第 5 期

四时花木

王开生

搬出那座有院子的小洋楼，恍惚有些年头了。

那是一座靠近海边的欧式建筑，建于民国时期。院子说起来不算小，有前院，也有后院，遍植名树古木。前院的东侧，是两棵粗壮斑驳的老槐树，一棵树龄50余年；另一棵，似与小楼建造同时期所种，约有80年的光景，龙钟老态，已显颓势，歪歪倒倒的，往北一角斜去，幸有一只大铁架，勉为支撑。每至春夏之交，槐花满树，槐香盈院。季节海风吹来的淡淡的咸味，与洋槐浓浓的甜香气，交织成了小院的初夏畅想曲。也是白居易"人少庭宇旷，夜凉风露清。槐花满院气，松子落阶声"的现实版诗意图。

前院中央石砌的甬道，直直地通向楼前石阶。甬道两侧的行道树，是齐刷刷的龙柏。龙柏是常绿乔木，亭亭玉立，经风耐寒。靠西一隅，立一株晚樱，称之为双樱。每年春末，花枝繁茂，开深粉红色花，略显土气，气质上，逊色于早樱，即所称单樱。另植有一棵山茶，一株三角枫，两棵金桂。山茶也称耐冬，冬季开花，崂山太清宫里的"绛雪"，可称是山茶中的花仙子。金桂花开中秋，有高香气，穿透力极强；三角枫则在秋末最为出彩，金黄色，火红色，所谓霜重色愈浓。因花木花期的差异，小院可闻四时花香。

宁可食无肉，不可居无竹。无肉使人瘦，无竹令人俗。小楼的西南角，植有一大片修竹，微风摇曳，竹影婆娑，猗猗可人，各色鸟儿穿梭其间嬉戏。院中比较特别的乔木，是一棵分着三根树杈细溜溜高挑的软枣树。金秋时节，乌黑的软枣挂满枝头，招来诸多黑喜鹊灰喜鹊争食。在很长一段时间内，我并未注意，也不晓得这是棵什么树。更确切地说，我是从被喜鹊弄掉到地上的软枣粒,才发现这个秘密的。小时候,软枣和软枣糖球价廉,故能偶尔吃到,也有感情,一晃竟有三四十年未再见过。我弯下腰,捡起地上的几颗熟透的软枣,吹了吹,入了口,真甜!童年的味道再次萦绕舌尖。

更有野趣在后院,与前院面积大致相仿。其甬道两侧,一边是初夏着白色大花的广玉兰,开得大大咧咧;一边是海岸上常见的日本黑松。整个院落,以黑松的年岁最久,约近百年,其树干上的树皮若鳞片状,身姿挺拔、修长。后院一角,栽有两棵无花果,夏秋之交,果实累累,但大都成了喜鹊们的腹中之物。有一年,我气不过,弄了一张大网来,罩在树上。但我显然低估了喜鹊们的智商,它们想尽各种法子,照吃不误。

最吸引我的,是后院开垦的两畦菜地,分别种上了黄瓜、茄子、辣椒、韭菜、冬瓜、南瓜和红薯。黄瓜最宜生长,年年丰收,能连续吃一整个夏天,那真是实打实的绿色食品。黄瓜从瓜架上摘下来,在衣服上蹭蹭,即可空口而食,清脆甘洌。茄子和青椒则长得不太像话,完全是一副发育不良的样子,一年的收成,统共炒了两盘菜。韭菜的长势也不妙,韭叶比野草还要细长,更像薤。可贵之处是味道浓郁,远胜过菜市场所售之大路货。比较争气的,要数冬瓜,丰年时,结果十个八个很稀松,个头也大。比较麻烦的是,冬瓜长着长着,瓜蔓就爬到隔壁邻居院里去了。采摘时,有些心虚,倒像是偷别人家的果实。

现今的城市人住在钢筋水泥混凝土的建筑里,如同陶渊明所说的"久在樊笼里",向往着"复得返自然"的田园生活状态。小院中曾经那些看似寻常的春夏秋冬,愈发值得怀念和回味了。

鸟　们

在这里,每条道路都有属于自己个性的行道树。韶关路的碧桃,宁武关路的西府海棠,居庸关路的银杏,嘉峪关路的红枫,已成为这座城市标志景观。其中,尤以龙柏、雪松和黑松三种常青树年岁最久。山海关路9号的雪松,亭亭如盖，独木成林，树龄在百岁之上；太平角宋公馆庭院中的两行龙柏，树梢伸展，上成抱式，距今已有 140 年的树龄，比青岛建置的时间，尚要早上 9 年。八大关里，绿草如茵，花木葱茏，同样是鸟类的栖息天堂。

在此安家最久的是喜鹊。高高的树杈顶端，搭着一个个巨大的鹊巢，特别醒目，堪比一线海景房。偶尔也飞来一些灰喜鹊，凑凑热闹，数量上，并不占上风。

喜鹊之间是有岗位分工的。在大多数喜鹊觅食之际，总有那么一两只喜鹊，分别躲在两端树杈间，担任警戒任务。一旦见人靠近，立马"嘎、嘎、嘎"高声鸣叫示警，众鹊听到警报，赶忙松开嘴中的食物，一哄而散。警戒的喜鹊敬业爱岗，总是最后一个撤离现场，末了再"嘎、嘎"地叫上两声，收队。每每如此。院子里种的樱桃、软枣和无花果，是喜鹊们的最爱，每至果子熟至八成之时，鸟多势众的它们就早早地下了口。甜的，吃掉；不太甜的，糟蹋得谁也甭想再吃了。喜鹊的这副德行，看着很让人上火！

每年的农历七月初七，是牛郎织女相会的日子。民间传说，人间的喜鹊要在这一天，飞到天界上去搭鹊桥。说来也怪，我观察了好多次，七夕这天，喜鹊竟然出奇少。偶有几只，我想，该是被安排留在家里看门的。大千世界的好多事情，有时候真是说不明白。

另一类造访频繁的鸟，是斑鸠。斑鸠是国家"三有"保护动物。这里的斑鸠，多是珠颈斑鸠，脖子上似是戴着一串珍珠项链，气质高雅，走起路来挺拽，警觉性也高。叫起来"咕—咕—咕"，有些类似布谷鸟的叫声。山斑鸠偶尔也来。

如今建筑物的玻璃幕墙，或是玻璃透明反光时，常会给鸟类造成视觉错乱，带来间接伤害。一天，我正在窗前写东西，突然被"砰"的一声闷响，吓了一跳。抬眼一看窗外，一只山斑鸠重重地撞上了玻璃窗，瘫倒在阳台上。时值午后，估计是窗外的榉树反射到玻璃窗上，让它产生了飞行错觉。不一会儿，山斑鸠踉踉跄跄地站了起来，猛地剧烈地抖动了一下脑袋，一来可能是撞得有点头晕，清醒一下；二来也许在反思自己的眼力见儿之差，懊恼中。它瞧见了我，歪歪扭扭地慢慢向前移动。

暮春时节，院中平房有几扇大玻璃窗，半开着透风，不知怎么飞进来两只斑鸠。待我发现时，室内地上已有少许羽毛了，料是它俩已不止一次地撞击过玻璃窗，但就是找不到飞出去的门路。见我来，俩斑鸠显得慌乱无措，又扑棱棱地在屋里乱飞了几圈，白白又弄掉几根羽毛。飞累了，畏缩在窗台内沿上，哆哆嗦嗦，表情惊恐地斜望着我。老话说，但行好事，莫问前程。我打开大门，将它们放回了大自然的怀抱。也不知道这两家伙如今成家了没有，过得怎么样了。

如此来看，斑鸠多少有些傻里傻气的特质！

鸟儿争食，同样遵循丛林法则。我将一把小米撒在了窗外，几分钟的工夫，一只珠颈斑鸠飞了过来，四下警惕地张望了一会，独自享用起来。不多时，又来了一只黑喜鹊，犹豫着想凑上去沾光，珠颈斑鸠停下嘴，回身直扑黑喜鹊，黑喜鹊显然不是对手，败退到了一边，眼巴巴地张望着。增援过来一只黑喜鹊，两打一，珠颈斑鸠毫无惧色，再战再捷。两只黑喜鹊悻悻地溜达到一边，找松球吃去了。倒是几只小麻雀一度贴近珠颈斑鸠蹭食，斑鸠默默地允了。

黄嘴黄爪黑身的八哥，也常来做客找吃的。我喜欢八哥，源于中国画花鸟科的画家们，常喜欢用水墨丹青表现它。写意，工笔，兼工带写，稍远些的八大、虚谷、任伯年，近现代的齐白石、潘天寿、李苦禅，皆有精彩的作品传世。八哥的体形，显然远不及喜鹊，甚至不如斑鸠，故八哥多是独来独往，不与其他鸟一起抢食争吃，以食昆虫为主。

八大关小憩的诸多鸟类，还有戴胜。戴胜鸟头顶扇形的羽冠，长而阔。身体常见为棕红色，头侧和后颈呈淡棕色，下背黑色，杂有淡棕白色宽阔的横斑。外形相当漂亮，谁见谁爱。

戴胜姿色颇佳，却不像珠颈斑鸠那样高傲，它走起路来，有些憨憨的感觉。可能视力也不济，我慢慢靠近它时，它只顾低头在草地上找食，毫无警觉之意。

待我掏出手机，在触手可及的距离一通狂拍之后，它才抬眼看了看我，扭头而去，却并没有起飞飞走，又跳到稍远处寻吃食去了。戴胜的心真大！

我的窗外，曾有一棵六七十年树龄的高大榉树，超阔的树冠，枝繁叶茂，庇荫遮日。每至夏季，树梢上经常停满了各式各样的鸟类，叽叽喳喳，鸣噪不停。最多的一次，三四百只黄雀，济济一树，我从来没有见过这么多的同一品种的鸟，待在一棵树上。

八大关里的鸟，更多的我叫不上名字。他们时常飞来我的窗棂上，探头探脑，里外眺望。白头的鸟，彩色的鸟，杂色的鸟，林林总总，寒去暑至，你来我往。我喜欢观察它们，看它们在树梢上啾啾歌唱，在草地间啄食嬉戏，在此安家育雏。

选自《青岛文学》2023年第1期，原题《八大关野趣》

把春天抓住

徐 峙

春分一过，春天的下半场就开始了。你看，草萌萌地绿了，花次第开了，风变得柔和了，天空蓝得透明了，人的心也就蠢蠢欲动了。

"我把春天当国宝，因为北京的春天太短了，所有的季节都比春天长。让我们把春天抓住吧。"你的眼神里充满了渴望。

好吧，那我们去金海湖吧，据说，那是北京第一缕阳光升起的地方，据说，那里是一个可以深呼吸的地方。那里的春天，我们一定可以抓住。

汽车在山路间穿行，一重重的山、一层层的绿扑面而来，你瞪大了眼睛，生怕错过了任何风景。"金海湖！"你脆生生的声音喊出了那三个字。是的，金海湖就在我们眼前，群山环绕中，它荡漾着万顷碧波，像一颗蓝色的宝石，闪烁着迷人的光芒。

这么大的湖面，是怎么形成的呢？

"嗯，我想，应该是地震吧。"你有些不确定。

没错，是地震，只有大自然的鬼斧神工，才能造就这样雄奇的景象。清朝康熙十八年（1679年），平谷、三河发生了一次8级大地震，主震三个月以后，余震强度才逐渐减弱，有感余震延续了一年多。大自然的鬼斧神工让山川移位、岩石崩塌，从而形成了这壮观的峡谷。后来，人们以它为基础，修建起了金海湖水库。

不过，你的心思已经不在这里了，因为我们的双脚已经踏上了碧波岛，金海湖中最耀眼的明珠。远远地，你看见了那片草地，一直延伸到湖边，在阳光下，那么温暖，那么细密，像一块柔软的地毯，让人忍不住想在上面打滚，撒野。你忍不住自己的喜悦，撒丫子就奔跑起来，小小的身影，一溜烟就跑下了山坡。还没来得及提醒你"慢点"，你已经在草地上摔了个跟头。但你毫不介意，爬起来继续奔跑，迅速融入那片迷人的绿色中。

岸边，柳树已经抽芽了，一条条柳枝轻舞飞扬，绿得惹人怜爱。迎春花已经开了，一蓬又一蓬，这春天的黄金，黄得如此耀眼。桃花也开了，一朵朵挨挨挤挤，粉得绚烂。你像一只蝴蝶，一会儿飞到花丛中，一会儿飞到柳树下，一会儿飞到我面前，手里拿着一朵小小的桃花，嘴里念念有词：

"我要抓住柳絮，让它继续在春天飘荡；我要摘下榆钱，让它继续在春天生长；我要摘下桃花，让它继续在春天绽放。看，这朵花好看吧，我把春天抓住了。"

"你把花摘下来了，它还怎么在春天继续绽放呢？你把柳叶摘下来了，它还怎么在春天继续生长呢？"

"嗯……"你歪着小脑瓜想了半天，想不出答案，索性蹲在地上找起野菜来。你看到了熟悉的车前草，沿着河边安静地生长，椭圆形的叶片紧贴着大地，细长的花序梗伸向天空，那么平凡，那么朴实，却有着那么旺盛的生命力和诗意。"采采芣苢，薄言采之。采采芣苢，薄言有之。"几千年前《诗经》里的女子，就是在这样明媚的春光里，挎着篮子采摘车前草，清越的歌声和银铃般的笑声若远若近，随着春风漫过绿色的田野，漫过几千年的时光。你找到了地黄，它们生长在向阳的山坡上，叶子带着细细的绒毛，紫色的花朵像细长的喇叭，吹响春天的号角。还有紫花地丁，还有荠菜，还有艾草、蒲公英、芦苇……每看到一样，你就大声地喊出一个名字，好像挖到珍宝一般开心。

"哇，马齿苋，我最爱的马齿苋！"你小心翼翼地挖出一棵马齿苋，把它捧在手心里。"你看，马齿苋，它的叶子是青色的，梗是紫色的，花是黄色的，根是白色的，籽是黑色的，所以也叫五行草。它的生命力特别顽强，我把马齿苋带回家种在花盆里，这样就能抓住春天了。"

"马齿苋是一年生草本植物，种在花盆里也有枯萎的时候。当它枯萎的时候，春天在哪里呢？"

你再一次陷入了沉默。不过，这短暂的沉默不能让你停下脚步。你拿起一根树枝，蹲在水边戏水。这时候，成群的野鸭在湖面悠闲地游弋，各色的鱼儿在水里快乐地嬉戏，白色的沙鸥挥动着翅膀从天空掠过，磅礴的江河之气荡漾在金海湖的上空。你用树枝做标记，在水边做起了测量。"嗯，金海湖是水环绕的陆地，而不是被陆地环绕的水。上午湖水是退潮的，跟海一样。"

岸边的红土引起了你的兴趣。"这是红土，说不定有铁矿。"你用树枝挖起泥巴来，挖着挖着，你改变了主意，打算盖一座城堡。城堡还没盖好，身上已经沾满了泥巴。眼前，不时有小鱼儿游来游去，你再次改变了主意，拿起渔网，在水边捞起鱼来。虽然有些费劲，但一番努力下来，还是小有收获。你把几条"战利品"装在瓶子里："看，我抓住鱼了，把它们带回家养起来，算不算抓住春天了？"

"鱼儿属于金海湖，属于大自然，家里那小小的鱼缸，不是它们的归宿，还是把它们留在大自然比较好。"

你歪着脑袋想了又想，尽管有点舍不得，但还是把辛辛苦苦捞来的"战利品"放回了水里。

终于，你玩累了，干脆在草地上四仰八叉地躺下来，出神地看着湛蓝的天空，看着天空上的朵朵白云。粉嫩的小脸蛋沾着泥巴，你伸出手随便糊弄一下，泥巴更加肆无忌惮地在脸上涂抹开来。

"你抓住春天了吗？"

"抓住了。"你伸出手，小拳头紧紧地攥着。

"在哪儿呢？"

你打开拳头，里面空空如也。

"春天，已经在我心里啦。"

选自《黄河》2023 年第 2 期

在浦市

周万水

浦市是水和船带来的。一直自西向东的沅水，在浦市上游折向，从南向北流去。长滩尽处，一溪汇入沅江，水面豁然开阔，岸可泊船，树可系舟，从此便有了这个曾经商贾辐辏、舟楫络绎、木排浮江的浦市。

现在的浦市就剩下两条船。一条船是渡船，往返于浦市与对岸的江东村，一条船是开往上游辰溪的客班船，早出晚归。渡船是属河对岸江东的，是为了渡江东的人到浦市赶集用的，这样算起来，曾经有八个码头的浦市，现在实际上只有一条船了。

驿馆在老码头旁，檐下挂着红灯笼，在逐渐暗淡的天空下点亮，看得到河流，也能听到河水的声响。浦市仅见的两只船在日落之前就已泊岸，一只泊在老码头，一只泊在江东。飞虫蹿动的灯影下，有一些孩子在嬉戏。很远的地方有广场舞的音乐传来，楼下的小酒馆，几个男人在半酣的酒意里嘈杂着。这些声响，还是搅不动浓稠的夜，如水面荡起的轻微的波纹，很快消失在你的感觉之外。

浦市的江东寺是很有名的，它之前的名字是浦峰寺，因毁于一场大火，才迁建到对岸的江东，名字也就改成江东寺。白天隔河看去，寺庙的半截红墙色彩斑驳，隐匿在一排绿树掩映的民居中。

船还在河那边，要去江东寺，只能坐在码头边的大石头上等它过来。在浦市，坐一条船和等一条船都是有意义的事，该来的时候船自然会来，一切随意，没有时间约束。天上照样有云，河里却没有了帆，岸边的空气单一而纯净。我愣愣看着阳光斜照在水边的石头上，闻到了河水夹杂着青草气息的味道。当几只水鸟在对面的沙洲上时飞时落时，我有了一种虚度光阴的快乐。

很多年前，十七岁的沈从文在这里登上了一条船，那条船把他送到了河下游的辰州大码头，再送到外面的世界。后来沈先生回乡探母，在另一条船上漂泊了七天。而浦市是沈从文回乡的必经之地。在抵达浦市之前，他曾夜泊曾家河、兴隆街、鸭窠围、杨家岨……忧伤而美丽的长河、羁旅孤独的寒夜，还有对爱人的思念，晃荡成一行行柔情如水的文字，汇集在一部《湘行书简》之中。浦市是这本书的末页，来这里的人都得翻翻。

花像荼蘼，也许就是一种野蔷薇，它开在我去江东寺的小路边，在深深浅浅的灌木丛旁。单瓣，纯白里透着些许的粉红，自带着几分喜悦和蔷薇科植物的野趣。荼蘼是春天最后盛开的花，所以就有了"开到荼蘼花事了"的说法。我很疑惑古人赋予这花忧郁和伤感的气质，想必是那些文人墨客因情绪无从堆放而自怜自艾的结果。浦市的繁华不再，却也不少尘俗的烟火气，四季的花事自然一点也不冷清。各种颜色的不知名野花在河岸和田地间虔诚地开着，一直匍匐到那寺庙的墙角边。

这季节，江东的天是很蓝的，平畴里的房屋在宽阔的河面和晴空映衬下显得低矮。油菜花有着凡·高一样的色彩，布谷鸟的叫声制造出旷野的立体感。这旷野的边界就是它声音消失的地方，像一簇被风吹走的蒲公英的花絮。一辆摇摇晃晃的公交车捡起三两个路人，蹒跚而去。从前的浦市是看不到边界的，它的边界是码头上那些东去西行的船只，它们能到达视线之外的地方。

江东寺就在河岸边的平台上，地虽不偏僻，却很有些山深的幽静。寺前大树不是常见的柏树，而是一棵树冠浓密的香樟。寺院有些破败，我到的时候空无一人。走过促狭的山门，可见大雄宝殿前面的空地四周栽种了很多花草。有清雅的芦荟、兰草，也有花事正盛的月季、蜀葵和三角梅。花草的清新景象中透露着欣喜，冲淡了寺院寻常的肃穆和压抑，仿佛一农家小院，散发出朴素安静的世俗气息。这世间的安详和温暖，未必都是神可以给予的。

跟很多寺庙不同，江东寺一直有种花草的传统，在香火颇盛的当年也如此。

沈从文先生从军期间就在寺里驻扎过。在他的记忆里，"在市镇对河的一个大庙（指江东寺），比北京碧云寺还好看……庙里墙上的诗好像很多，花也多得很"。在沈先生的描述中，当时的江东寺有一棵需要五人才能合围的古松树，还有一棵三丈高的老梅树，开花时如一树绛雪，花落时铺满庭院。

老梅树和古松，自然是无处可寻了，但寻得这一院清静，几许幽香，也合我此番的心意。大殿前新种了几棵柏树，都不过一人多高，等到它们长到参天之时，光阴里的浦市又会是怎样的模样？在我的意识里，一直有一个冬季，雪覆盖着古镇和河岸边的船，那棵老梅树繁花绽放，暗香和着缭绕的檀烟越过高高的院墙。入晚，寺内的那座转轮藏"声音如龙鸣，凄厉而绵长"（沈从文《泸溪·浦市·箱子岩》），离浦市很远的地方都能听到。

看龙舟，听辰河戏，是浦市人最传统的娱乐方式。这里的苗歌，源于祭祀祖先时的唱和。楚国南郢之地，"其俗信鬼而好祀，其祀必使巫觋作乐，歌舞以娱神"。浦市码头有着与浦市一样古老的剧种——辰河高腔。它保留着浓厚的巫傩色彩和楚辞的遗韵，融合了水与船带来的南腔北调，南戏、弋阳腔、目连戏、祁剧、川剧……艺人或围堂而坐，或在简陋戏台上一唱就是半日。但见锣鼓击节，唢呐帮腔，众人帮和。那腔调高亢粗犷时响遏行云，荡气回肠；婉转优雅时，哀怨缠绵，极尽沉郁悲壮之意绪。这戏里的人物像极了码头上的男女，真挚豪放，却又不轻薄肤浅。他们赋予辰河戏以独特的个性和兼容品质，而辰河戏又反过来影响他们对生活的理解。再大的世界，都是可以浓缩于一个戏台的。那戏台上写着："做赋做诗，圈外文章殿外句；扮文扮武，水中月亮镜中天。"浦市码头也是个戏台，戏里戏外，脸谱和面具之下，哪一个更真实，在落幕之时，想必就有了答案。

有了辰河戏，浦市是不会走失的。

苗族《漫水神歌》中有这样的唱词："人家赛舟祭屈原，我划龙船祭盘瓠。"也就是说，浦市划龙舟的习俗最初与屈原是没有关联的。盘瓠，是传说中五千年前的五溪始祖，是神话中浦市一带沅水中上游原住民的共同先祖。传说盘瓠死后，子孙为招回他的灵魂，划着涂以朱砂的彩舟，在水面上游弋祭祀，后来逐渐演变成端午赛龙舟、吃粽子的习俗。也就是说，早在三闾大夫遭贬流放沅水之际，他就曾目睹了沅水之上龙舟穿梭的盛况，于是才有了"驾龙辀兮乘雷，载云旗兮委蛇"的描述。

在浦市人心中，屈原也是神，和这河流上所有的神祇以及先祖盘瓠一样享受崇敬。他们相信屈原的《涉江》就是屈原路过浦市时写成的，因为其中有"朝发枉渚兮，夕宿辰阳"的句子。学者考证，"枉渚"是沅水下游常德的枉水，"辰阳"即浦市上游的辰溪。从枉水到辰阳走水路要十天左右，朝发夕至当然是不可能的，而从浦市附近到辰阳乘船刚好一天可到，那么枉渚应该就在浦市。其实，屈原诗中的"朝发"与"夕宿"未必就是指的同一天，也可能是在某一天早上从枉渚出发，十天后的傍晚抵达了辰阳。但浦市人认定浦市下游的一个小渔村就是屈原诗中朝发的"枉渚"，后来又索性直接改称其"屈望村"，还遍栽橘树，以应"后皇嘉树，橘徕服兮"的佳句。

浦市已经好些年没有划龙舟了，来这里的人，也只能在《边城》中透过文字去寻找。我也一样，眼前的河流太过寂静，我想不全它端午时的模样。码头边的石缝里，几枝矮小的萝卜花在河风里摇曳，像水边戏耍的孩子。它们在原本不属于它们的地方开花是很偶然的。我长久地坐在河边，看着那条渡船来来往往，又看着另一条船从上游归来，头发花白的船老板把船系在渡口旁的石柱上，仿佛他牵来的是一头牛。

在码头的另一个角落，一条龙船躺在为它专门修建的长廊里，船身透着古铜色的光泽，如一条硕大的青鱼的背脊。它等待着一个仪式、一炷香和一通锣鼓把它唤醒，让它再次回归那条同样充满野性的河流。它还要等多久？它也会和从前那些船一样消失在无边的时间里吗？这种担心可能有些多余，所有的消失都是有意义的，不管是出于无奈还是自主的选择，而我们一直都在道别，在一条不能回头的河流之中。

除了永恒的河流，没有消失的还有山外那条古老的驿道，驿路经乾州、凤凰可到湘西腹地和川黔，属于茶马古道的一段。驿路修建于明朝，保存完好，因人踩马踏经年消磨，那些青中泛着淡绿的石块变得很光滑。行人沿着那一溜山谷就着山势向西，再翻过一道山梁，身影就隐没在浦市的视线之外了。

清朝戴粟珍有一首诗是写浦市的：

风波历不尽，晓发雨蒙蒙。

篷带辰溪雪，帆收浦市风。

圆沙围岸阔，平楚接天空。

仿佛乡关路，云生白塔中。

这诗跟这驿路没什么关系。天气晴好的晚上，月亮会从江东升起，它落下的地方正是驿路的尽处。

回到旅馆已是傍晚，黑夜在我吃完晚饭之前就早早到来。在隐约的灯光下，泊在岸边的那条船的黑影还能看到，河水拍打船身和河岸的声音隐隐起伏着。码头上聚集着一些唱山歌的人，调子在夜里听上去有些幽怨。我不懂苗语，问了驿馆的女老板，才知道其中一首歌词是这样的：

老鹰树下无站处啰，蝙蝠白天瞎眼睛，

歌就唱到这里止，水落滩头来船莫停。

浦市的夜很宽敞，一宿的梦却很拥挤，窗外的河流，就像是在枕边流淌。

选自《散文》2023 年第 1 期

马家圪的燕子

马 语

两只燕子站在外面的窗台上，这是客栈的窗外。真的是好久没见燕子了。以前就想写写故乡的小燕子，从笔记本中翻出来了，当时只是勾画下一个草稿。

面前这草稿，让我回忆起故乡马家圪的那些小燕子。

春夏间，马家圪村里村外到处都有燕子。燕子的巢多筑在人家屋檐下。有一对燕子夫妇则把巢筑到了老祖母住着的那孔窑洞里，当然是筑在窑洞拱顶那儿了，谁都够不着。门窗上那天窗就得一直开着一扇，或留着缝。

十多年前回到马家圪，还是那样。父母住着的窑院屋檐下就有一个燕子窝。已孵出了几只燕儿子，那宽扁的黄嘴角不停地从窝巢中伸出到外头来，燕子夫妇不时飞回来将捕捉的虫、蛾送到小燕子们伸出巢沿外的那黄扁的嘴巴里。我站在柴门外，观察了多回也没看出来夫妇俩是怎么分工、又是如何给几只小燕子分配食物的。

父亲去世，我将母亲搬到城里。父亲修筑了几十年的窑院就锁上了大门，只是在过节、过年，偶尔有人回来走一下。窗户前窑檐下那燕窝早已不在。燕子自然也是不复在了，每次回去都是来去匆匆，其实也并没在意这些。

此时，回望过去，极力在记忆中搜寻。一遍一遍地清点、核对回到故乡老屋的记忆——确实是再没见过燕子。

近十来年，上下几院子窑洞，只有二爷一个人"驻守"着了。偶尔回马家圪，只能到二爷院子里看看。人老了，窑院老了，窑檐石都快掉完了，窑院前后的树木一样老态龙钟。唯一没变的是那些和泥土一样颜色的麻雀们。

燕子是没见过，这个是能确定的。

因为每回去，我都是这样给二爷安顿："二爷，你可要记得，给院子里放一个盆子，多倒些水，让麻雀们喝。要不它们到哪里喝水呢？"村庄四面的山谷，在一二十年前就全干涸了。村庄底下祖祖辈辈村人吃水的那口老井，因为泉水小了，在前几年封闭了井门。现在是将水从管道抽到山岭的水塔，再放到每户人家里的水缸。

村里留守的，都是很老的老年人了。都和二爷差不多。估计村中十来户还有人的那些院子和二爷那院子的情形一样。每次回乡都是要给前村里留守我家上下几院地方的二爷那么安顿，让他记得在院子里，给雀鸟们放盆水。如今二爷也上了牛背山，其他人家要是不放了，那雀鸟就彻底找不到水喝了。

"小燕子，穿花衣，年年春天来这里。我问燕子你为啥来？燕子说，这里的春天最美丽！"年已半百，这首童谣的歌词和旋律还是那么熟悉、亲切，像童年时小学语文课本中那幅斜风、绿柳、燕子的插图，色彩还是那么浓艳，油墨味还是那样清香。

我不能知道的是，这几年的春天，燕子们是像那首歌中唱的，一到春天，按时飞来了，找不到水喝，又飞走了，还是它们已不再飞来马家坬。

选自《文学报》2023 年 9 月 14 日

那条路还在

刘 厦

再次走上这条路是多年以后，我已经不记得最后一次走上这条路是什么时候了。就像逝去的童年，没有告别，远去了才知道远去了。

在我经过了无数条路之后，在这个黄昏，我又走上了这条路。这条路还在这里，还是老样子，近二十年的时光消失了。

路边的树没有长高，路也没有变宽，庄稼没有成熟，来往的人也没有变多，天空上的燕子仿佛还是那几只，只是落日落下去了一小截。

那个时候，我们所有的时光都是用来玩的。

在多少个夏日的早晨，我们边玩边走，清凉的风饱含水分，一阵阵吹拂着路旁摇晃着树叶的杨树和湿漉漉的小花，也吹拂着我的辫花和裙子。在这样的风中，弟弟推着我，母亲推着姐姐。我们总是一阵阵加快脚步，仿佛再跑几步，再张开双臂转个圈，就飞起来了。

或在秋日的傍晚，金色的夕阳下，会飞来许多蜻蜓，它们透明的翅膀都带着光芒。它们飞得很低，一点也不怕人，我们不会去抓它们，只看着它们飞。

路边的庄稼地低于路面，视野很开阔，可以望见远处另一个村庄。

我们总是喊叫："那边的花多！""远处的那片更好看呢！""这条小沟我能跳过去你们信不信……"在这片田地中，我们变得很小，声音也变小了，怎么喊声音都远不了，好像被风送回来了。

我们总是清楚地知道，这棵树到哪儿了，前面是一片什么庄稼，路上的那小冈快到了，过去之后，路的右边会有一小段篱笆墙，上面结满了又小又红的枸杞。

曾经的那些画面又都来到了我的面前，我看着它们继续往前走，走过了这最后一座房子，就出村了。赤裸的落日和我对视，我们之间只有辽阔的原野，原野当中一条平坦而安静的小路把我们相连。

每当走到这里我都是兴奋的，仿佛前面有好多好事在等着我。

而现在可惜有个人和我打招呼，让我又想起了我现在是谁。突然我发现了自己的陌生，我像一个外来者，我怎么会穿这样的衣服，面带这样的神情？唯一能证明我和以前那个我有关系的，是我的轮椅和推着我的母亲。

那片葡萄地看似安静，但你顺着树干看去，就会突然看到一个人在锄草，她离你是那么近。二十年后，我再一次向那儿看去，依然是那个人。二十年了，她没有变老，还穿着那样的衣服，还是满脸笑意，直起腰来和我说话。我开始怀疑，时间并不能带走什么，只是让一些东西换了换位置，让一些东西远了，让一些东西分开了。

趁着落日的余光还在，我想去寻找那一棵树，寻找我在那树上刻下的我的名字。那是一棵非常高的杨树，就在那拐弯之前。

它变大了，每一笔画也变得粗壮，我的名字看上去更像是许多重叠的疤，和这树长成了一体。当初我只是想留下一些记忆，让它和树一起长大；而现在我发现，一些美好的往事，长着长着就长成了疼痛而刻骨的疤痕。

我继续走着，不为去哪里，只想让时间摆脱掉用途和目的，只想模仿小时候，在天黑的时候再回家。

我走到了两边都是老梨树的地方，这是我梦中经常出现的场景。春天的时候这里开满了白色的梨花，梨花的香气仿佛变成了春风。一阵阵的花瓣落在我们身上，让我以为是那路过的白云掉落的。如果是夏天，树上未成熟的小梨可爱得总让我们忍不住摘一个。树下路边就有几个坟，我们不知道是谁的坟，但我们围着它们玩，丝毫不会害怕，仿佛它们和不远处那个窝棚一样，里面也住着一个看地的老人。

记得我在树下吐过一个泡泡糖，弟弟用小树枝把它滚成了一个泥球，用小树枝撕扯，拉力极强。我们说，看地的老头儿一定会发现这块特殊的泥土。没错，他一定会感到奇怪。

现在，这几个坟一点也没有变旧，不远处的那个窝棚却响起了一个孩子的笑声。

天暗了下来，我还在继续走。这条路原来很短，走不了多大会儿就到头了。

我即将走进另一个村庄，这个村庄好热闹，卖菜的、卖熟食的，聚在街边，挂起了电灯，散发着烤鸭、炸香肠的味道，吸引来好多购买幸福的人。其实幸福是可以购买的，它就存在于这些商品中，让人们直接拿在手中。

这不是我要去的地方，但是我走到了。

我回头望去，那条路还在那里，还会有像我一样的孩子在那里玩。而我，只是一个过客。

我看见，我的车辙，我亲人的脚印，我们的笑声和话语，留在了那里。我说我那么多东西怎么找不到了，原来是掉落到了这条路上。这条路永远收藏着我的往事，我相信，它会记住每一个来到这里的人。

有一些事物，时间并不能将它奈何，它将长存于岁月之中，但没有谁能够与它相守。

我走了，把一条路留在了那儿。

选自《文艺报》2023 年 7 月 12 日

母亲眼中的山水

刘笑宇

> 倘若我心中的山水，你眼中能看到，我便一步一莲花祈祷。
>
> ——题记

风死了。

这个七月，在永州，是流火的。十年前，趁休假，我领着母亲去古城祁阳。上午的城里，人多车多，水泥路冒烟。在县城转一圈后，热死人，想寻个清凉之地。

我知道县城边上，有一个地方叫浯溪，有浯溪碑林。其旁依湘江，缩天地于方寸之间。百十来亩土地，奇石耸立，绿树掩映。仰天地造化，鬼斧神工，造就了这个充满灵性的奇域。浩瀚天地间，这小小盆景，不甚雄浑，不甚壮观，奇和险也是小的。溪水蜿蜒，曲径通幽，小路崎岖而陡峭。

浯溪有山有水，整山的树木像一把大伞，想必凉快。但我和母亲来到这座小山，没走几步，汗水就冒出来。"天老爷连一滴眼泪都冇得""日头像惨白的纸""我儿子还是蛮土，带我到山包包来"，只会写自己名字的母亲，埋怨都带泥巴味。

母亲没出过远门，常年在山里转。对她而言，这个山包包，是有点老和土。旁边的湘江从古流到今，春天涨水，冬天见沙。河边的大石头和一块块石碑，年代已经许久。溪边石头上的青苔，绿得发黑。树木有老有新，日头射进来，地上印满一件件花衣服。偶尔有几声鸟叫，在这个季节，也是干干的。母亲不认得字，更不晓得什么元结、颜真卿、何绍基，这么多石碑，以为是谁的祖山。

在母亲看来，比起家乡的大山，这里是不起眼的。

家乡的山叫天明山，树大山莽，春夏秋冬色彩不同。过去人多田少，把日子过甜，就得上山。母亲砍柴爬树、捡茶籽、割牛草、找蕨根、摘野果、挖草药……那里似乎有无尽的宝藏。母亲被毒蛇咬过，被黄蜂叮过，被野狗追过。有一次，砍柴回家，天黑了。她挑一担柴，前面发现有一个人影。她走，那影子也走，她停，那影子也停。母亲以为见鬼了，就壮着胆，朝那人影子扔了块石头。那人影哇哇哇叫了起来，原来是村里的哑巴。恐惧让胆子练肥了。反正，山是母亲的命，也是孩子的养分。我考上高中，为了给我交学费，母亲天天去山里捡板栗卖。有一天从山坡上滑了下来，扭伤了脚，伤筋动骨一百天，急得母亲哭。

母亲眼中的山水，是艰难岁月可以补充营养的乳汁；是水牛健旺可以背动一年的生计；是点燃柴火不断升起的袅袅炊烟；是儿女走出山外念念不忘的汩汩清泉。

这浯溪是摆看的。春夏季节，浯溪花红水碧，鱼跃鸟飞，岚影沉浮，霞光掩映，这是读书人的讲法。这一圈水域多洲滩，有成片的芦苇起舞。如果母亲来，可以看到野鸭鹭鸶等水鸟，定会乐滋滋的。至于元结造字占山，写下《大唐中兴颂》，由颜真卿书刻于摩崖之上。元文、颜字，加之天公造就的峭岩，文奇、字奇、石奇，世称摩崖三绝，被尊为国宝，这些个名堂，是与母亲无关的。

爬到浯台，浯溪最高处，有一阵风吹来，母亲脸色好看多了。登高望远，母亲说，儿子，还莫讲，这地也好。一河水，晓不得难，一年四季照样流；一山的树，从石缝里长，弯弯扭扭的，可怜又有味，没事的人可以散心。你说那个姓元的官，一定是受了什么委屈，在这个水边边砌亭子，写东西，过日子。我们穷苦人家，哪有这份闲心。

母亲靠石头坐下来，突然发现，石头上有两个深深脚掌印，顿时兴奋起来。说，哪个神仙，脚劲真大，可以把石头踩出来几寸深的印子。

母亲用手量量，用脚试试，像当年做草鞋打样。母亲打过草鞋，是从山上把笋壳捡回来，晒干、剪成片片，揉成索，按尺寸，做成鞋，换成钱。记得村里死了人要抬上山，披麻戴孝穿草鞋是必须的，要不然脚会打滑，担不了力，寿器上不了山。

浯溪的山路平平仄仄，石头被踩得光溜溜的。山虽小，却也是上山容易下山难。此刻，七十多岁的母亲下山却比我们快。我知道，故乡的山路就是被许多母亲踩弯踩细的，再苦再累，山里人同样把平凡日子踩得顺顺溜溜。

浯溪真有一条清亮亮的溪水。不知从何而来，也不知向哪里去。母亲蹲下来，像在打量自己，继而用溪水洗了把脸。像在家乡的井边，打水前先打量自己，生怕脸上有烟渍。母亲经历过乱世，她知道如花的年华和美丽当不得饭吃，用处不大。但她见到水，是有感觉的，这感觉是常年捞鱼打虾积累的。丝瓜煮虾米，是母亲的拿手菜。即使穷，母亲也很讲究。梳好头发，她要抹上一点清油。母亲斗大的字不认得一箩筐，但发明过很多土得干净而有趣的山歌。心里苦时，寂寞时，她就唱。如：山对山来坡对坡，鼓对鼓，锣对锣，燕子对对回到窝。苦不苦，甜不甜，饿了露水也是甜，等等。

母亲把孩子当成小树来养。哥哥牙齿有点龅，就叫驼子树；妹妹偏瘦，叫长竹竿；弟弟调皮，叫刺毛树；我算听话的，好养，叫水桐树。目不识丁的母亲，在山里水里穿梭，心思像纳鞋底的线脚，缜缜密密。

在陪伴母亲的这一个上午，我一路走一路思考。我想，浯溪的水也是母性的，甚至是孤独的。作为母亲的儿子，不知道山一程水一程，见过无数风景的元结，是不是这样想的。不然，元刺史为何在母丧守制时，隐居蛮荒之地的这一处？

智者乐水，仁者乐山。公元763年，元结第一次路过浯溪，就爱上了这里。"爱其胜异，遂家溪畔"，修耕钓以自资。叹其潺潺汨汨，长流不息，命名"浯溪"。"浯溪"之"浯"是元结首创出来的汉字，取"吾"之意。"园林之美，豪富所私；山川之胜，天下公之，公者千古，私者一时"，他把浯溪并非当作"吾的溪"，而是当成了自己的精神家园。

比起柳宗元的"千万孤独"，元结是幸运的。作为平定安史之乱的中兴功臣，曾两次出任湖南道州（今道县）刺史，五过浯溪，对浯溪山水钟爱有加，留下了不少诗文。安史之乱时，唐肃宗召元结进京问策，元结上书《时议》三篇受到赏识，擢为右金吾兵曹参军，后又多任职务。761年安史之乱平定之年的8月，元结在江西九江写下了《大唐中兴颂》。其文高简古雅，义正词严，忠肝义胆，可谓金石之音，星斗之文，云烟之字。明代解缙在浯溪石镜摩崖边写道："水洗浯溪镜石台，渔舟花草映江开，不如元结中兴颂，照见千秋事去来。"

母子连心。元结对母亲情深而愧疚，自己"将兵不得受，作官不至达，母老不得尽其养，母丧不得尽其哀"。在写下《大唐中兴颂》十年后，元结居母丧，隐居浯溪，徜徉于浯溪山水之间。面对天造地设的石壁，想起了自己在《大唐中兴颂》里的"歌颂大业，刻之金石"的夙愿。于是请好友颜真卿书写，请能工巧匠刻于石上，便有了"摩崖三绝"。

长长的岁月厚了，厚如高山；茫茫的历史深了，深如瀚海。千百年来，米芾、黄庭坚、范成大、朱熹、李清照、曹安、徐霞客、张耒、张孝祥、董其昌、王世贞、何绍基、吴大澂等文人墨客，高人雅士，在此挥洒风雅。从此，那些峻峭的山石变得灵动起来。元结清癯的面容，颜真卿慷慨磅礴的气度、笔力千钧的书法，何绍基柔中带刚的意蕴，陶铸寄情故园的不朽诗章，如此等等，淌金泻玉，流光溢彩，留下千年可范的儒雅和圣洁。一时，浯溪刻画了永州祁阳精彩的印记。而今，《大唐中兴颂》字迹斑驳，依然可以托起一处名胜一方天地的风华。

风很低，浯溪水静静地流。母亲像要把水看出鱼虾来，我的思绪远了。

"这里山水是好，就是少了一座庙。"母亲喃喃地说。我说，妈，这山下有一所学校。这个山包包风水好呢，我就是在这里考上吃国家粮的。山里的孩子，像鸟飞出山，今又回到亮翅的地方，母亲终于明白我陪她来浯溪的原因了。

我与浯溪注定有缘。母亲不知道，我曾就读的祁阳三中，就在这座神奇的山下。我早读于浯溪，晚行于浯溪，梦醉于浯溪，眼前的浯溪碑林，不再是零星的艺术的碎片，而是不可磨灭的书法艺术的浓墨重彩和历史见证的精神符号。爱好书法，从浯溪始。我在这里经受了不止于山水的厚重洗礼。

毕业近四十年，山水依旧，母校已经改成"陶铸中学"，模样也变了。往事如烟，鬓毛挂霜，物是人非。怯怯的我，都不敢叩开学校的大门。

母亲看看我，看看校门口的松树，一句话也没说，眼泪流了下来。在此刻，母亲是不是想起了养猪砍柴卖山货送我读书的岁月？她是不是记起来当年与父亲吵架，拆房子卖瓦也要把我送出来的情景？

风来了！

一阵凉风从浯溪山上的绿树中吹来，吹动了母亲稀疏的白发，我用纸巾轻轻揩掉了母亲的眼泪。此刻，在山水间，母亲高大起来。母亲算不上智者，但一定是仁者。孩子们那些生命、青春、才华，原来不过是被时间不断挤掉的水分，不过是父母用坚毅和希望缝纫了山中月亮的缺角。父爱是山，母爱是水。我说，父母是儿女眼里不变的山水；而在父母眼中，儿女便是整个世界！

选自《散文选刊》2023 年第 6 期

斯巴也许是盘古

龙仁青

　　我出生的小牧村叫铁卜加，在青海湖畔，很小，只有七八户人家。一条小溪穿村而过，也很小，一步就能跨过，我们叫它尕水河。在村边还有一条河，其实也很小，最宽的地方也就三五步的样子，我们却叫它大河，我知道这是相对尕水河而言的。尕水河和大河都是季节河，夏天有水，冬天就干涸了。我们这些小孩们刚刚学会走路的时候，在尕水河边玩儿，等到长成半大孩子，尕水河就不能满足我们的野心了，我们就到大河边上玩，有时候还脱了鞋，把裤子挽到膝盖以上，提着鞋蹚过河去，到河对岸玩儿。

　　河对岸有一块青稞地，那是村里唯一能够种庄稼的地方。每每到了四五月，大人们便在那里种上青稞。如果天年好，到了秋天青稞长熟了，大人们就欢喜欣慰，收割了青稞，打碾了，晒干了，分给各家各户，各家各户便拿回家里，晾干了，炒熟了，磨成粉，那就是我们能够吃到的最好的糌粑。如果天年不好，比如下了冰雹，抑或是青稞还一片青绿的时候来了一场霜冻，青稞没长熟，大人们也觉得很正常，那也是老天爷的安排，就把青稞的秸秆收割了，晾干了，堆砌成草垛，等到冬天缺少牧草的时候，留给牛羊吃。所以，大人们好像对那片青稞地并不上心，很少有大人到那里去看那片青稞地。

　　所以，关心那片青稞地的，除了嘎玛大叔，就只有我们这些半大小孩了。

　　我们蹚过河，多半是因为受不了那片绿油油青稞地的诱惑。青稞地边上有座黄泥小屋，那是嘎玛大叔的屋子，他住在黄泥小屋里，是为了看守青稞地，防止牛羊窜到青稞地里，把刚刚出苗的青稞当牧草吃了，也防止我们这些半大小孩们调皮捣蛋，在他不注意的时候钻到青稞地里，踩坏了尚未收割的青稞。

嘎玛大叔勤于职守，每天都能看到他绕着青稞地巡逻，驱赶地里成群结队，拉帮结派的野麻雀，有时候他会定定地站在青稞地边上，就像是一个稻草人。

为了防止我们这些半大小孩踩踏青稞地，嘎玛大叔想了一招，那就是看到我们蹚过大河时，就把我们喊到他的黄泥小屋里，给我们讲故事，这一招很管用，经常，我们沉浸在他的故事里，忘了那片绿油油的诱惑。

嘎玛大叔孤身一人，谁也不知道他的身世来历，我们这些半大小孩也好奇，经常问他："嘎玛大叔，你是哪儿来的啊？"有一次，我们又这样问他，他却说："我还是说说我们这个世界是从哪儿来的吧！"说着，他便轻声唱了起来：

> 斯巴宰杀小牛时，砍下牛头放高处，所以有了高山峰；斯巴宰杀小牛时，割下牛尾插山阴，所以有了密森林；斯巴宰杀小牛时，剥下牛皮铺平处，所以有了平草地……

他的歌声低沉，悠长，宁静，一下便把我们带到了一个神奇的世界。唱完了，他告诉我们，很久很久以前，很久到了这个世界还不存在的时候，天地一片混沌，什么都没有，只有一个叫斯巴的牧人赶着一头孤独的小牛游荡在混沌里。牧人不甘寂寞，他想创造一个世界，刚好他的小牛也有这个想法，并且愿意为此做出牺牲。牧人便宰了他的小牛，牛头变成了高山，牛尾变成了森林，牛皮变成了草地……

听着嘎玛大叔讲着故事，想象着那个难以想象的世界，一万个疑问同时浮现在我的脑际里。我问嘎玛大叔："大叔，您的青稞地是小牛的牛毛变来的吗？"

嘎玛大叔愣怔了一下，接着便回答说："那当然是啦！"

可是，我的脑际里的疑问还不仅仅是嘎玛大叔的青稞地，因为那时候我看过"盘古开天地"的故事，听着嘎玛大叔的故事，刚开始我以为那个叫斯巴的牧人就是盘古，可是，听完了故事，才发现斯巴有一头小牛，他让小牛变成了世界，而盘古没有，他让自己变成了世界。

那么，斯巴是不是盘古呢？如果盘古有一头小牛，就不用他自己做出牺牲了，那样多好啊！回味着嘎玛大叔讲的故事，想着从神话童书里看来的盘古的故事，我心里对盘古充满了同情心。

后来我知道，嘎玛大叔所唱的，是藏族古老的《斯巴创世歌》。

选自《新民晚报》2023 年 9 月 17 日

透过古树的光影

洪忠佩

古树簇拥的秀拱桥，跨于岚山庙溪上，宛如叠印在察关水口的一轮满月。渐渐地，桥身单拱的弧度，随着天光的变化，那轮满月也在变幻，粼粼波光，似是映着天穹中的月亮星辰。月亮，是村庄的容器。透过这轮满月，依次显现的是石碣、溪流、田园，还有村舍。

清溪流淌的水口，察关村的门户。香樟、苦槠、枫香、栎树，苍翠与绛红橘红参差交织，枝丫斜逸，给粉墙黛瓦的村舍镀上了一抹明艳。在村人的心目中，水口长了百年千年的古树，是活着的神灵。而桥头的桥亭、文昌阁，才是村庄千年时光的延展。倚路的桥亭，砖墙，鳞瓦，空地上堆着禾庠风谷车等农具。文昌阁呢，墙体斑驳，门板裂隙，仿佛风中还回荡着诗词的唱和。

拱秀的桥名，是后人源于察关水口的环境意境。我更喜欢的，是它的初名——祭酒桥。古时，祭酒曾作为官名被人们知晓，而祭酒桥的捐资倡建者詹叔义，他于南宋绍兴年间任金华太守，后辞官归故里主持建桥修亭，至于拱桥和桥亭均以祭酒冠名，应是村人对长者的尊重。

岚山庙溪，是耸峙的浙源山挤出来的。而村庄朝着的前山，便是森林自然保护区。溪水绕着村庄，就缓了，浅浅的，清清澈澈，石斑、白鲦、鳑鲏，一阵阵地追逐游弋。白鹭漫步水草边，羽白腿长，伺机觅食的身影倒映在水面上，悠然、灵动。树荫下，石壁底，汪着一幽深潭，凫水鸡调皮得很，忽儿游于水面，忽儿潜于水底，转瞬间，又不见了踪影。

岸边青石板的小径，是通往水口秘境的铺垫，而古树成林，高耸，浓密，却成了环境的渲染。沿着林荫中的青石板路一径走，可以通往高湖山白云古刹，也可去往"吴楚分源"的浙岭。

能够生活在这样的村庄，我是羡慕的。察关的荣誉村民大华则是最为人羡慕的那个人，他是南昌人，十多年前来到察关，看中了村庄的自然环境，进山入坞种菊。菊花是李时珍记载可蔬、可啜、可饵、可药的"群芳之上品"，当大华发现历史上的贡菊，也就是菊中上品——皇菊，原产地在婺源的时候，就结下了"奇花"之缘。于是，察关的许多村民纷纷跟随他，成了种花的花农。

那天是立冬，大华与我约好去察关赏菊，却在村中遇到村民在忙着打麻糍——饭甑里刚蒸出锅的糯米饭，趁着热气倒入石臼，你一锤我一锤。出臼的麻糍，首先要敬土地神，这是村民庆祝丰收，感恩大地的方式。

村庄周围的稻田已经收场了，留下的只有禾兜，以及田野的空旷。唯独，从六亩碣到西冲坞，绽放的皇菊一层层叠起，俨如奔涌的烈焰。再往上，是山脊逶迤的线条，还有蓝天白云。我所看到察关的田园山野，正在开启一场花田喜事。

午后，秀拱桥上来来往往的都是采花的花农，她们或提篮，或挑筐，满篮满筐的皇菊，仿佛盈着一路的喜气。头扎蝴蝶结的小女孩，手中举着一朵皇菊，像举着纸折的风车一样追着飘飞的落叶在奔跑。我站在千年的香樟树下，抬头看到了天空的镂雕，枝丫如夔龙，叶子若浮云，层次分明。攀缘在树干的络石藤、木莲，缠绕，蔓延，增加了树身的苍劲与质感。那一缕缕的阳光，从树冠上落了下来，光影投在地上，飘忽、斑斓、梦幻，仿佛是察关村千年时光揉碎的碎片。

选自《文学报》2022 年 12 月 1 日

鸟声三两粒

李丹崖

　　春天逐渐走向深处，人在树下张望，会收获密密匝匝的叶子带来的清凉，亦有阳光透过树叶筛下来的一地碎银。人居浮世，慌慌张张，在这样的春日，随便找一棵树，举头。

　　旧时春日，故乡少有雷声，每逢赶路遇雨，人们就要到树下去躲一躲。枝叶交互的一蓬树，密不透风，好似一把庇护伞，把春雨挡在了树外，那是避雨的好情志所在。

　　树冠是一个小社会，里面的"内容"很丰富。除了蠕动的毛毛虫，垂着一根丝打提溜的布袋虫，伏在上面一动不动的斑衣蜡蝉，再有就是乡间常见的各色鸟类。

　　依稀记得少年时，在春夏季的皖北乡村，随便找一棵树，对着树身踩一脚，就会有扑棱棱的鸟从叶间惊飞。

　　当然，少年顽皮，此心现在早已不存。春夏之间，我们喜的是搬了一只网床，在树下，听枝叶之间的鸟鸣，树叶太密了，只闻其鸣，不见其鸟，只能循着声音的方位确定鸟在树冠的哪个方向，也只能听鸟的叫声分辨是何种鸟雀。

　　一个勤于听鸟鸣的人一定是感性的人。

　　贺知章在柳树下仰望，收获了"碧玉妆成一树高，万条垂下绿丝绦"。贾岛在池边树下仰望，收获了宿鸟还有穿越千古的"推敲"。李白在紫藤树下仰望，收获了"密叶隐歌鸟，香风留美人"。李太白毕竟是诗仙，普通写景隐含滞荡之气，密密匝匝的树叶中浮现着能歌善鸣之鸟，动感至极。

　　回头想想吾乡那些鸟鸣，啾啾、喈喈、啁啁、噍噍。

春天的黄鹂鸟，天空之城不是它们的舞台，它们的舞台在林间，在枝头，这棵树上唱一首古风，那棵树上唱几首绝句，这世间的实景演出和行进式舞台，鸟雀绝对是最早的开创者。

戴胜鸟喜欢隐匿树叶之间，它们头顶自带一把小扇子，有着无限风雅，前世或许是文气十足的士人。

有一种叫蜡嘴子的鸟，嘴奇大，叫起来喳喳有声，可见嘴大不见得就唱歌好听。

燕子和麻雀在叶间待不久，它们比较恋家，一般在树叶之间也就是吃个食的工夫，就从叶间飞走，翅膀掀起树冠之间一场小型的旋风。

鸟鸣是树上另一种花朵，一种鸟叫就是其中一种，百鸟朝凤就是百花向牡丹。如此，或许可以认为，桑树上的鸟鸣是紫色的，吃了桑葚；梨树上的鸟鸣是白色的，饮了梨花蜜；槐树上的鸟鸣是鹅黄色的，食了槐花；榕树上的鸟鸣是粉色的，尝了榕花。榆树上的鸟鸣是一嘟噜一嘟噜，像极了榆钱；泡桐树上的鸟鸣是一朵又一朵，像极了泡桐花；无花果树上的鸟鸣是透明的，带着隐忍的禅意……

月色溶溶夜，花阴寂寂春——月夜听鸟鸣，鸣声中有月光的皎洁；双飞燕子几时回？夹岸桃花蘸水开——春阳中听鸟鸣，鸣唱中听取喜感兼有桃花。

密叶隐歌鸟。鸟雀们喜欢在树叶之间歌唱，是因为枝叶交错之中的环境更为惬意，树枝婆娑，树叶葳蕤，风过树冠，窸窸窣窣地伴奏，引人入胜，引鸟欢唱。

做药，有药引子；做馒头，有酵母；做酒，要有酒曲。春天之于鸟雀，是药引子，是酵母，也是酒曲。

春风浩荡，有些吵，树下，有友如酒，知心事，需附耳细说。树上，鸟声三两粒。

选自《文学报》2023 年 3 月 2 日

穿城而过

郑晓红

有人说，董志塬大得没边边

"我突然明白，董志塬大得没边，她推开我，又收留我。我得重新活下去。"

从庆阳走出去的诗人凝视着面前的酒杯，用这样一句话结了尾。而后，举杯昂头，把酒直直倒进喉咙，仿佛吞进一道生命的河流。

那是多年以后，诗人借了酒力，向我们叙述他庆阳师范临近毕业，相恋三年多的女孩突然提出分手后发生的事。他说："你不知道，年轻时的心性多么激烈，没有爱，就可以舍弃命。"

不吃不喝蜷在宿舍里睡了两个日夜，他突然起身，出了师范校门向东而去。暮色渐深，他没有明确的目的地，只有一个念头，离开这个学校，学校里有她。离开这个城，城里有她。离开这个人间，人间有她。他知道董志塬像他此刻的心一样破碎，沟壑无处不在，那，就让撕开的裂缝吞了他吧。

1990 年代，离开一座城似乎很容易，展展腿伸伸脚，东南西北随意走一走，那个叫西峰的城就被抛在身后。他闯进大块的麦田，新割的麦茬和干硬的土地在夜色中制造颠荡。他故意地跌，狠命地撞，硬生生向田埂的暗影扑倒，滚翻过去，爬起来，冲向矮下一截的坎塄，坎塄多高？不知道，直直向比夜色更黑的虚空扑下去，窝成一团……他冲撞了一夜，抱着被吞噬的决心。可是，董志塬上纵横交错的龟裂哪里去了？是夜色将裂纹抚平？

或许被稀薄晨色中的一声鸟鸣惊醒，他在田野的一处凹陷中睁开眼睛……

良久。他笑了，笑出了眼泪。

他以为一夜奔走早已将学校、西峰城和人间抛远，可是，那些三五层高的楼顶即便躺在大地的凹陷中也能看见。他以为董志塬已经被他走到了边，实际上，他只是在黑夜与大塬密谋好的迷魂阵里周旋。身下，还是那片几年来与女孩走过千遍万遍的田野，如果爬出凹陷，向南几步，就是他寻找了一夜的沟壑。不，不是沟壑，是裂缝啊，是撕开的、剖开的、割开的、犁开的、迸开的裂缝。

"我突然明白，董志塬大得没边，她推开我，又收留我。我得重新活下去。"他说。

西峰城的大小，董志塬的大小，不是纯粹的概念，它在每个人心境的秋千上晃荡。诗人叙述的大，已经冲破了生死的界限，成为超越地理意义的大。我呢？曾是过客，曾是暂住民，而今，在这面塬上的城里扎下根。与根脉最为相像的事物莫过于河流，主根对应着干流，侧根就像那些支流，毛索索的须根是一级支流、二级支流、N级支流以及支流的支流的无限分叉。河流是大地的叙述方式。根系是草木与土地的耳语。我呢？用被思想驾驭的文字向无边大塬索取，也向无际大地支付。

山外的山，城外的城

我从小就拥有自己的山川。

子午岭横在身后，也挡在眼前。两山夹持着埋在水草间的葫芦河，河水两岸的向日葵地、玉米地、南瓜地随着山势时而收紧时而甩开，像是河流的另一种表现方式。我也是河流的表现方式吗？我立于河边，立成一池小水洼。某一天，水洼可以借着风的力量雨的力量，或者一只手的力量，溢出围困，与河流交汇，从此奔向比眼睛能看到的远方更远的地方吗？

合水县太白镇的烟景川是我的出生地。以儿时的眼光看，那个与曾经的庆阳县长庆油田二机厂有着密切关系的石油农场是个相当辽阔的地方。这种辽阔不是视野上的远阔，而是目力在山旁的山、山后的山、近成墨绿的山、远成霭蓝的山的层层叠挡中造成的心理上的辽阔。视线是没法拐弯的，挡就挡住了，但想象可以在目力被截堵处拐弯，像与葫芦河并行的一条河流，或者，比它流得更远，比它的水域更广，比它的分支更细密。

大约与我家所在的石窑恰好在场部二级台地上有关。每天，我以更高的视角眺望这道山川，视线因此得以跳跃和延伸。鸡窝与玉米笼之间夹着漆黑且泛着亮光的原油坑。马坊和猪场前面放着锈褐色空油罐。水坝边腾起土尘的大路上拐出一辆军绿解放卡车。卡车减了速，耐下性子慢腾腾跟在一辆马车后面，等待碰到一处可供马车停靠避让的空地。逢年过节时，全场的大人孩子带着筐子盆子铁桶聚集在水坝周围，等待雷管巨大的爆破声后水面上密密铺一层翻着肚白的大鱼。在坝里快活了一天的鸭群摆着臀排着队走在回家的路上，群鸭心满意足的高歌压不住领头鸭威严的召唤。旁边的小孩子把固体原油捏成团插在树枝上点燃，好像擎着一支冒着浓烟的火炬。阴面山的密林中钻出几只马鹿走到河边喝水，小鹿学着母鹿将嘴探入河水，雄鹿警惕地站在身后张望，我站在高台上，掏出一枚空的黄铜子弹壳放在撮圆的唇下，吹出一声又一声尖利高亢的哨声。

马车与卡车，水坝里的鱼与雷管，鸭群与原油火炬，马鹿呦呦与子弹壳的哨声。这些相互割裂的元素渗透了我童年的背景。像挂在厨房里的旧年历画，炫彩与油烟交织，美人腮边浸出油渍，挂着黑灰的蛛丝扯过白皙的脖颈……古怪中透出和谐，混乱中有着秩序。

那时候，最亲切的城叫庆阳县，也就是而今的庆城。我、哥哥和邻家小伙伴常被场部里不带拖厢的大拖拉机头载往那个城。我们的兄姐在庆阳县长庆油田水电厂上班，他们的水电站建在西河河岸上。那条被年轻的长庆石油工人称为西河的环江河，远比烟景川的葫芦河开阔。它有露出红砂岩的宽广河岸，有被积年流水冲刷出的光洁平整、高低错落的岩层。在庆阳县，我们见识了最宽阔的河流，最好玩的少年宫，最高的古城墙，最大的新华书店，最好的医院，最多的人。可是，父亲说，像庆阳县这样卡在山窝里的城哪里有成为大城的本钱？更大的西峰城建在董志塬上。

西峰有多大？西峰有多平？西峰有多高？

耳边的风告诉我，我们已经冲出子午岭来到董志塬上。

那些时刻，我总是跟父母坐在一辆解放卡车的敞篷车厢里。风突然大了，短发猛然翻披到额前，在绷直的发丝缝隙里，我看见两旁的树木哗哗撤退。我鼓着腮帮子，使劲吹着泡泡糖，巨大的泡泡突然挣脱了，被风托着离我远去。那可是与父母较劲许久才争取到的泡泡糖啊，那可是预备在旅程中大放异彩的泡泡糖啊，那可是无比奢侈的三个泡泡糖的合体啊……我扶着车厢，眺望两边无遮无挡的平展展的董志塬，巨大的失落感袭上心头，就好像泡泡糖脱唇而去的那个瞬间，珍贵的东西被带走，再也无法返回。

卡车把我们放在西峰城北一个路口。父亲说，我们必须穿城而过，走到南头才能坐上发往老家的班车。父亲补充说，快到最后一班发车的时间了，必须甩起来走。

是的，我与西峰城第一次相见，就用一双抡欢的小腿脚丈量了它的广度。

失去泡泡糖的空虚感转化为对这座叫西峰的大城的敌意，我几乎是恼怒地走着，时时博来父母的夸奖。我无视大什字小什字的喧嚷和繁华，无视"新华书店"几个大字素有的吸引力，无视百货大楼高大独特的造型，无视城里人的时髦和前卫……只管噔噔噔踩着小脚，带着以怒意蓄积的力量拼命前行。

有一段路突然安静下来，好像更宽阔些。没有自行车和三轮车，没有班车，没有悠闲的人和忙碌的人。父母没来由地停下，母亲指着街道对面的一座大门，说，那是大学，那个学校里毕业的人都是老师，教中学的老师。母亲的语气黯然，似有期冀。她大约想起了1962年吧，她正就读的宁县师范因为席卷而来的困难停办，她不得不离校，从此，她的人生像马莲河一样拐了弯，一个未踏上讲台的教师，变成了石油农场里的医生。

我没有注意到大门，我被学校里靠路边的一栋楼吸引住了，那栋楼有很多窗户，只有顶楼的一扇窗开着，在窗口上骑坐着一个小小的人。

我指着那个高处的人望向母亲。

母亲说，那一定是放假没回家的学生，等你将来上初中了，他说不上会给你当老师。

我们继续向前走，我梗着脖子回望着，力量突然被什么抽去，腿脚沉重不堪。我想停下来，停下来，一步都不再向前。

谁知道呢？十几年后，我就成了庆阳师专中文系的学生。

被我一再回望的楼是哪一座？开着的窗户是哪一扇？或者，根本就是与师专无关的一栋楼？我再也无法确定。只是，中文系所在的楼虽然最靠近大门与街道，但我的教室并不靠近路边。即使我推开一扇窗，骑坐在教室窗台上，也无法被街道上路过的小孩和大人看见。没人会指着坐在窗口的我说，那个人，将来有可能是你的老师。

可那样一个情景，对儿时第一次经过西峰这座城的我多么重要啊。

高处的一扇窗口，一个人坐在窗台上。他在眺望什么？他在想什么？校园外的街道因为高处的视角改变了吗？好像我站在烟景川二级台地我家石窑门前的柴棚下，在高处，逼仄的川地变成了一道无尽的山川。

因为一所学校，一栋楼，一扇开着的窗，一个骑坐在窗口的人，西峰城成了一座巨大的城，穷尽我数年回想的填充，都无法将它勾勒。

一个少年能否穿城而过

高考预选结束，我在文科班虽然成绩靠后，但总算有在独木舟上挤一挤的资格。林业班的学生大多数无缘高考，看着他们卷着铺盖一个个离开校园，我真正地跌进了孤独。

出了校门，向西，那么快就走出了城，走进了村落。这是个藏在地下的村落吗？平地上切下一座接一座的坑院，一圈矮矮的拦马墙算是此地有户人家的标识。站在墙根处的烟囱，很像莱蒙托夫的《帆》，一根杆子挑着刚好能盖住烟囱的薄板，杆子一头拴着绳子，控制的机关在地坑下面一孔窑洞的窗前。"桅杆弓着腰在嘎吱作响……唉，它不是要寻找幸福，也不是逃避幸福的乐疆。"（莱蒙托夫《帆》）

正是午后做饭的时刻，烟囱口里的浓烟被夏季风摁压，咕嘟嘟歪向这边，又歪向那边。那股被压制的烟，仿佛我无可宣泄的孤单。我站在冒着浓烟的烟囱旁边，眺望着被拦马墙划定和分割的村庄，心里涌上空荡荡的忧伤。走到麦场边，我抱起一块方方正正的土墼子，返回烟囱旁，对着浓烟盖上去……

坑院底下厨窑的咳嗽声，抖动烟囱盖牵绳的哐嘟声，地坑甬道里传来的脚步和叱骂声……

我一跃而起，开始狂奔。风真大，风跟烟囱里的烟较完劲，又跟在村庄里奔跑的我较劲。我跳进一个干涸的涝坝，坐在根底呼哧呼哧喘气，没有人追上来。我仰望着没有一丝云的天空，眼泪涌上来。董志塬上的这个城那么小，我无处可去。

选自《飞天》2023 年第 7 期

编后记

2023 年精短散文选本，又和大家见面了。

我们选编作品的依据时间，和前面几年的选本一致。2023 年选本，收入从 2022 年 10 月到 2023 年 9 月发表的作品，2022 年双月刊期刊收入了第 5 期和第 6 期的作品。

根据全部所选作品内容，我们划分了三大类，分别为：历史文化类别，情感类别，自然地理（或生态、自然）类别。

这本精短散文选编本，我们期待尽量做到：及时跟进文坛最近动态，题材丰富、多样，表达开阔、饱满。

"年年岁岁花相似，岁岁年年人不同"，让我们在阅读中相遇。

编后赘述，以此说明编者综意，是为记。

编　者

2023 年 10 月 6 日

2023 年选系列封面绘图画家介绍

黄少鹏 中国油画学会学术委员会委员、广西美术家协会油画艺委会主任、漓江画派促进会副会长、国家一级美术师、硕士生导师。

《古琴与湖石》 黄少鹏　150 cm×100 cm　2022 年

黄少鹏画作短评

　　如果说印象派的条件色体系关注的是物象的光色变化，少鹏在意的则是色彩的文化属性。这种属性是古迹在岁月浸润过程中残留下来的永恒色泽。少鹏崇尚魏碑的雄强古拙，这铸就了其艺术强悍的风貌，具有表现主义的性质，又因为书法运笔入画而兼有写意的蕴含。油画讲究画面的结构性和层次感，中国画则以骨法用笔见长。他汲取两者所长，兼具表现主义的强烈情感表达和中国传统写意画的文人内蕴，呈现出一种既粗犷又含蓄温润的个人风格。

　　　　　　　　　　　　　　　　　　　　　——汪鹏飞（油画家）

图书在版编目（CIP）数据

人间书：2023 中国年度精短散文 / 葛一敏选编 . ——
桂林：漓江出版社，2024.1
　　ISBN 978-7-5407-9658-7

　　Ⅰ.①人… Ⅱ.①葛… Ⅲ.①散文集－中国－当代
Ⅳ.① I267

中国国家版本馆 CIP 数据核字（2023）第 237699 号

RENJIAN SHU：2023 ZHONGGUO NIANDU JINGDUAN SANWEN

人间书：2023 中国年度精短散文
葛一敏　选编

出版人：刘迪才
责任编辑：刘红果
书籍设计：石绍康
责任监印：张璐

出版发行：漓江出版社有限公司
社址：广西桂林市南环路 22 号　邮编：541002
发行电话：010-85891290　0773-2582200
邮购热线：0773-2582200
网址：www.lijiangbooks.com
微信公众号：lijiangpress
印制：北京中科印刷有限公司
　　[北京市通州区宋庄工业区 1 号楼 101 号　邮编：101118]
开本：690 mm × 1000 mm　1/16
印张：16.5
字数：233 千字
版次：2024 年 1 月第 1 版
印次：2024 年 1 月第 1 次印刷
书号：ISBN 978-7-5407-9658-7
定价：42.00 元